Das Buch

»Er sah nicht so aus, wie sich die meisten Leute einen Indianer vorstellen, und er wußte es. Seine Hautfarbe war dunkel, aber nicht dunkel genug, seine Nase war zu breit, und weil er kahlrasiert war, konnte man über sein Haar nur Vermutungen anstellen. ›Mein Volk will, daß Sie eine Ausgrabung vornehmen – auf unserem Land. Sie sollen uns dabei helfen, unseren Prozeß zu gewinnen.‹« Der amerikanische Archäologieprofessor Lerche ist es gewohnt, daß man eigenartige Dinge von ihm verlangt. Aber die offene Feindschaft, auf die er diesmal bei seinen Grabungen stößt, überrascht ihn doch sehr. Über dem stillen Appalachen-Tal, in das er mit seinem Forschungsteam vordringt, liegt offensichtlich ein böses Geheimnis. Irgend jemand sabotiert seine wissenschaftliche Hilfsaktion für die Indianer. Und dann gibt es Tote ... Nur gut, daß die Amateurdetektivin Elizabeth MacPherson mit im Team ist und mit ihrem Scharfsinn die raffinierten Machenschaften der Killer entlarvt. Sharyn McCrumb hat die richtige Mischung: Romantische Gefühle, Eifersucht, Mord und Humor. Und wenn man denkt, man wüßte ... geht es doch anders weiter.

Die Autorin

Sharyn McCrumb lebt in Shawsville, Virginia. Ihre schwarzen Krimikomödien wurden unter anderem mit dem Edgar Award ausgezeichnet.

Sharyn McCrumb:
Lieblich bis auf die Knochen
Kriminalroman

Deutsch von Claudia Rackwitz

Deutscher
Taschenbuch
Verlag

dtv

Meinem Vater, eingedenk meiner Wurzeln in den Appalachen

Deutsche Erstausgabe
März 1994
Deutscher Taschenbuch Verlag GmbH & Co. KG,
München

Titel der amerikanischen Originalausgabe:
›Lovely In Her Bones‹

Umschlagtypographie: Celestino Piatti
Umschlagbild: Rotraut Susanne Berner
Gesamtherstellung: C. H. Beck'sche Buchdruckerei,
Nördlingen
Printed in Germany · ISBN 3-423-11813-X

I knew a woman, lovely in her bones ...
Theodore Roethke

Vorbemerkung der Autorin

Obwohl es sich bei diesem Werk um einen Roman über einen frei erfundenen Indianerstamm handelt, habe ich versucht, das Leben in den Appalachen und das, was wir in der Wissenschaft unter forensischer Anthropologie verstehen, so realitätsgetreu wie möglich darzustellen. Ich möchte mich bei den Wissenschaftlern, die mir bei meinen Recherchen geholfen haben, bedanken und sie von jeglicher Verantwortung für die Freiheiten, die ich mir im Umgang mit den von ihnen gelieferten Informationen herausgenommen habe, entbinden. Mein Dank gilt Dr. David Glassman, der mir freundlicherweise erlaubt hat, an seinen Vorlesungen in forensischer Anthropologie an der Technischen Hochschule von Virginia als Gasthörerin teilzunehmen; Dr. David Oxley, dem ärztlichen Leichenbeschauer von Roanoke; Officer Mike Meredith vom Polizeidepartment der Technischen Hochschule Virginia; Dr. Jean Haskell Speer vom Institut für Appalachenstudien; und den folgenden Botanikern für ihre pflanzenkundliche Beratung: Clyde Kessler, Janet Rock Alton, Elizabeth L. Roberts und Clarence »Catfish« Gray.

Ausgangsbasis für die Cullowhees sind verschiedene Volksgruppen von nicht eindeutiger Rassenzugehörigkeit in den Appalachen und anderswo; ihre gesellschaftliche und politische Situation beschreibe ich analog zu den tatsächlichen Erfahrungen einiger dieser Gruppen.

1

»Ich weiß, daß ich mit Kochen dran bin«, teilte Bill MacPherson seinem Mitbewohner mit. »Ich brate uns ein Hähnchen, allerdings unter einer Bedingung.«

»Und die wäre?« fragte Milo und sammelte geistesabwesend seine auf dem Küchentisch verstreuten Blätter zusammen.

»Du mußt versprechen, mir *nicht* zu sagen, welches Hühnerbein ich gerade verspeise. Und ich bin auch nicht an Alter oder Geschlecht des Huhns interessiert!«

»Tut mir leid«, grinste Milo. »Das ist bei mir ein Reflex. Du zeigst mir einen Knochen, und ich analysiere ihn automatisch. Hast du gewußt, daß ich aus seinem Unterschenkel auf die Größe eines Vogels schließen kann?«

»Laß es sein! Es ist eine üble Angewohnheit. Kein Mensch will so intim mit seinen Mahlzeiten bekannt werden. Ich weiß, daß jeder deiner Atemzüge der forensischen Anthropologie gilt, aber du mußt nicht ständig daran denken. Spreche ich etwa die ganze Zeit über Jura?«

»Okay, Mann. Ich verspreche es. Keine Autopsie des Brathähnchens. Ich arbeite im Wohnzimmer weiter.«

»In Ordnung«, brummte Bill. »Du hast noch ungefähr eine Stunde Zeit.«

Milo trottete mit einem Armvoll Aufzeichnungen und einem Buch über den Ursprung der Menschheit ins Wohnzimmer und machte sich daran, alles auf dem Couchtisch vor dem Fenster auszubreiten. Bill schüttelte den Kopf und begann, das Hähnchen in Stücke zu schneiden. Milo betrieb seine archäologischen Studien ein wenig zu eifrig, aber er war ein anständiger Kerl. Er ließ nicht die Schimmelpilze auf seiner Wäsche wachsen wie der letzte Mitbewohner, und er war auch kein egoistischer Schweinehund wie der vorletzte, der überraschend um Mitternacht Mädchen mitzubringen pflegte und von Bill erwartete, daß er sich aus dem Staub machte und in der Juristischen Bibliothek übernachtete. Bill hatte an dem Tag, an dem sich Milo die Wohnung anschaute, seine Regeln, was Mädchen betraf, aufgestellt, und Milo hatte fröhlich erwidert: »Keine Angst! Wenn ich Mädchen mit nach Hause bringe, dann allenfalls tote!«

Es stellte sich heraus, daß er bei Dr. Lerche, dem forensischen Anthropologen der Universität, Assistent war. Milo arbeitete als Labordozent für Dr. Lerches Studenten, die Archäologie und Ursprünge der Menschheit bei ihm belegt hatten, und er assistierte ihm, wenn er für den amtlichen Leichenbeschauer tätig war. Lerche und Milo wurden gerufen, wenn es galt, nach einem Brand Knochenreste zu finden oder Leichen zu identifizieren, deren Verwesung zu weit fortgeschritten war, als daß man sie noch erkennen oder Fingerabdrücke hätte nehmen können. Zu Bills großer Erleichterung brachte Milo keinen seiner Fälle mit nach Hause, aber er schleppte von Zeit zu Zeit ein paar Laborstücke an, um einen Kiefer wieder an einem zerbrechlichen Schädel zu befestigen oder um Anschauungsmaterial für die Studenten vorzubereiten.

Bill hatte sich so sehr an Milos wunderliche Unordnung gewöhnt, daß er sie kaum mehr bemerkte, aber Milos Gewohnheit, Brathähnchen als Laborübung zu behandeln, war immer noch eine Zerreißprobe für seine Nerven. Er füllte die feuchten Geflügelteile in eine Plastiktüte, die Mehl und verschiedene Gewürze enthielt (ein altes Familienrezept), und schüttelte alles kräftig durch. Was kam als nächstes? Er schaute hilfesuchend auf die Rezeptkarte, die er an den Salzstreuer gelehnt hatte. Diesmal hatte er daran gedacht, daß er die Teile in Butter und Ei wenden mußte. Seine Familie lachte immer noch über seinen ersten Versuch, ein Hähnchen zu braten, als er sich in einem Ferngespräch Rat einholen mußte, so daß es eine der teuersten Mahlzeiten wurde, die er je zubereitet hatte. Nun, man konnte nicht gut von ihm verlangen, daß er sein Hirn mit Kochrezepten vollstopfte, wenn man bedachte, was er alles in seinem Jurastudium auswendig lernen mußte. Noch ein paar Monate, und er würde aus Platzmangel im Gehirn gezwungen sein, sich seine eigene Telefonnummer auf die Hand zu schreiben.

»Das ist aber mal ein interessantes Exemplar!« rief Milo aus dem Wohnzimmer.

»Ach, wirklich?« antwortete Bill höflich, während er einen Hühnerschenkel in heißes Öl tauchte. Er beschloß, dem Fanatiker seinen Spaß zu lassen. »Erzähl.«

»Zweifüßig, normale Kieferstellung ... pyramidenförmig, mastoider Prozeß ... Hinterhauptloch gerade nach unten gerichtet ...«

»Ein Neandertaler?« versuchte Bill das Rätsel zu lösen.

»Nein. Deine Schwester. Sie kommt den Weg herauf.«

Bill trat in die Türöffnung und sah, daß Milo aus dem Fenster schaute statt auf seine anthropologischen Aufzeichnungen. Elizabeth kam auf das Haus zu. »Ich nehme an, sie will etwas zu essen«, brummte er und machte im Geist schnell eine Inventur der Geflügelteile.

»Ich hoffe sie hat nicht vor zu kochen!« sagte Milo. »Sie hat ihre Kräutertasche dabei.«

»Diesmal bleibe ich fest«, versicherte ihm Bill. »Ich trinke nichts mehr von diesem Gebräu, das sie Tee nennt.«

»Was war es das letzte Mal? Fenchel und Hagebutte?« schauderte Milo. »Weiß sie eigentlich, was sie tut? Sie ist immerhin erst drei Wochen in diesem unglückseligen Kurs.«

Bill zuckte mit den Achseln. »Ich habe die Nummer der Rettungsmannschaft ans Telefon geklebt.«

»Na ja«, seufzte Milo, »wenn sie uns vergiftet, übergib mich Dr. Lerche für seine Laboruntersuchungen.«

Es klingelte.

Bills jüngere Schwester Elizabeth, die soeben, im Juni, ihren Universitätsabschluß gemacht hatte, war – nach einem kurzen Abenteuer bei einer Familienhochzeit – an die Universität zurückgekehrt, um Sommerkurse zu belegen, während derer sie überlegen wollte, was sie mit ihrem Abschluß in Soziologie anfangen sollte. (»Wofür entscheidest du dich, Elizabeth? Bei Burger King die Hamburger klopfen oder weiterstudieren?« pflegte Bill zu sagen.) Im Moment besuchte sie einen Kurs über die in den Appalachen gebräuchlichen Naturheilmittel, und sie entwickelte einen beängstigenden Hang, ihre Tränklein an Bill und seinem Mitbewohner auszuprobieren.

»Du kommst gerade recht zum Abendessen«, sagte Milo, als er ihr die Tür öffnete. »Aber ich muß dich gleich warnen: Wenn du uns zwingst, etwas von deinem Kräutergesöff zu trinken, dann nehme ich eine Autopsie an dem Hähnchen vor.«

Elizabeth schnitt eine Grimasse. »Es ist kein Gesöff!« gab sie zurück. »Kräutertee enthält kein Koffein, keine Zusätze und unterstützt die Verdauung. In Schottland –«

Milo holte tief Atem. »Das Knochenendstück des Geflügelschenkelbeins –«

»Ich bin doch gar nicht hergekommen, um Tee zu kochen!« fuhr sie laut fort, um ihn zu übertönen.

»Gerettet!« murmelte Bill aus der Küche.

»Ich bin gekommen, weil ich einen Rat von dir brauche«, sagte sie mit frostiger Würde zu Milo. »Würdest du mir bitte in die Küche folgen?«

Milo ging ihr gehorsam in die Küche nach, wo Bill gerade die Geflügelteile in der gußeisernen Bratpfanne wendete. »Sprich weiter«, sagte er zu ihr. »Ich höre.«

»Ich wollte eigentlich mit Milo reden.«

Bill zuckte mit den Achseln. »Wie du meinst. Tu dir keinen Zwang an!«

»Okay.« Sie hob ihre blaue Leinentasche auf den Tisch und lehnte sich an einen Küchenstuhl. »Wir hatten für morgen die Aufgabe, drei Waldkräuter zu suchen, und weil ich nicht das gleiche Zeug wie alle anderen finden wollte, bin ich mit dem Auto ein paar Meilen vor die Stadt gefahren, um mich in den Wäldern da draußen umzusehen.«

Milo stöhnte. »Okay. Was hast du gefunden? Das Marihuanafeld einer Studentenverbindung?«

»Gifteiche?« wieherte Bill. »Oder – doch nicht Kudzu! Ich weigere mich, Kudzu in irgendeiner Form zu probieren!«

Elizabeth zog die Nase kraus. »Ich glaube nicht, daß Kudzu eßbar ist«, entschied sie. »Aber ich kann morgen im Kurs fragen, wenn ihr wollt.«

»Nein, laß nur«, sagte Milo schnell. »Zeig mir, was du gefunden hast.«

»Das!« sagte Elizabeth theatralisch.

Sie zog den Reißverschluß ihrer Leinentasche auf und stellte den Totenkopf mitten auf den Küchentisch. In seiner Stirn befand sich ein sauberes rundes Loch.

2

Elizabeth nahm ihre erstaunten Gesichter mit Befriedigung zur Kenntnis. Sie verschränkte die Arme und wartete. »Nun?«

»Ich rufe die Polizei an«, sagte Bill heiser.

»Nein! Warte! Laß mich einen Blick auf ihn werfen.« Milo schüttelte den Kopf. »Elizabeth, du hättest ihn nicht mitnehmen dürfen. Die Polizei möchte einen Leichenfundort so unberührt wie möglich sehen.«

»Ich wollte ihn nicht einfach dort liegen lassen!« wandte Elizabeth ein.

»Ja, das ist eine natürliche Reaktion«, gab ihr Milo recht. »Ich nehme an, du wärst in der Lage, die Stelle wiederzufinden? Hast du sie markiert oder so?«

»Nein, aber ich glaube, ich könnte sie finden.«

Milo sah aus, als wolle er zu einer Vorlesung ansetzen, beherrschte sich aber und bemerkte nur: »Also gut, wenn er schon da ist, dann kann ich ihn mir auch anschauen.« Er griff mit der Ungezwungenheit, die er seiner langen Erfahrung verdankte, nach dem Schädel und nahm ihn in Augenschein. Der Unterkiefer fehlte ganz, und von den oberen Zähnen waren zahlreiche herausgefallen. Die Hirnschale war bräunlich verfärbt, und am Hinterkopf befand sich ein klaffendes Loch mit gezackten Rändern, gegenüber dem sauberen runden Loch in der Stirn. Nachdem er den Schädel einen Moment lang prüfend betrachtet hatte, sagte Milo schlicht: »Er ist echt.«

»Natürlich ist er echt!« sagte Elizabeth empört. »Was hast du denn gedacht, woraus er ist? Aus Plastik?«

Milo schüttelte den Kopf. »Nein. Ich weiß, daß es ein Schädel von einem Menschen ist, aber ich habe gedacht, er könnte zu einem Skelett gehören, das aus der Universitätsklinik oder einer Arztpraxis geklaut worden ist. Das ist bekanntlich schon vorgekommen. Ich habe nur nachgesehen, ob kleine Stahlstifte darin stecken, an denen der Unterkieferknochen befestigt gewesen wäre. Es sind keine da, es handelt sich also nicht um ein Laborstück.«

»Natürlich nicht!« fauchte ihn Elizabeth an. »Ich habe dir doch gesagt, daß ich ihn im Wald gefunden habe! Es handelt sich um ein Mordopfer. Siehst du denn nicht das Einschußloch in der Stirn?«

Milo lächelte. »Klar sehe ich es«, sagte er zu ihr. »Die Leute bringen immer wieder einmal solche Schädel zu Dr. Lerche. Gewöhnlich stellt sich heraus, daß es sich um Laborexemplare oder Schädel aus einem Indianergrab handelt. Und ungefähr zweimal im Jahr bringt man uns Yorick.«

»Yorick?« kam es von Bill zurück.

»Ja. Weißt du – den Totenkopf von den Theaterwissenschaftlern. Ein paar Witzbolde von einer Studentenverbindung stehlen ihn von Zeit zu Zeit und lassen ihn auf der Treppe eines Mädchenheims liegen oder auf einer Parkuhr. Dann findet ihn jemand und bringt ihn zu uns, weil er denkt, er hat Jimmy Hoffa oder so was entdeckt.«

»Aber – das hier ist nicht Yorick?« fragte Elizabeth und zeigte dabei auf den Schädel.

»O nein«, versicherte ihr Milo. »Ich erkenne Yorick auf Anhieb. Dieser Typ ist viel jünger. Und er ist eine Weile unter der Erde gewesen. Yorick ist strahlend weiß gebleicht.«

»Und Yorick hat doch auch kein Loch in der Stirn, oder?« fragte Bill.

»Das letzte Mal, als ich ihn gesehen habe, hatte er keins«, sagte Milo. »Aber das wollte ich euch gerade erzählen. Man bringt uns auch Schädel mit Einschüssen, aber gewöhnlich handelt es sich dabei nicht um Mordopfer. Es sind Schädel aus Indianergräbern oder von Leuten, die eines natürlichen Todes gestorben sind, die ein Jäger gefunden und für Schießübungen benutzt hat.«

Elizabeth setzte sich hin. »Oh«, sagte sie mit leiser Stimme. »Auf die Idee wäre ich nie gekommen.«

»Natürlich nicht. Es ist erstaunlich, was für närrische Dinge manche Leute tun. Bevor wir also voreilig auf Mord schließen, untersuchen wir das Einschußloch, um eventuell entscheiden zu können, ob es ein neues Loch in einem alten Schädel ist oder ob es die tödliche Verletzung bewirkt hat.« Er nahm den Schädel wieder zur Hand und betrachtete das kleine Loch mit den sauberen Rändern prüfend.

Bill und Elizabeth beobachteten ihn dabei mit betretenem Schweigen. Schließlich brach es aus Elizabeth heraus: »Hör auf, so geheimnisvoll zu tun, Milo! Sag uns, was du denkst!«

Milos Miene war nachdenklich. »Nun, ich möchte eigentlich keine sichere Behauptung wagen, solange mir Dr. Lerche nicht den Rücken stärkt. Aber wenn ihr darauf besteht, sofort eine Antwort zu bekommen ...« Er warf einen Blick auf seine Zuhörer und erkannte, daß das in der Tat der Fall war. »Also gut, aber vergeßt nicht, daß ich nicht ganz sicher sein kann. Ich würde trotzdem sagen, alle Anzeichen sprechen dafür, daß die Verletzung nicht nach dem Tod erfolgt ist. Es gehen keine Risse von der Einschußwunde aus, und der Knochen auf der Innenseite des Lochs ist genauso bräunlich verfärbt wie auf der Außenseite. Bei neuen Brüchen ist der Knochen weißer.«

»Du meinst also, er wurde ermordet?« fragte Elizabeth und beugte sich herab, um den Schädel noch einmal in Augenschein zu nehmen.

»Ich glaube, es wurde auf ihn geschossen, während er noch lebte«, sagte Milo vorsichtig.

»Das ist doch dasselbe!« erklärte Elizabeth und schlug mit der Hand auf den Tisch. »Ha! Ich hab's doch gewußt! Ruf die Polizei an, Bill.«

»Noch nicht, Bill«, sagte Milo. »Ich würde mir gerne erst einmal die Stelle genau ansehen, bevor die Cops das ganze Beweismaterial zertrampeln. Dieser Typ« – er zeigte auf den Totenkopf – »ist seit mindestens fünf Jahren unter der Erde, aus den Erdflecken und den Wurzeleindrücken zu schließen. Auf ein paar Stunden mehr oder weniger kommt es jetzt auch nicht mehr an.«

»Seit fünf Jahren?« sagte Bill nachdenklich. »Ist vor fünf Jahren jemand von hier verschwunden? War da nicht ein Camper aus Richmond ...«

Milo warf ihm einen verächtlichen Blick zu. »Du glaubst doch wohl nicht, daß es so einfach ist? Es könnten fünf Jahre oder fünfzig sein, Bill. Wenn jemand einmal länger als zwei Jahre unter der Erde ist, ist es schwer, das Alter genau zu bestimmen. Ich meine, ich kann euch sagen, daß der Typ im Alter zwischen ... ähm ... fünfundzwanzig und vierzig gestorben ist.« Er strich mit den Fingern an den Linien auf der Schädeldecke entlang und nickte. »Ja. Sagen wir, er war fünfunddreißig, als er starb. Aber ich weiß nicht, ob er 1980 oder 1880 fünfunddreißig war. Es ist eine vertrackte Sache.«

»Du bist wirklich eine große Hilfe«, bemerkte Elizabeth.

Milo stand auf. »Na ja, vielleicht kann ich mehr sagen, wenn ich den Tatort sehe. Bring mich dahin, wo du ihn gefunden hast.«

Bill drehte das Gas unter der Hähnchenpfanne ab. »Ich gehe davon aus, daß niemand mehr hungrig ist?«

Keiner würdigte ihn einer Antwort. Elizabeth erhob sich und folgte Milo ins Wohnzimmer. Sie lauschte seinen Ausführungen, was man alles bei der Untersuchung des Tatorts beachten mußte.

Bill warf einen traurigen Blick auf den Schädel, der noch immer in der Mitte des Tisches stand. »Ich nehme an, du bist auch nicht hungrig?« Er warf den Topflappen auf die Arbeitsplatte und verließ die Küche, um sich der Expedition anzuschließen.

»Warum muß ich hinten sitzen? Meine Beine lassen sich nicht so krümmen!«

»Ich fahre«, sagte Elizabeth und warf im Rückspiegel einen Blick auf ihren Bruder. Er saß zusammengepfercht auf dem Rücksitz ihres Volkswagens und schien nur aus Knien und Ellbogen zu bestehen, ein falsch gefaltetes Schachtelmännchen.

»Ich berate«, sagte Milo. »Beratern steht grundsätzlich der Beifahrersitz zu. Du bist nur zu deinem Vergnügen unterwegs. Elizabeth, wie weit ist es bis zu der Stelle?«

»Ein paar Meilen. Keine Angst. Ich weiß, wohin ich fahre. Es ist auf deiner Straßenseite, vorbei an einer Kirche, ein paar Schuppen und einer entzückenden kleinen schwarzen Ziege.«

»Einer entzückenden kleinen schwarzen Ziege!« äffte sie Bill nach. »Halt mal die Luft an! Welcher Teufel hat dich überhaupt geritten, diesen absonderlichen Kurs zu belegen? Konntest du denn keinen über schottische Geschichte finden?«

Elizabeth runzelte ärgerlich die Stirn. »Sie bieten hier keinen an. Ich verstehe ohnehin nicht, warum du dich über mein Interesse an der Familiengeschichte lustig machst. Wenn du nicht darauf stolz bist, ein MacPherson zu sein – ich bin es.«

»Wenn du dich für die Herkunft der Familie interessierst, solltest du Milos Kurs belegen«, schlug Bill vor.

Elizabeth warf einen Blick auf Milo. »Oh? Was lehrst du?«

»Äh ...« Milo sah betreten aus. »Ich bin nur Labordozent, ehrlich.«

»Für Anthropologie? Das weiß ich schon. Hältst du eine Vorlesung über Schottland?«

»Nein. Über die Entwicklungsgeschichte des Menschen. Du weißt schon, Höhlenmenschen, Evolution ...«

Elizabeth warf einen bösen Blick in den Rückspiegel. »Ich bin nicht daran interessiert, die Familie *so* weit zurückzuverfolgen, vielen Dank!« fauchte sie.

»Ich wünschte, du würdest darüber noch einmal nachdenken.« Bill grinste. »Alles wäre besser, als jeden zweiten Abend Kräuter zu kochen.«

»Warum hast du diesen Kurs gewählt?« fragte Milo

be das Auto hier stehenlassen und bin dort die Böschung hinauf durch die Bäume gegangen.«

Milo öffnete die Tür. »Okay«, sagte er zu ihr. »Geh den gleichen Weg noch einmal, wir folgen dir. Wir wollen möglichst versuchen, hintereinander zu gehen, damit wir nicht mehr als nötig in der Gegend herumtrampeln.«

»Willst du, daß ich den Wagenheber aus dem Kofferraum hole?« fragte Bill.

»Tu, was dir beliebt«, zuckte Milo mit den Achseln, »aber erwarte nicht, daß du ihn benötigst. Wer auch immer das getan hat – *wenn* es jemand getan hat – ist schon lange weg. Die Erdspuren auf dem Schädel sind nicht über Nacht dahin gekommen.«

»Es war weit und breit niemand«, sagte Elizabeth. »Ich habe weder ein Haus gesehen noch ein anderes Zeichen einer menschlichen Besiedlung. Hier ist nur – Wald.«

»Wie ist *er* dann hierher gekommen?« murmelte Bill.

»Nun«, sagte Milo, »ich wollte gerade sagen, ›deine Vermutung ist so gut wie meine‹, aber wahrscheinlich ist sie es nicht. Frag mich noch einmal, wenn ich gesehen habe, wo sie ihn gefunden hat. Geh voraus, Elizabeth.«

Einige Minuten lang gingen sie schweigend einen bewaldeten Hügel hinauf und suchten sich ihren Weg durch das Unterholz und über herabgefallene Äste. Einmal mußte Elizabeth angesichts üppig wuchernder Farnkräuter davon abgebracht werden stehenzubleiben, und einmal wollte sie eine stachelig aussehende Pflanze untersuchen, bei der es sich ihrer Meinung nach um die Gebräuchliche Klette handelte. Bill und Milo erhoben gegen jegliche Art von botanischen Abschweifungen Einspruch und trieben sie aufwärts.

»Was kannst du sonst noch über diesen Typ sagen?« wollte Bill von Milo wissen.

»Nach der Größe der Knochen und der Nasenhöhle zu urteilen, würde ich sagen, daß es sich um den Schädel eines männlichen Weißen handelt«, antwortete Milo. »Ich könnte es im Labor sicherer beurteilen, wo ich genaue Messungen machen und die Daten mit der Diskriminantentabelle vergleichen könnte.«

»Was ist das?« fragte Bill.

»Purpurfarbiger Wasserdost, glaube ich«, sagte Elizabeth. »Darf ich welchen pflücken?«

»Nein!« schnauzte Bill sie an. »Außerdem habe ich nicht mit dir gesprochen. Du marschierst schön weiter. Du hast dich doch nicht etwa verlaufen?«

»Natürlich nicht!«

»Ich habe Milo nach irgend so einer Tabelle gefragt, von der er gesprochen hat.«

»Die Diskriminantentabelle«, sagte Milo. »Es ist eine statistische Aufstellung der Schädelmaße von Schwarzen und Weißen. Wenn man einen Schädel identifizieren muß, mißt man bestimmte Stellen – Nasenbreite, Kieferwinkel – und vergleicht dann die Ergebnisse mit den Standardwerten in der Tabelle. Damit sollte man eigentlich eine recht deutliche Vorstellung darüber gewinnen, ob die Person männlich oder weiblich, schwarz oder weiß war.«

»Was ist, wenn es sich um eine große Frau oder einen sehr kleinen Mann handelt?« fragte Bill.

»Hmm, ich habe ja nicht gesagt, daß sie narrensicher ist. Es handelt sich schließlich nur um Durchschnittsangaben. Aber Dr. Lerche sagt, er schätzt ihre Genauigkeit auf neunzig Prozent.«

Elizabeth blieb stehen und blickte sich um. Sie waren jetzt in einer kleinen flachen Lichtung angekommen, die sich etwa sechzig Meter bis zum Fuß eines steilen Hügels erstreckte, der sich wie eine Klippe über ihren Köpfen erhob. Die Lichtung selbst war von Eichen und Kiefern umstanden und nicht mehr wie bisher mit Unterholz, sondern mit Gras und Kiefernnadeln bedeckt.

»Das ist die Stelle«, sagte Elizabeth leise.

Milo betrachtete prüfend das Gelände. »Mhm«, nickte er. »Da würde ich auch drauf wetten.«

»Wieso?« wollte Bill wissen. »Bist du schon einmal hier gewesen?«

»Nein«, sagte Milo. »Es ist nur eine Vermutung. Wie wäre es, wenn ihr beide euch hier in der Lichtung nach Beweismaterial umseht und ich ein bißchen weiter weggehe. Vielleicht auf diesen Hügel da hinauf.« Er wies mit dem Kinn auf den steilen Abhang vor ihnen hin.

»Du gehst aber doch nicht weit weg?« fragte Elizabeth ängstlich.

»Nein. Ich bleibe in Rufweite. Wenn ihr etwas findet, ruft mich! Sucht nach Stoffetzen an Büschen oder weiteren Knochenteilen im Boden. Sie können recht schwer zu erkennen sein; paßt also auf, wo ihr hintretet.«

»Und wonach willst du suchen?« fragte Bill.

»Oh, nach den gleichen Dingen«, sagte Milo lächelnd. »Nach allem, was ich finden kann. Ich bin in zehn bis fünfzehn Minuten zurück.«

»Wo sollen wir anfangen?« fragte Elizabeth.

Milo dachte über die Frage nach. »Fangt da an, wo du den Schädel gefunden hast, und dehnt eure Kreise allmählich immer weiter aus«, riet er ihr. »Ich bin gleich wieder da.«

Er schlenderte zum Fuß des steilen Hügels hinüber und blieb prüfend stehen, als suche er den sichersten Weg zum Gipfel. Nachdem er ein paar kleinere Felsbrocken als Tritte benutzt hatte, steuerte er auf die Bäume zu, in deren Schatten es nicht ganz so steil hinaufging. Bill und Elizabeth knieten sich in die Kiefernnadeln und begannen sie sorgfältig nach Knochensplittern zu durchsuchen. Zuerst klopfte Bill den Boden mit den Handflächen ab, um zu prüfen, ob er irgendwelche von Knochen verursachte Erhebungen spürte, und Elizabeth scharrte die Blätter weg, um den Boden darunter besser inspizieren zu können.

»Milo kennt sich wirklich gut in seinem Fach aus, findest du nicht?« bemerkte sie.

»Den Eindruck habe ich auch«, sagte Bill höhnisch und dachte dabei an die Hühnerschenkel.

»Ich finde es auch recht interessant. Es muß toll sein,

einen Haufen alter Gebeine zu sehen und alles über die Person, zu der sie gehörten, sagen zu können.«

»Hmmm. Da ist etwas! Nein, tut mir leid. Nur ein Stein. Bist du sicher, daß du ihn hier gefunden hast, Elizabeth?«

»Wenn ich es dir doch sage.«

»Hm, ich sehe keine anderen Knochen. Vielleicht hat der Mörder hier nur den Schädel fallen lassen und den Rest der Knochen im ganzen Bezirk verstreut.«

Elizabeth blickte auf. »Das ist eine Überlegung wert«, sagte sie und dachte darüber nach. Vor ihrem geistigen Auge stand eine ungeschlachte Gestalt, die ihr Motorrad an eine Kiefer gelehnt hatte und aus einer schwarzledernen Satteltasche Knochen angelte. »Was hältst du davon, wenn ich zu den Bäumen hinübergehe und mich in deine Richtung vorarbeite? Auf die Weise schaffen wir die Lichtung schneller.«

»Gute Idee.« Bill nickte.

»Du mußt nur ganz genau hinschauen. Manche Knochen sind ziemlich klein.«

Zwanzig Minuten später trafen sie wieder aufeinander und hatten den Großteil der Lichtung durchkämmt, ohne ein anderes Resultat ihrer Bemühungen als Jeans, die von den Knien bis zu den Knöcheln lehmverschmiert waren, vorweisen zu können. Elizabeth strich sich mit dem verschwitzten Unterarm die Haare aus dem Gesicht. »Puh! Das ist gar nicht so einfach, wie ich dachte«, sagte sie. »Vielleicht sollten wir anfangen, nach den Fußspuren des Mörders zu suchen.«

Bill stöhnte. »Milo hat gesagt, fünf *Jahre,* Elizabeth. Schalte dein Gehirn ein!«

»Oh, das ist richtig. Ich hatte es vergessen.«

»Ich wollte, wir hätten uns ein Bier mitgenommen. Es ist heiß hier draußen.«

»Hm, die Schwitzerei und der Dreck würden mir nichts ausmachen, wenn wir etwas gefunden hätten«, sagte Elizabeth.

»Hallo, ihr da unten!« rief Milo von der Kuppe des Hügels herab. »Irgendwelche weltbewegenden Entdekkungen gemacht?«

»Komm lieber runter!« schrie Bill zurück.

Milo grinste und tat, als verbeuge er sich gehorsam. Er jagte den Abhang da hinunter, wo er besonders steil war, die Arme ausgestreckt und die Füße abwechselnd auf kleine Felsen setzend. In weniger als einer Minute landete er mit einem letzten Sprung in der Lichtung und stand, nicht vorhandenen Schmutz von seiner Kleidung abklopfend, neben ihnen. Er sah widerlich sauber aus und fieberte vor Ungeduld.

»Keine rostige, blutige Kettensäge?« fragte Milo strahlend. »Kein vergrabenes Wikingerschiff?«

»Halt den Mund und sag uns, was du gefunden hast«, verlangte Bill.

Milo wurde ernst. »Ich glaube, wir können jetzt die Polizei anrufen«, sagte er feierlich. »Dieser Mann wurde ermordet.«

Elizabeth schauderte. »Ich wußte es!« sagte sie leise.

»Und ich kann den Täter beschreiben«, beendete Milo seinen Satz.

Sie starrten ihn an. »Wieso?« fragten sie wie aus einem Munde.

Milo bat mit erhobener Hand um Ruhe. Er begann, auf und ab zu gehen, als halte er eine Vorlesung. »Der Mörder war in diesem Fall ein weißer Mann zwischen zwanzig und fünfundvierzig, wahrscheinlich aus New York oder Pennsylvania, und er trug zu dem Zeitpunkt, als der Tod eintrat, einen dunkelblauen Anzug.« Er nickte seinen Zuhörern zu, die vor ihm knieten und ihn mit offenem Mund anstarrten.

»Milo, das ist unglaublich!« platzte Bill heraus. »Hast du all das bei der Untersuchung des Tatorts herausgefunden?«

Milo grinste. »Gewissermaßen«, lachte er stillvergnügt in sich hinein. »Auf dem Grabstein von dem Typ steht, daß er in der Schlacht von Antietam gefallen ist, den Rest kann man sich leicht zusammenreimen.«

Elizabeth sprang auf. »Willst du etwa behaupten, daß er im *Bürgerkrieg* getötet wurde?«

»Richtig.«

»Meines Erachtens hast du gesagt, vor fünf Jahren«, erinnerte ihn Bill.

»Ich habe auch gesagt, daß das Alter sehr schwierig zu bestimmen ist, sobald etwas in der Erde vergraben war«, sagte Milo.

»Aber er war nicht unter der Erde«, sagte Elizabeth. »Er lag einfach hier, mitten auf der Lichtung. Und es war auch bestimmt kein Grabstein da!«

Milo lächelte. »Doch«, sagte er und wies auf den steilen Hügel vor ihnen. »Er ist da oben. Auf der Kuppe dieses Hügels ist ein kleiner Familienfriedhof, und dieser Typ wurde am Rand nahe der Böschung begraben. Nach so vielen Jahren ist der Sarg verrottet, der Hügel ein wenig erodiert, und *voilà!* Der Colonel rollte den Hügel hinunter.«

»Es war also gar kein Mord«, sagte Bill, »und alles war für die Katz'.«

»Oh, das weiß ich nicht«, erwiderte Milo. »Mein Vorschlag, daß wir die Polizei informieren sollten, war ernst gemeint. Ich bin sicher, daß die Familie froh ist, wenn ihr Urgroßvater, oder wer immer es für sie ist, wieder seinen angestammten Platz in der Familiengrabstätte bekommt.«

Sie machten sich daran, den bewaldeten Abhang zum Auto zurückzugehen.

»Kann ich jetzt stehenbleiben und mir die Pflanzen anschauen?« fragte Elizabeth.

»Nein«, schnauzte Bill. »Mir ist heiß, und ich bin müde, und wir haben noch nicht zu Abend gegessen.«

»Aber ich habe erst zwei Pflanzen! Wir sollen drei mitbringen.«

»Erzähl ihnen von dem Schädel«, schlug Milo vor. »Dagegen können sie nichts anführen.«

»Es war wirklich interessant«, stimmte ihm Elizabeth zu. »Selbst wenn es am Ende kein Mord war, so war es doch faszinierend zu beobachten, was du aus dem bloßen Anblick der Knochen schließen konntest.«

»Oh, ich verstehe mich darauf gar nicht so tierisch gut«, sagte Milo. »Du solltest einmal Dr. Lerche in Aktion sehen.«

»Wie bist du überhaupt sein Assistent geworden?« wollte Elizabeth wissen.

Milo grinste. »Das ist eine lange Geschichte. Ich werde sie dir auf dem Heimweg erzählen.«

Milo weigerte sich, seine Geschichte zu erzählen, bevor die Autofenster nicht wenigstens ein Stück nach oben gekurbelt waren, damit er nicht gegen den Wind anschreien mußte. Dann wartete er, bis das Auto die Kiesstraße hinter sich gelassen hatte und auf die Hauptstraße zusteuerte.

»Da ist die Ziege, Milo«, sagte Elizabeth. »Du kannst jetzt anfangen.«

»Wie ich Dr. Lerches Assistent geworden bin«, sagte Milo nachdenklich. »Nun, das hängt mit einem Vorfall zusammen, der sich ereignete, als er an unserer Universität zu arbeiten anfing. Ich studierte damals noch nicht lange Anthropologie und jobbte als Wachmann in meinem Studentenheim – als eine Art Nachtwächter. Die kleinen Dinge erledigte ich selber, und den Rest übergab ich der Campus-Polizei. Die durchwachten Nächte waren allerdings tödlich, weil ich ja am nächsten Tag aufstehen und in die Vorlesungen gehen mußte, und ich hätte viel lieber einen Laborjob gehabt. Ich hatte bei allen anderen Dozenten von unserer Fakultät schon mein Glück versucht. Ohne Erfolg. Deshalb ging ich natürlich auf der Stelle zu Dr. Lerche, als er mit seinem gerade erst erworbenen Doktor hier ankam, um ein Labor für forensische Anthropologie einzurichten, und fragte ihn, ob er einen Helfer brauchen könne.«

»Und daraufhin hat er dich eingestellt?« fragte Elizabeth.

»Nein. Er hat gesagt, er wolle mir Bescheid geben. Er hatte zu dem Zeitpunkt sein Labor noch gar nicht zusammen; die Geräte waren zum größten Teil noch nicht einmal bestellt.«

»Wann hat er dich denn dann eingestellt?«

»Am nächsten Tag. Sei jetzt still und laß mich erzählen, wie es dazu kam.« Milo lehnte sich in seinem Sitz zurück und faltete die Hände hinter dem Kopf. »Also gut. Dr. Lerche hatte den amtlichen Leichenbeschauer des Bezirks bereits kennengelernt, weil die beiden in gewissen Fällen miteinander arbeiten sollten. Ihr wißt sicher, daß forensische Anthropologen als Gutachter für den Staatsanwalt dienen.«

Sie nickten.

»Nun, an demselben Tag, an dem ich mit ihm gesprochen hatte, kam ein Fall herein. Es war eine Leiche, die man in einem ziemlich fortgeschrittenen Zustand der Verwesung aufgefunden hatte, und –«

»Warte einen Moment«, unterbrach ihn Elizabeth. »Wird das eine grausige Geschichte?«

Milo dachte darüber nach. »Eigentlich nicht«, sagte er zu ihr. »Ich werde mich nicht in mehr Einzelheiten ergehen, als ich muß.«

»In Ordnung«, sagte Elizabeth leicht widerstrebend. »Erzähl weiter.«

»Schön, der Leichenbeschauer brachte Dr. Lerche seine Leiche und wollte auf der Stelle ein Gutachten dazu. Das bedeutete, daß er schnell zu den Knochen vordringen mußte, damit er sich an die Arbeit machen konnte.« Er warf einen Seitenblick auf Elizabeth, um festzustellen, ob seine Ausführungen zartfühlend genug gewesen waren.

»Achte nicht auf sie«, sagte Bill. »Erzähl weiter. Wie hat er das angestellt?«

»Na ja, die Methode, die er anwendet, besteht darin, die Leiche zu kochen, bis das Fleisch abfällt –«

»Igitt!« Elizabeth verzog das Gesicht.

»Aber dazu hatte er keine Möglichkeit. Seine Laboreinrichtung war noch nicht da, und er wollte es nicht in seiner Wohnung machen –«

»Gott sei Dank!« sagte Bill, dankbar für diesen Präzedenzfall.

»Schön«, seufzte Elizabeth. »Was hat er also gemacht?«

»Er hat die Leute von der Zoologie angerufen und gefragt, ob sie irgendwelche Utensilien hätten, die er in ihrem Gebäude benutzen könnte.«

»Das erscheint mir vernünftig«, sagte Elizabeth vorsichtig. Sie hatte schon befürchtet, daß die Cafeteria oder irgendein anderer abstruser Ort ins Spiel käme.

»Das war es auch«, stimmte ihr Milo zu. »Sie boten ihm ihre Laboreinrichtung sofort an. Das einzige Problem war, daß sie kein anderes Gerät zum Kochen hatten als einen Autoklav.«

»Das Ding, in dem man Instrumente sterilisiert?«

»Ja. Und du weißt, wie klein so ein Gefäß ist. Absolut unmöglich, eine ganze Leiche in einem dieser Dinger unterzubringen.«

Elizabeth seufzte. »Ich hasse mich dafür, daß ich diese Frage stelle, aber –«

»Laß mich raten, er legte ein Teil nach dem anderen in den Autoklav, stimmt's, Milo?« fragte Bill.

»Natürlich. Was hätte er sonst tun sollen? Er rechnete mit mindestens zwölf Stunden Arbeit. Er fing um sechs Uhr an, sobald die Zoologen Feierabend hatten. Und er blieb einfach über Nacht da, hielt seinen Autoklav in Gang und schichtete die sauberen Knochen daneben auf.«

»Was hat das denn mit dir zu tun?« fragte Elizabeth.

Milo grinste. »Also, stell ihn dir vor, wie er da steht, ganz allein, in ausgefransten Shorts und einem alten T-Shirt, weil es sich um eine ... ähm ... nicht gerade feine Arbeit handelte«, beendete er seinen Satz mit einem Blick auf Elizabeth etwas unsicher. Sie nickte feierlich, und er fuhr fort. »Es ist drei Uhr morgens, keine Menschenseele in dem Gebäude, als plötzlich die Tür zu dem Labor aufspringt und drei Campus-Cops hereinstürzen, das Gewehr im Anschlag.«

Er machte eine kurze Pause, damit Bill und Elizabeth die Situation richtig erfassen konnten. Elizabeth nickte langsam, »*Sie* denken natürlich –«

»Klar! Sie denken, sie haben den Enkel von Jack the Ripper gefaßt! Und er hat keinen Ausweis dabei. Der ist in seinem guten Anzug, den er in seinem Büro gelassen hat. Um drei Uhr morgens, wen soll er da anrufen? Vergeßt nicht, daß er gerade angefangen hatte und noch nicht viele Leute kannte.«

»Haben sie ihn festgenommen?« fragte Bill.

»Ja. Er versuchte, ihnen die Sache zu erklären, und deshalb erlaubten sie ihm, ohne Handschellen zu gehen, aber sie wollten ihn mitnehmen und in eine Zelle sperren, bis sie den Sachverhalt aufgeklärt hatten.«

»Mußte er ins Gefängnis?«

»Nein«, sagte Milo. »An dieser Stelle komme ich ins Spiel. Um drei Uhr hatte ich Pause und ging über den Campus zu ›Burger World‹, um etwas zu essen. Das pflegte mich bis zum Frühstück über Wasser zu halten. Ich schlendere also am Zoologie-Gebäude vorbei, als sich die drei Cops gerade hastig, einen Gefangenen in ihrer Mitte, aus der Haustür drängen. Ich kannte die Cops natürlich. Sie kamen gelegentlich in meine Stube und vertrieben sich die Zeit bei mir. Ich sagte hallo zu Boyce und Wade, und dann sah ich, wen sie festgenommen hatten. Genaugenommen erkannten Dr. Lerche und ich einander im selben Moment, aber bevor ich noch etwas sagen konnte, ließ Dr. Lerche verlauten: ›Dieser Mann kann mich identifizieren! Er ist mein neuer Laborassistent.‹«

»Du hast ihn also identifiziert?« fragte Elizabeth.

»Ja, klar. Ich hätte es ohnehin getan, aber als er sagte, ich hätte den Laborjob, hätte ich auch behauptet, er sei der Kaiser von China, wenn er es gewollt hätte. Die Cops entschuldigten sich und zogen ab, und Dr. Lerche und ich gingen hinüber zu ›Burger World‹ und tranken Kaffee und unterhielten uns. Seitdem arbeite ich für ihn. Der Job ist echt stark.«

»Klingt jedenfalls interessant«, gab ihm Elizabeth recht. »Ich würde mich gerne mit Knochen beschäftigen – wie nennt sich das Fach nochmal?«

»Forensische Anthropologie. Hättest du Lust, irgendwann einmal bei einer Ausgrabung mitzumachen? Wir nehmen oft Studenten für die Geländearbeiten, und ich könnte dir wahrscheinlich einen Job verschaffen. Ich weiß, daß Dr. Lerche jetzt ein Freisemester hat, deshalb könnte es sein, daß er plant, irgendwo Ausgrabungen zu machen. Wärst du daran interessiert?«

»Das wäre ja wunderbar«, sagte Bill.

Milo drehte sich um und starrte ihn mit offenem Mund an. »Willst du damit sagen, daß *du* gerne mitkommen würdest?«

»Nein. Ich habe daran gedacht, daß ich euch beide für den Rest des Sommers los sein würde. Sechs Wochen ohne Knochen und Kräuter. Herrlich!«

3

Alex wußte nicht, daß sie da war. Seine Bürotür war offen, aber sie hatte gehört, daß er mit einem Studenten sprach. Deshalb wartete sie auf dem Korridor, ohne sich anzukündigen. Es machte ihr nichts aus zu warten. Auf diese Weise gewann sie Zeit, sich zu entscheiden, was sie sagen würde.

Tessa Lerche musterte das Schwarze Brett neben der Tür zum Büro ihres Mannes. Es enthielt die üblichen Anschläge, die die Studenten am Ende des Semesters anbrachten: Mitfahrgelegenheit in die Gegend von Washington, D. C. gesucht; Wohnung unterzuvermieten; Lehrbücher zu verkaufen – billig! Nichts änderte sich jemals außer den Telefonnummern. Der Werbezettel »Professionelles Tippen – Vernünftige Preise« sah aus wie die, die sie auszuhändigen pflegte, als Alex noch studierte, während der mageren Jahre, als das Tippen von ein paar Seminararbeiten darüber entschied, ob es Erdnußbutter und Hamburger aufs Brot gab. Damals schienen ihr jene Jahre ein langer Prolog des »wirklichen Lebens« zu sein. Im Rückblick waren diese Jahre das goldene Zeitalter gewesen. Alex hatte sehr viel Zeit in sein Studium investiert, aber er hatte sich auch mit ihr über seine Arbeit ausgetauscht. Sie hatte ihm seine Hausarbeiten getippt. Jetzt wurden seine Veröffentlichungen von einem seiner Assistenten in den Computer eingegeben, und er sprach selten darüber. Vielleicht hätte sie weiter mit ihm auf Ausgrabungen gehen sollen, wie sie es im Westen getan hatte. Aber mit den Jahren hatte ihr Interesse daran abgenommen, und sie war zunehmend weniger willens, glühendheiße Sommer in der Wüste zu verbringen. Sie war jetzt dreiunddreißig. Ihr Aussehen würde derart strapaziöse Wochen nicht mehr so unbeschadet wie einst überstehen. Wenn man einmal über dreißig war, mußte man etwas für sich tun. Sie joggte und pflegte ihre Haut regelmäßig mit Feuchtigkeitscreme, und sie achtete auf ihre Ernährung. Manchmal hielt man sie immer noch für eine Studentin. Alex schien es jedoch nicht zu bemerken. Er kam zum Abendessen nach Hause; sie brauchte sich keine Sorgen zu machen, wo er war oder mit wem, aber selbst wenn er zu Hause war ... war er es nicht. Gewöhnlich aß er geistesabwesend sein Essen und reagierte mit höflichem Murmeln auf ihre Versuche, ein Gespräch zu führen. Den Rest des Abends verbrachte er an seinem Schreibtisch in seinem Arbeitszimmer, über Zahlenreihen gebeugt, während sie las oder sich eine Fernsehsendung anschaute. Wenn sie ihn fragte, was mit ihm los sei, pflegte er mit den Achseln zu zucken und zu sagen: »Nichts«, oder er sei müde, oder die Arbeit gehe nicht gut voran. Sie war zu dem Schluß gelangt, daß ihre Ehe einfach im verflixten siebten Jahr war, ein Problem, das man mit soviel Anstand wie möglich hinter sich bringen mußte – bis sie die Entdeckung am heutigen Morgen eines Besseren belehrt hatte. Sie hatte Alex' Schreibtisch aufgeräumt – was er gar nicht gern sah –, und dabei den gelben Schreibblock gefunden, den er für seine Notizen benutzte. Neben die Daten über paläo-indianische Kulturen hatte er die Ränder über und über mit den Worten »Mary Clare« bekritzelt.

»Entschuldigen Sie, Ma'am. Warten Sie auf den Professor?«

Tessa blickte auf und fragte sich, was sie wohl für ein Gesicht gemacht hatte. Der Mann war kein Student. Er war braungebrannt und drahtig, an die Vierzig, mit einem Kopf, der so kahl war, daß er ihn rasiert haben mußte. Er hatte diese Art von braunen Augen, die Gefühle ausdrücken können, und im Moment bekundeten sie seine Besorgnis um diese Fremde, die er auf dem Gang angetroffen hatte. Er könnte ein Kollege von Alex sein, überlegte Tessa. Wer er auch war, er wartete jedenfalls auf Alex und würde vor der Tür lauschen, während sie all das sagte, was sie zu ihrem Mann sagen wollte.

»Ist Ihnen nicht gut?« fragte er liebenswürdig.

Sie zwang sich, dem Mann in die Augen zu schauen. »Ich – ich habe eine Sechs«, stammelte Tessa und floh.

Alex Lerche blinzelte den Besucher an, der ihm gegenübersaß und mit einem Siouxmesser spielte, das Lerche auf seinem Schreibtisch liegen hatte. Gewöhnlich machten die Leute eine Bemerkung zu der Perlenstickerei am Fellgriff, aber der kahle Mann in dem Khakioverall ließ seine Finger mit wohlwollender Neugierde an der Eisenschneide entlanggleiten.

»Es wäre kein schlechtes Jagdmesser, aber ich würde es höchst ungern im Kampf benutzen.«

»Im Kampf?« Lerche dachte darüber nach. »Ich glaube nicht, daß die Sioux –«

Der Besucher lächelte. »Ich habe von Vietnam gesprochen. Habe dort ein paar Jahre in Spezialeinheiten verbracht. Ich habe da drüben die Bekanntschaft von ein paar Indianern gemacht, und kein einziger von uns hat so was bei sich gehabt.«

»Sie interessieren sich für Indianer, Mr. ... äh ...«

»Comfrey Stecoah. Schätze schon, daß ich mich für die Indianer interessiere, schließlich bin ich einer. Ich bin auf der Suche nach einem Dr. Lerche. Sind Sie das vielleicht?«

»In der Tat«, murmelte der Professor. »Und Sie sagen, *Sie* sind Indianer?«

»M – hm«, grinste er und las in Lerches Miene, was dieser dachte. Er sah nicht so aus, wie sich die meisten Leute einen Indianer vorstellen, und er wußte das. Seine Hautfarbe war dunkel, aber nicht so dunkel wie die der Indianer im Westen; seine Nase war zu breit, und weil er kahlrasiert war, konnte man über sein Haar nur Vermutungen anstellen. »Ich bin zu Ihnen gekommen, weil ich gehört habe, daß Sie Experte für Indianerkulturen sind.«

»Ich habe einiges über die Kultur der Prärie-Indianer geschrieben«, sagte Lerche vorsichtig. »Was möchten Sie gerne wissen?«

»Es geht mir nicht um Wissen. Es geht mir um einen Beweis. Ich weiß, daß Sie bisher nur über die Indianer im Westen von Nordamerika gearbeitet haben, aber in unserer Gegend haben wir keinen Fachmann. Deshalb müssen wir mit Ihnen vorliebnehmen.«

Lerche lächelte gegen seinen Willen. »Was genau erwarten Sie von mir?«

»Mein Volk will, daß Sie eine Ausgrabung vornehmen – auf unserem Land, das heißt, es *sollte eigentlich* unser Land sein. Sie sollen uns dabei helfen, unseren Prozeß zu gewinnen.«

Lerche seufzte: »Könnten Sie von Anfang an erzählen, bevor ich überhaupt nicht mehr durchblicke?«

Stecoah grinste. »Klar. Es ist so, wie ich gesagt habe, mein Volk –«

»Da muß ich Sie schon unterbrechen. Lassen Sie uns wirklich von vorne beginnen! Wer ist denn Ihr Volk?«

»Die Cullowhees. Wir sind ein östlicher Indianerstamm in den Appalachen. Ein paar Autostunden von hier entfernt. Haben Sie je von uns gehört?«

Lerche zögerte. »Ich habe von den Cherokees gehört«, brachte er vor.

Stecoah seufzte. »Wer nicht? Wir sind keine Cherokees, und die brauchen Ihre Hilfe auch gar nicht. Sie haben ihre Andenkenläden und ihr Freilichttheater und – ach, zum Teufel, wer bin ich denn, das herunterzumachen? Ich wünschte, wir hätten eine solche Verdienstmöglichkeit.«

»Die – Cullowhees, haben Sie gesagt?«

»Ja, wir sind eine recht kleine Gruppe. Weniger als tausend Leute, die alle in demselben kleinen Tal leben. Aber wir werden von der Regierung der Vereinigten Staaten nicht als Stamm anerkannt, und wir haben kein eigenes Land. An dieser Stelle kommen Sie ins Spiel. Wir brauchen die Unterstützung eines neutralen Sachverständigen, damit uns der alte Uncle Sam ein Stück Land zuweist.«

Lerche klopfte die Fingerspitzen gegeneinander, während er über die Angelegenheit nachdachte. »Ich denke, da ließe sich etwas tun. Wenn Sie mir Tonbandaufzeichnungen von Ihrer Stammessprache und Töpferware und andere Gebrauchsgegenstände bringen, und wir –«

»So können wir nicht vorgehen. Sie müssen Ausgrabungen vornehmen, um Beweise zu finden, daß es unser Land war. In dem Tal gibt es einen Friedhof, auf dem unsere Leute, soviel wir wissen, seit mindestens einhundertzwanzig Jahren begraben sind. Das sollte doch bei der Regierung etwas zählen, meinen Sie nicht?«

»Ich denke schon, aber wäre es nicht einfacher, jemanden zu engagieren, der Untersuchungen über Ihre Kultur anstellt und Ihren Stamm mit den Cherokees oder den Irokesen in Verbindung bringt, so daß Sie durch Assoziation Stammesstatus bekommen?«

»Das geht nicht.«

»Ich meine mich aber zu erinnern, daß es schon einmal so lief.«

»Ja, aber es würde in unserem Fall nicht gehen. Wir machen keine Tontöpfe, keine Tomahawks und basteln auch sonst nichts. Wir haben so was noch nie gemacht. Und die einzige Stammessprache, die wir haben, ist die, in der ich im Moment zu Ihnen spreche.«

Lerche mußte diese Information erst verdauen. Er hatte keine Erfahrung mit östlichen Indianerstämmen, aber aufgrund seiner Arbeit im Südwesten hätte er doch zumindest Spuren der ursprünglichen Kultur erwartet, ungeachtet der jahrelangen Anpassung an weiße Gepflogenheiten. Wie war es möglich, daß all das verlorengegangen war und sie doch als Stamm zusammenhielten? Die Sache versprach interessant zu werden.

»Wissen Sie irgend etwas über Ihre Herkunft?«

Stecoah beugte sich vor und legte das Messer auf den

Schreibtisch zurück. »Ich persönlich halte nicht viel von Abstammungsgeschichten«, sagte er gedehnt. »Ich bin der Meinung, es genügt, daß wir amerikanische Ureinwohner sind. Wir haben es nicht nötig, so ein Affentheater um unsere Herkunft zu machen. Aber ich weiß auch, daß wir genau nach diesem verdammten Mist gefragt werden, wenn wir unseren Antrag beim Innenministerium stellen.«

»Das sehe ich auch so«, pflichtete ihm Lerche bei. Er achtete genau auf die runden Vokale des Mannes und hoffte auf irgendwelche mundartlichen Besonderheiten, aber für Lerches ungeübtes Ohr klang Stecoah genau wie die paar anderen Leute aus den Appalachen, denen er bisher begegnet war.

»Das Problem ist, daß keine Einigung darüber besteht, woher wir stammen. Einige Leute wollen gern glauben, daß wir von den Indianern und Siedlern der Verlorenen Kolonie abstammen, aber ich glaube das nicht. Die war ganz da unten in North Carolina an der Küste. Wir sind Bergbewohner. Meine Mutter behauptet, daß wir uns von einem Stamm namens Unakas herleiten, die sich durch Heirat mit den Herrnhuter Missionaren aus Salem vermischten. Manche behaupten auch, daß einige von Daniel Boones Leuten sich in der Gegend der Cumberland-Schlucht abgesetzt haben und zu dem dortigen Stamm gestoßen sind, und daß wir die Nachkommen dieser Mischehen sind. Es interessiert mich nicht die Bohne, solange wir das Land kriegen. Welche Geschichte, meinen Sie, gefällt denen in Washington am besten?«

»Das kann ich leider nicht sagen«, murmelte Lerche. »Vielleicht kann ich einen geeigneten Anthropologen empfehlen, der sich ein paar Jahre lang damit beschäftigt und eine Theorie, die auf schlüssigeren Beweisen fußt, aufstellt.«

Die Tür flog auf, und Milo, der im Begriff war, sich den weißen Laborkittel von den Schultern zu streifen, kam ins Zimmer. »Hey, Alex, ich weiß nicht, was –« Er blickte auf und bemerkte den Besucher. »Tut mir leid. Ich wußte nicht, daß du eine Besprechung hast.«

Alex lächelte. »Milo, Mr. Stecoah ist ein Abgesandter der ... äh ... der Cullowhee-Indianer.«

Milo wirkte beeindruckt. »Freut mich, Sie kennenzulernen, Häuptling.«

»Danke. Ich bin kein Häuptling. Wir halten nichts von dem Zeug. Dafür war ich Stabsfeldwebel in der Armee.«

»Mr. Stecoah wandte sich an uns wegen einer möglichen Grabung auf dem Boden seines Volkes. Er braucht ein amtliches Gutachten, damit seine Gruppe bei der Regierung den Status als Stamm beantragen kann, aber ich habe ihm gesagt –«

»Sie versuchen, mich hinzuhalten«, grollte Stecoah. »Faseln über irgend so eine ausgefallene Untersuchung, die ein paar Jahre dauert. Wir haben nicht soviel Zeit. Die Regierung ist drauf und dran, unser Land einer verdammten Bergwerksgesellschaft zu übergeben, die im Tagebau Kohle abbauen will! Wir brauchen ganz schnell Hilfe, sonst haben wir auch unseren Tränenpfad, wie die Cherokees.« Er grinste. »Dann wäre mir so ein Freilichttheater wie die es haben, schon lieber, wenn es schon eine Ähnlichkeit geben soll.«

Alex Lerche zögerte. Er war so ökologiebewußt wie nur irgendeiner, aber ihm war nicht wohl dabei, sich ohne intensivere Prüfung auf solch ein Projekt einzulassen. Er seufzte. »Vielleicht könnten wir uns noch ein wenig eingehender darüber unterhalten«, bot er an. »Milo, hast du Zeit, dich zu uns zu setzen?«

»Klar. Die Übung ist aus. Mir scheint das eine großartige Idee zu sein!« Er fing Lerches warnenden Blick auf und beschränkte sich auf höfliches Interesse.

»Vielleicht machst du dir ein paar Notizen von unserem Gespräch«, sagte Lerche zu ihm.

Milo kippte seinen Stuhl in Richtung Tür zurück und griff auf der Suche nach einem Stift in seinen Laborkittel. »Oh! Jetzt hätte ich beinahe vergessen, warum ich hereingekommen bin«, sagte er und zog ein Blatt Papier aus der Tasche. »Ich habe es auf dem Gang gefunden. Das ist doch deine Handschrift.«

Lerche nahm das Blatt, dessen Ränder dicht mit den Worten »Mary Clare« bekritzelt waren. Es war das Notizblatt, das er zu Hause auf seinem Schreibtisch zusammen mit den Aufzeichnungen für seinen Zeitschriftenartikel liegengelassen hatte. »Wo –«

»Ich wette, die Dame hat es fallenlassen«, sagte Stecoah. »Sie hat auf Sie gewartet, hat dabei aber ganz durcheinander ausgesehen.«

Alex starrte auf das Blatt und machte sich das Verhängnis stückweise klar.

Tessa mußte das Blatt Papier gefunden haben. Nur so konnte es in den Gang vor seinem Büro gekommen sein. Die Tatsache, daß sie es hierhergebracht hatte, konnte nichts anderes bedeuten, als daß sie beschlossen hatte, ihn zur Rede zu stellen. Er fragte sich, ob sie ihm glauben würde, und mehr noch, ob er es über sich bringen konnte, die Wahrheit zu gestehen. Er würde jedenfalls mit Tessa sprechen müssen, bevor sie zu irgendwelchen drastischen Maßnahmen griff. Frauen, dachte er trübselig. Wenn man Skelette miteinander verglich, war der einzige Unterschied zwischen Frauen und Männern ein Knochenstück von der Größe seiner Hand, aber – er lächelte in sich hinein – die prämortalen Unterschiede waren beträchtlich. Tessa würde ihm Schwierigkeiten machen, gerade jetzt, wo er all seine Energie für die Arbeit an der Diskriminantentabelle brauchte. Nur die war wirklich wichtig. Warum verstand Tessa das nicht? Er wünschte, er könnte einfach weggehen.

Es war vollkommen still. Lerche wurde sich bewußt, daß ihn die beiden Männer, deren Existenz er völlig vergessen hatte, erwartungsvoll anstarrten.

»Äh – was?« fragte er unsicher.

»Die Grabung!« half ihm Milo auf die Sprünge. »Was

meinst du? Sie würde dir zusätzliche Daten für die Tabelle verschaffen.«

»Ganz zu schweigen davon, daß Sie *lebenden* Leuten aus der Patsche helfen würden«, brummte Stecoah.

Alex wich ihrem Blick aus. »Einverstanden. Wir gehen die Sache an.«

Mary Clare Gitlin, Assistentin am Lehrstuhl für Anthropologie, hatte herausgefunden, daß der Rhythmus der meisten Countrysongs des lokalen Rundfunksenders bestens geeignet war, dazu Multiple-choice-Aufgaben zu korrigieren. »It wasn't God« (Fehler), »who made honk –« (Fehler) »y-tonk angels« (kein Fehler). Es war ihr gleichgültig, ob dies Zufall war oder die Offenbarung einer höheren Wahrheit über menschliches Verhalten. Es machte das Benoten von hundert Erstsemesterprüfungsaufgaben weniger eintönig. Die restliche Arbeit, die sie als Assistentin zu tun hatte, machte ihr sowieso Spaß. Alex Lerche war ganz bestimmt ein netter Mann, mit dem man gut arbeiten konnte. Sie hatte Glück gehabt, daß sie nicht Dr. Ziffel zugewiesen worden war, einem reizbaren Pedanten, der nach einer mittelmäßigen Karriere langsam auf den Ruhestand zusteuerte und dem jeder talentierte Wissenschaftler am Fachbereich ein Dorn im Auge war. Die paar Male, die sie ihm begegnet war, hatte er prinzipiell ihren East-Tennessee-Dialekt nachgeahmt, wobei er seinen Hohn hinter einem umgänglichen Lächeln verbarg.

Alex war ein wenig zu ernst, aber das war ihr lieber als Ziffels zynischer Witz. Alex war seinem Beruf mit Leib und Seele zugetan. Wenn er mit einem sprach, beugte er sich vor, bewegte seine Hände mit der Grazie eines Mimen und unterstrich das, was er sagen wollte, mit sparsamen, aber vollkommenen Gesten. Für Mary Clare war er ein wirklicher Wissenschaftler, während der Rest der Fakultät in ihren Augen ein Haufen Bürokraten war. Sie gingen in Anzug und Krawatte in die Vorlesungen und taten so, als hießen sie mit Vornamen Doktor; Alex dagegen schien die Eitelkeit des akademischen Lebens fremd. Er trat in Cordjeans und weißem, bis zu den Ellbogen aufgekrempeltem Hemd vor die Studenten, das weißblonde Haar in einer Welle über die Stirn fallend. Hie und da kam es vor, daß er ein Jackett und eine Krawatte trug – dann wußte man, daß *sie* am Morgen seine Kleidung ausgesucht hatte –, aber gegen zehn Uhr sah er gewöhnlich wie immer aus und war in das Rätsel, das ihm ein alter Knochen aufgab, vertieft, wie ein glücklicher Bluthund. Mary Clare lächelte vor sich hin. Er war ein netter Mann und ein guter Wissenschaftler. Es schien ihr eine Vergeudung seines Talents, daß man ihn in einen Hörsaal pferchte, um allgemeine Anthropologie zu lehren, wo er doch wichtige wissenschaftliche Grabungen durchführen könnte. Ein Mann mit Alex' Befähigung und Wissen sollte die ganze Zeit draußen forschen, nicht nur gelegentlich den Studenten zuliebe eine Exkursion machen. Mary Clare kreiste die Sechs, die sie auf einen Test geschrieben hatte, ein. Was für eine Vergeudung! Wenn sie Alex gegenüber fair sein wollte, mußte sie allerdings einräumen, daß die Arbeit an der Universität sicher nicht seine Idee war. Wer ein sicheres Einkommen, das Prestige, das ein Lehrstuhl verlieh, und ein schönes Haus statt eines Camps wünschte – war nicht Alex. Das war *sie*. Mary Clare seufzte. Es war besser, nicht über Dinge zu spekulieren, die einen nichts angingen, aber es war nichtsdestoweniger eine erbärmliche Schande.

Tessa schlug kräftiger als nötig mit dem Schneebesen auf die Eier ein, bis sich in der Rührschüssel ein gelb-weißer Strudel bildete. Heute war Quiche-Abend, weil sie an diesem Wochentag nachmittags ehrenamtlich im Familienberatungscenter arbeitete und um sieben Uhr schon wieder Aerobic hatte. Alex würde bald zu Hause sein. Von ihrem Arbeitstisch in der Küche aus konnte sie die

Straße sehen, und sie ertappte sich dabei, wie sie mit zunehmender Besorgnis nach dem Auto Ausschau hielt. Es war nicht so sehr Furcht als eine letzte Spur von Lampenfieber vor dem Beginn einer Vorstellung.

Sie hatte am Nachmittag mit Ginny im Beratungscenter darüber gesprochen, und sie waren zu dem Schluß gekommen, daß ihre Reaktion übertrieben war. Ein Name auf einem Blatt Papier sei wohl kaum ein Beweis für einen Ehebruch, hatte Ginny erklärt, aber sie gab zu, daß man auf der Hut sein mußte. Es sei jetzt wichtig, Ruhe zu bewahren und die Kommunikationskanäle offenzuhalten. Sie empfahl Tessa, nicht zu vergessen, daß die männliche Libido zwar eine emotionale Form von Abschaum sei, die Männer aber im Grunde ihre Frauen nicht verlassen wollten. Wenn sie sich in eine andere Frau verliebten, dann müßten sie einfach ihr Ego mal wieder befriedigen; das sei selbstverständlich infantil, aber was könne man schon anderes erwarten? Sie gab Tessa den Rat, sich wie gewöhnlich zu verhalten, nur liebevoller, aufmerksamer und verständnisvoller. Schließlich hatte sie ihr einen fotokopierten Artikel über ›Akademiker als Allgemeingut‹ in die Hand gedrückt und sie im Scheidungsrecht-Seminar des Centers eingeschrieben. Es konnte nicht schaden, vorbereitet zu sein.

Tessa schob gerade die Quiche-Form in den Ofen, als sie die Autotür zuschlagen hörte. Die in ihrer Phantasie durchgespielten Wortwechsel zwischen ihr und Alex fanden damit ein Ende. (»Natürlich hast du keine Affäre mit ihr, Liebling. Du hast ihren Namen neben deine Aufzeichnungen geschrieben, weil du das fehlende Glied in der Kette zwischen Mensch und Affe entdeckt hast und überlegst, ob du es nach ihr nennen sollst!«) Sollte sie ihm an die Haustür entgegengehen, oder würde das zu unnatürlich wirken? Was sollte sie sagen?

Sie beschloß zu bleiben, wo sie war, um des Heimvorteils willen (die Küche war ihr Reich; außerdem mußte sie noch aufräumen, um rechtzeitig zu ihrem Kurs zu kommen). Als Alex hereinkam, deckte sie gerade den Tisch.

»Das Abendessen ist fast fertig«, sagte sie zu ihm. »Ich muß danach gleich weg, aber wenn du das Geschirr zusammenstellst, spüle ich es, wenn ich zurückkomme.«

»Wieso, das mache doch immer ich, wenn du deinen Kurs hast.«

»Laß mal. Es macht mir nichts, es später zu spülen. Willst du einen Kaffee?« Ich habe irgendwas Manisches an mir, dachte sie. Ich klinge wie eine Stewardeß. Bei dem Versuch, sich normal zu benehmen, kommt das unnatürlichste Benehmen überhaupt heraus.

»Kaffee wäre schön«, sagte Alex, der auf der Hut war. »Wenn es dir keine Mühe macht.«

»Überhaupt keine.« Tessa begann, den Kaffee in die Maschine zu löffeln. »Und wie war dein Tag?«

»Oh, schön. Ich habe einen interessanten Fall hereinbekommen.«

»Alex –« Tessa war drauf und dran zu sagen, daß sie vor dem Abendessen nichts über seine gruseligen Fälle hören wollte, aber sie erinnerte sich an Ginnys Rat und sagte lieber: »Das ist ja fein. Erzähl.«

»Ich weiß noch nicht viel darüber«, gestand Alex. »Eine Indianergruppe oben in den Bergen will, daß ich für sie eine Probegrabung durchführe, um ihnen zu helfen, von der Regierung die Anerkennung als Stamm zu bekommen.«

»Vielleicht sollte ich lieber Tee trinken. Ich habe schon den ganzen Tag im Beratungscenter diesen furchtbaren löslichen Kaffee getrunken und spüre bereits, wie nervös mich das Koffein macht.«

»Tee ist mir auch recht, Tessa.«

»Nein. Du bekommst deinen Kaffee. Ich habe die Maschine schon angestellt.«

»Wie auch immer. Jedenfalls will dieser Stamm, daß ich einen Beweis dafür finde, daß das Land, auf dem sie leben, ihr angestammtes Terrain ist. Offensichtlich besteht die Gefahr, daß sie es an eine Bergwerksgesellschaft verlieren, die darauf Tagebau betreiben will.«

»Ich denke, ich mache einen Salat zur Quiche. Möchtest du lieber Blattsalat oder Spinat?«

»Was weniger Mühe macht. Ich glaube, es könnte eine interessante Grabung werden. Ich habe in meiner Diskriminantentabelle keine Daten über östliche Indianerstämme, und auf die Weise könnte ich welche bekommen.«

»Dann mache ich Spinatsalat. Blattsalat schmeckt eigentlich nur gut, wenn man etwas Speck dazu ausläßt, und es ist ohnehin genug Cholesterin in den Eiern.«

»Ich denke nicht, daß es länger als ein paar Wochen in Anspruch nimmt. Ich wäre rechtzeitig zu den Semesterferien zurück, falls du in diesem Jahr wieder das Strandhäuschen mieten möchtest.«

Tessa machte langsam den Kühlschrank zu. »Zurück?« echote sie. »Zurück von wo?«

»Sarvice Valley heißt die Gegend. Wir werden natürlich ein Lager aufschlagen, aber in der Nähe ist eine kleine Stadt mit einem Motel, so daß wir ein Zimmer mieten können, in dem wir den Computer anschließen.«

»Du gehst auf eine Grabung?« fragte Tessa, die endlich begriffen hatte.

»Nur auf eine kleine«, sagte Alex zaghaft.

»Ich verstehe.« Tessas Stimme war kalt.

»Du kannst mich doch hier entbehren, oder?«

»Woher weißt du eigentlich, daß ich nicht mit will, Alex?«

Er zuckte mit den Achseln. »Aus Erfahrung.«

»Du hast recht. Ich habe zu viele Verpflichtungen hier, um Hals über Kopf mit dir in die Berge fahren zu können.« Tessa legte die Stirn in Falten, weil ihr ein neuer Gedanke kam. »Und ich nehme an, du nimmst deine Assistenten mit?«

»Ja, natürlich. Es wird für beide eine nützliche Erfahrung sein. Für Mary Clare ist es das erste Mal.«

»Das zu glauben«, sagte Tessa, »fällt mir sehr schwer.«

Es war weit nach fünf, als Milo aus dem Labor in sein Büro zurückkehrte. Das Licht brannte noch, und die Tür stand offen. Milos Zimmerkollegin, Mary Clare, saß zusammengekauert auf ihrem Drehstuhl und machte sich Notizen auf Karteikarten.

»Gehst du eigentlich nie nach Hause?« fragte Milo.

»Wer im Glashaus sitzt«, antwortete sie, ohne aufzublicken.

»Was machst du? Bereitest du deine Übung vor?«

»Ja. Ich bringe meine Fakten in die Reihe. Es ist immer einer dabei, der mir eine Frage stellt, zu deren Beantwortung ich genaue Daten oder eine Statistik brauche, und ich kann das Zeug nicht einfach aus dem Ärmel schütteln.«

»Ich auch nicht, im Gegensatz zu Alex. Ich glaube, er kann diese Diskriminantentabelle auswendig. Aber mach dir nichts draus; ich bin sicher, daß du eine gute Lehrerin bist.«

»So gut, wie ich sein will«, sagte Mary Clare. »Ich habe nicht vor, mein ganzes Leben auf einem Campus zu verbringen. Ich will eine richtige Anthropologin werden – die draußen, vor Ort, arbeitet.«

»Nun, du wirst sehr bald einen Vorgeschmack von dieser Arbeit bekommen. In einer Woche um diese Zeit werden wir uns bereits im Sarvice Valley rumschlagen.«

Mary Clares Unterkiefer fiel herab. »*Wo* bitte?«

»Im Sarvice Valley. Das kennst du nicht? Ich dachte, du wüßtest, wo das ist. Mr. Stecoah spricht genau wie du.«

»Ganz bestimmt!« schnaubte Mary Clare. »Du und Alex, ihr könntet nicht einmal Loretta Lynn von Scarlett O'Hara unterscheiden! Wo kommt dieser Kerl her? Eastern Kentucky?«

»Nein. Das Sarvice Valley ist dort, wo North Carolina, Virginia und Tennessee aufeinanderstoßen.«

»Das ist näher, als ich gedacht hätte«, gab Mary Clare widerwillig zu. »Aber trotzdem kennt ihr euch nicht mit Dialekten aus. Aber sag: Was hat es mit dieser Grabung auf sich? Ich war der Meinung, wir arbeiten in diesem Sommer hier, während Alex seine Diskriminantentabelle fertigstellt.«

»Das habe ich auch gedacht«, gestand Milo ein. »Aber mit einemmal scheint er erpicht darauf, zu gehen. Vielleicht interessiert er sich einfach für die Sache. Die Aufgabe besteht darin, einen Indianerstamm als echt zu erweisen. Übrigens, Alex will mit uns beiden morgen vormittag darüber sprechen. Deshalb wollte ich zuerst mit dir reden. Du hast ihm doch beim Archäologie-Kurs für das erste Semester assistiert; ich nehme an, daß wir die Ausgräber wahrscheinlich aus diesem Semester rekrutieren.«

»Wahrscheinlich. Wieso?«

»Ich wollte wissen: Glaubst du, wir könnten noch jemanden gebrauchen?«

Mary Clare seufzte. »Wenn er uns bis ans Ende von Tennessee schickt, können wir meines Erachtens für jede Hilfe, die wir bekommen können, dankbar sein. Von meinen Leuten haben sich in diesem Semester viele in Kurse eingetragen und werden nicht mitgehen können.« Ihre Augen verengten sich zu schmalen Schlitzen. »Warum?«

Milo setzte sein unbeteiligtestes Gesicht auf. »Ach, eine Freundin von mir hat letztens gemeint, sie würde gerne einmal auf eine Grabung mitkommen, das ist alles.«

»Oh, mein Gott! Warum führst du deine Freundinnen nicht zum Tanzen aus wie andere Jungs? Du mußt nicht gleich rot werden, Milo! Ich habe nicht nein gesagt. Meinetwegen kann sie mitkommen, aber du hast sie dann auf dem Hals. Ich will keine Rauschgoldengel auf dieser Grabung, die sich nicht schmutzig machen wollen, keinen Sonnenbrand kriegen wollen, kein –«

»Sie wird sich anständig aufführen.« Milo grinste. »Sie ist nicht von der zimperlichen Sorte. Habe ich dir eigentlich schon erzählt, daß sie letzte Woche einen Totenschädel mit nach Hause gebracht hat?«

»Das ist jetzt das dritte Mal, Milo. Hör zu, geh zu ihr

und sag ihr, daß sie mitkommen kann. Überzeug dich davon, daß sie einen Spaten und einen Schlafsack hat –«

»Schon gut, Mary Clare, schon gut.«

»Und denk daran, wenn sie sich als Primadonna erweist, dann ist das dein Problem. Ich weiß nicht, warum sich Anthropologen immer mit Frauen einlassen, die zu Mühlsteinen am Hals werden wie –« Sie unterbrach sich und warf Milo einen Blick zu.

»Ich weiß«, sagte Milo gelassen.

Als Milo das Büro verließ, war es sechs Uhr vorbei, aber noch sonnig. Er nahm die Abkürzung quer über den oberen Innenhof, ging um die Grenzlinien eines improvisierten Baseball-Spiels herum und schlug den Weg ein, der vorbei am Ententeich und den Schafställen über die Schnellstraße nach Brockwood führte. Seine Wohnung war fünfzehn Gehminuten vom Campus entfernt, aber er hatte es nicht eilig, nach Hause zu kommen. Er verweilte am Ententeich und beobachtete, wie die Wasservögel des Campus, fett durch die Fütterei, über das sonnenbeschienene Wasser dahinglitten. Am Ufer warf ein Junge in einem Trainingsanzug eine Frisbeescheibe über den Kopf eines ungestümen Labradors hinweg. Milo setzte sich an einen Picknicktisch aus Beton, um nachzudenken.

Weil er den Eindruck machte, als befinde er sich im Einklang mit sich selbst, und weil er für jeden ein freundliches Wort übrig hatte, neigten die Leute dazu, sich Milo anzuvertrauen. Vielleicht wollten sie ihm mit diesen Vertrauensbeweisen schmeicheln, aber sein Unbehagen war immer größer als seine Genugtuung. »Wenn ich mir persönliche Probleme anhören wollte, wäre ich Psychiater geworden«, sagte er sich. »Ich bin forensischer Anthropologe, um Himmels willen! Leute, die nicht *tot* sind, verstehe ich nicht.« Er hatte das Blatt Papier, das er im Gang gefunden hatte, Mary Clare gegenüber nicht erwähnt, weil er spürte, daß es dazu angetan war, eine Katastrophe auszulösen. Er wollte nicht einmal selbst darüber nachdenken. Seine schlimmste Befürchtung war, daß sich Lerche, der wußte, daß er es gesehen hatte, verpflichtet fühlen könnte, ihm eine Erklärung dazu abzugeben. Milo hatte das Gefühl, daß das für alle Beteiligten sehr peinlich wäre. Er hatte sein Bestes getan, sich dumm zu stellen, als er das Blatt zurückgab; er hoffte, daß seine scheinbare Arglosigkeit Lerche davon überzeugt hatte, daß er nichts wußte. Mary Clare war drauf und dran gewesen, ihm eben im Büro etwas zu offenbaren, aber er war dem ebenfalls zuvorgekommen. Wenn diese Grabung den Hintergrund für eine Seifenoper abgeben sollte, so wollte Milo jedenfalls mit den Einzelheiten verschont bleiben.

Milo erhob sich und machte sich auf den Weg zu den Schafställen. Die Sonne stand jetzt tiefer am Himmel; sie brachte die Blechdächer zum Erglühen und verwandelte die Schafe in Schattenrisse. Er wollte nicht länger über Lerches Probleme nachdenken und beschloß, dem Mann keinen Vorwurf daraus zu machen, daß er sich mit Mary Clare einließ. Es war nicht zu übersehen, daß Mrs. Lerche eine nervtötende Person war, die zu der Sorte Professorengattin aus gutem Hause gehörte, aber Alex sollte vorsichtig sein. Sie könnte vielleicht auf den Gedanken kommen, sich in der Rolle der verschmähten Frau dem Dekan in seinem Büro zu Füßen zu werfen. Er schüttelte den Kopf. Vielleicht hatte Mary Clare recht; vielleicht war es verrückt von ihm, Elizabeth zu der Grabung einzuladen, aber er würde immerhin herausfinden, was für eine Sorte Mensch sie war, bevor sie sich zu sehr aufeinander einließen.

Nachdem er zu diesem Schluß gekommen war, verbrachte Milo den Rest seines Heimwegs damit, sich auszumalen, wie er die Einladung an Elizabeth vorbringen wollte. Sollte er sie auffordern, sich einen eigenen Spaten zu kaufen, oder sollte er ihr einen von seinen alten geben?

Als er an der Wohnungstür angekommen war, waren seine Tagträume in das Stadium eines imaginären Dialogs getreten, in dessen Verlauf er intelligente und kluge Dinge sagte, auf die Elizabeth blind vor Bewunderung antwortete. Er war einigermaßen überrascht, als er die Tür öffnete und sie leibhaftig vor ihm stand.

»Hallo, Elizabeth!« stammelte er. »Ich bin froh, daß du da bist.«

»Die Freude wird dir beim Abendessen vergehen«, warnte ihn Bill.

Milo setzte sich neben seinen Mitbewohner auf die Couch und dachte an die Mahlzeiten, die sie während der nächsten Wochen im Sarvice Valley haben würden. »Vielleicht könnten wir uns eine Pizza kommen lassen.«

»Sehr witzig«, sagte Elizabeth, die wieder in die Küche gegangen war. »*Warum* bist du froh, daß ich da bin?«

»Nun, ich habe eine interessante Neuigkeit für dich. Kannst du mal eine Pause einlegen und hereinkommen?«

»Recht so! Bring sie auf andere Gedanken.« Bill langte nach dem Telefonbuch. »Pizza ... Pizza.«

Elizabeth stellte die Zeituhr auf dem Elektrotopf und kam wieder ins Wohnzimmer. Sie hechtete nach dem Telefonbuch. Bill wich dem Angriff aus und rief Milo Lombardis Nummer zu.

Milo griff zum Hörer und sagte dann, sich seiner guten Manieren erinnernd: »Ich habe eine gute Entschuldigung dafür. Ich werde mich in den nächsten paar Wochen von Schlangenfraß ernähren, deshalb kann ich es mir im Moment nicht leisten, auf ein ordentliches Essen zu verzichten.«

»Sehr diplomatisch«, bemerkte Bill.

Elizabeth schaute ihn böse an. »Ganz wie der Herr meinen.« Eigentlich wollte sie sich mit diesen Worten ihren Abgang sichern, aber als sie sich zum Gehen wandte, wurde ihr klar, was Milo da gesagt hatte. »Was willst du damit sagen, du wirst dich in den nächsten Wochen von Schlangenfraß ernähren?«

»Gefängnis, nehme ich an«, sagte Bill. »Er und Lerche waschen wahrscheinlich Leichen für die Mafia. Ich habe schon seit Monaten den Verdacht.«

»Nein, Tatsache ist, daß ich von Indianern gefangengenommen worden bin«, sagte Milo.

»Hat das etwas damit zu tun, daß du froh warst, mich anzutreffen?« fragte Elizabeth.

»Ja. Du erinnerst dich doch, daß du, als du den Schädel im Wald gefunden hattest, gesagt hast, du würdest gerne einmal mit auf eine Grabung kommen. Na ja, heute hat Dr. Lerche beschlossen, daß wir in den Bergen droben eine machen, und ich habe es so eingerichtet, daß du mitkommen kannst.«

Elizabeth war verdutzt. »Ich verstehe überhaupt nichts von Archäologie.«

»Das mußt du auch nicht. Nur die Leiter müssen Fachleute sein. Du bist ein Mitglied der Grabungsmannschaft. Es ist vergleichbar mit –«

»Dem Ausheben eines Straßengrabens«, warf Bill ein.

»Ich meinte eher mit Gartenarbeit«, sagte Milo. Elizabeths Gesichtsausdruck war alles andere als entzückt, deshalb beeilte er sich, das Projekt in den schillerndsten Farben darzulegen. Er erläuterte das Problem der Cullowhees und in etwa die Aufgabe, die sie hatten, nämlich den ältesten Teil des Friedhofs auszugraben, um Anhaltspunkte über die Herkunft des Stammes zu gewinnen. »Und außerdem, Elizabeth, hast du die Chance, Mitglied eines Teams zu sein, das neue Daten für Anthropologen liefert. Erinnerst du dich an die Diskriminantentabelle, von der ich dir erzählt habe?«

Sie nickte. »Das war doch die, mit der man Männer von Frauen und Schwarze von Weißen unterscheiden konnte? Anhand der Knochenreste, meine ich«, sagte sie hastig, um Bills nächster Bemerkung zuvorzukommen.

»Das ist richtig. Das Entscheidende ist: Es gibt noch keine Diskriminantentabelle für Indianer. An ihr arbeitet Dr. Lerche im Moment. Sie wird ein ziemlich wichtiger

Forschungsbeitrag zu unserem Gebiet werden. Die meisten Daten für die Tabelle hat Dr. Lerche bereits im Südwesten zusammengetragen, aber er will die Cullowhees noch hinzufügen, um eine breitere Stichprobe zu haben.«

»Wie meinst du das, hinzufügen?«

»Also, wir legen den alten Friedhof frei, klar? Schön, und wenn wir ein Skelett ausgegraben haben, messen wir seinen Schädel aus und so weiter und fügen die Daten der Statistik, die wir bereits haben, hinzu.«

»Das klingt alles sehr aufregend, Milo, aber die Sache hat doch einen Haken? Ich habe deine Bemerkung, daß die nächsten paar Wochen schwierig sein werden, noch im Ohr.«

»Das ist richtig, Milo«, sagte Bill. »Laß das mit der Grabschändung mal beiseite und komm zum unangenehmen Teil.«

Milo, der an die sarkastischen Einwürfe seines Mitbewohners gewöhnt war, ignorierte diese Bemerkung. Eigentlich hatte er vorgehabt, Elizabeth gegenüber eine sorgfältig aufbereitete Version des Lebens auf einer Grabung zum Besten zu geben und dabei die Unbequemlichkeiten und die Langwierigkeit herunterzuspielen. Aber es fiel ihm wieder ein, was Mary Clare über Anthropologen, die sich mit unpassenden Frauen belasteten, gesagt hatte. Wenn er Elizabeth nicht die Wahrheit über die Unbilden der wissenschaftlichen Feldarbeit sagte, forderte er sicher zukünftig dieselben Probleme heraus. Er wünschte sich sehr, daß sie mitkam, aber sie mußte es aus den richtigen Gründen heraus tun. Wenn sie nur ihm zuliebe mitging, dann mochte das dieses eine Mal gutgehen oder sogar die nächsten Dutzend Male, aber früher oder später würden sich Probleme ergeben.

Milo seufzte. »Meinetwegen, also bitte. Wir schlagen unser Lager im Sonntagsschulraum einer kleinen Baptistenkirche im Sarvice Valley auf. Wir werden daher Strom und eine Toilette im Haus haben; aber die Duschen werden im Freien errichtet, und kochen können wir mit Sicherheit nur auf einem Kocher oder über einem Campingfeuer. Und saubere Bettwäsche kannst du vergessen, wir schlafen in Schlafsäcken. Gewöhnlich haben wir einen Zehnstundentag, weil uns dieser Sommer nicht mehr viel Zeit für diese Arbeit läßt, und du wirst den Großteil des Tages auf deinen Knien in hartem rotem Lehm herumbuddeln. Die Arbeit wird nicht bezahlt, und für deine eigenen Ausgaben kommst du selbst auf. Nun, kommst du mit oder nicht?«

Elizabeth kniff die Augen ein wenig zu. »Natürlich komm' ich mit, Milo. Ich habe dir doch gesagt, daß ich lernen will, die Knochen so zu deuten wie du. Außerdem hast du alles so schrecklich hingestellt, daß ich es noch lange zu hören bekäme, wenn ich nicht mitginge.« Sie machte mit dem Kinn eine vielsagende Bewegung in Bills Richtung.

»Du mußt mir nur sagen, wohin du die Rot-Kreuz-Pakete geschickt haben willst«, bemerkte Bill.

»Ins Sarvice Valley«, sagte Milo. »Wohnhaft bei Mr. Stecoah, unserem Gastgeber.«

»Stecoah?« wiederholte Elizabeth. »Amelanchier Stecoah?«

»Nein. Ich glaube, der Mann heißt Humphrey. Nein, auch nicht. Comfrey vielleicht.«

»Comfrey! Warte mal!« Elizabeth begann in ihrer geräumigen Tasche, die sie aus ihrem Naturheilkundekurs mitgebracht hatte, herumzuwühlen. Sie zog einen Spiralblock heraus und blätterte ihre Mitschriften mit angefeuchtetem Zeigefinger durch. »Comfrey ist der Name einer Pflanze«, erklärte sie ihnen. »Deshalb glaube ich ... ah! Da steht es ja: ›Eine der bekanntesten Pflanzenkennerinnen in den Appalachen ist eine Indianerin, Amelanchier Stecoah, deren naturheilkundliches Wissen und Gebirgskenntnisse sie zum Gegenstand zahlreicher Zeitungsartikel und eines Dokumentarfilms gemacht haben.‹ Wer sagt's denn, sie ist berühmt! Und ich wette, sie ist eine Cullowhee. Meint ihr, es wäre mir möglich, sie kennenzulernen?«

Bill, der den Begeisterungssturm seiner Schwester mit gelangweiltem Amüsement verfolgt hatte, wandte sich an Milo und sagte: »Ich weiß, was ich mache, wenn ihr weg seid.«

»Was denn?«

»Ich ziehe um. Und hinterlasse keine Nachsendeadresse.«

Elizabeth lachte. »Sei nicht dumm, Bill. Was würdest du ohne die Briefe von mir, die deinem öden Dasein Würze verleihen, anfangen. Ich habe keine Zeit mehr zu kochen, ich muß mich mit Milo über die Grabung unterhalten. Wolltest du nicht eine Pizza bestellen?«

4

Das Sarvice Valley, benannt nach den weißblühenden Bäumen, die seine Hänge bedeckten, war von seinen Erschließern optimistisch »Tal« genannt worden. Strenggenommen war es nicht breit genug, um ein solches zu sein; die Einheimischen nannten es daher auch nur »Rinne«, womit sie das Bett bezeichneten, das ein kleiner Fluß gebildet hatte. Die umliegenden Berge bildeten die Begrenzung des Gemeinwesens und schränkten seine Bevölkerung auf mehrere Dutzend Familien ein, die ein paar Wiesen und Äcker an den felsigen Hängen bewirtschafteten. Eine einspurige Straße bog von der Hauptstraße ab, wo der schmale Sarvice-Bach in einen steinigen Fluß mündete. Sie führte am Bach entlang das Tal hinauf, und schon ein ganzes Stück, bevor sie die Quelle des Bachs, ein Rinnsal in einer bewaldeten Mulde, sechs Meilen von der Mündung entfernt, erreicht hatte, wurde sie zu einem Feldweg. Am Ende des Tals, da, wo das Flußbett auf die Hauptstraße traf, erhoben sich die Hügel auf beiden Seiten der Fahrbahn und drängten Straße und Bach zu einem schmalen Stück Land zusammen. Auf der ersten Meile der Rinne war es nicht möglich, zu wohnen oder Landwirtschaft zu treiben, aber nach ein paar Steigungen und Kurven wurde der Talboden allmählich breiter und gab den Blick auf Holzhäuser und Maisfelder zu beiden Seiten der Straße frei. In die Mitte des Tals, wo sich das Schwemmland am weitesten ausdehnte, hatte die Gemeinde ihre wichtigsten Gebäude gebaut: ein Postamt, das aus einem einzigen Raum bestand, und eine Gemischtwarenhandlung. Alle weniger grundlegenden Geschäfte mußten in der nächsten Stadt, Laurel Cove, abgewickelt werden, die acht Meilen die Hauptstraße hinauf gelegen war.

Obwohl die Bevölkerung des Sarvice Valley zu 98 Prozent aus Cullowhees bestand, gab es keine Souvenirläden oder andere Zugeständnisse an Touristen. Das Gebiet lag nicht am Weg des *Appalachian Trail* und war abgelegen genug, um von den Reisenden, deren Interesse sich auf den *Blue Ridge Parkway* oder den *Great Smoky Mountains National Forest* beschränkte, im allgemeinen übersehen zu werden. Für diejenigen, die sich für die östlichen Indianerstämme interessierten, waren die Cherokees von beiden Standorten aus bequem zu erreichen, so daß sich wenige Fremde die Mühe machten, die Cullowhees aufzusuchen. Das war auch ganz gut so: Leute auf der Suche nach pittoresker, traditioneller indianischer Lebensart wären von den Cullowhees, die von ihren Nachbarn in den Appalachen nicht zu unterscheiden waren, enttäuscht gewesen. Die paar Touristen, die die Federung ihres Wagens im Sarvice Valley aufs Spiel setzten, wurden von dem handgeschriebenen Wegweiser am Rand der Hauptstraße in das Tal gelockt.

»Da!« rief Elizabeth. »Hast du gesehen, was auf dem Wegweiser steht?«

»Ich halte an keinem einzigen Antiquitätenladen oder Aussichtspunkt mehr an«, sagte Milo.

Elizabeth zeigte auf das verwitterte Brett, auf dem in schiefen, eigenwilligen Buchstaben stand: AMELANCHIER – WEISE WALDFRAU – 6 MEILEN. Ein Pfeil zeigte auf die Straße ins Sarvice Valley. »Ich habe dir gleich gesagt, daß sie hier irgendwo lebt«, sagtc Elizabeth.

»Das ist unser Abzweig«, nickte Milo. »Halt Ausschau nach einer weißen Holzkirche.«

»Ich will sie besuchen. Sie soll über achtzig sein, und sie weiß alles über Wurzelarzneien. Ich habe mein Notizbuch mitgebracht. Glaubst du, sie nimmt mich mit zum Sammeln?«

»Kann schon sein. Aber zuerst mußt du mal in die Sonntagsschule, deine Sachen auspacken, dich für den Küchendienst eintragen und am Treffen der Ausgräber teilnehmen, das Alex nach dem Abendessen abhalten will. Ich habe mich auf dieser Grabung für dich verbürgt. Du darfst mich jetzt nicht im Stich lassen.«

Elizabeth war erstaunt über Milos ernsten Ton. Sie hatte ihn noch nie so geschäftsmäßig erlebt. »Ich werde tun, was man mir aufträgt«, sagte sie brav.

Milo antwortete nicht. Er schien auf die kurvenreiche Straße vor ihnen konzentriert zu sein. Sie wand sich durch Eichenhaine und mit Berglorbeer bestandene Böschungen, die sich hier und da teilten, um einen Blick auf den Bach unten freizugeben. Das einzige Zeichen menschlicher Behausung war ab und zu ein Briefkasten, der an einen aufrechten Pfosten genagelt und umgeben von Büscheln Wilder Möhren und Tigerlilien war. Milo, der keinen Blick für die Schönheit des Sommerwaldes hatte, wunderte sich selbst darüber, daß er so gereizt war. Das hier war schließlich nichts weiter als eine Routinegrabung; es stand sicherlich weniger auf dem Spiel, als wenn er dem ärztlichen Leichenbeschauer bei einer Strafsache assistierte. Weshalb war er dann jetzt so nervös? Er sagte sich, daß sich das Ganze als zwei heiße, langweilige, arbeitsreiche Wochen herausstellen würde. Der Reiz einer Grabräuberei wurde weit überschätzt. Mit einiger Willensanstrengung zwang er sich, seine Gedanken auf die Routineaufgaben, die vor ihm lagen, zu richten.

Nachdem sie ein paar weitere Meilen durch das sich allmählich verbreiternde Tal gefahren waren, führte die Straße an eingezäunten Weiden vorbei und schließlich auf eine Gruppe Häuser zu, in denen der Großteil der Bewohner des Sarvice Valley wohnte. Die Kirche war leicht auszumachen: Sie lag auf einem bewaldeten Hügel, der sich über dem Dorf erhob. Er wirkte näher, als er in Wirklichkeit war.

Elizabeth blickte auf die verwitterten Holzhäuser, deren durchhängende Veranden und schadhafte Dächer Zeugnis von ihrem Alter ablegten. »Es sieht nicht wie ein Indianerdorf aus«, sagte sie zweifelnd.

»Sehr wahr. Ich glaube, die Cherokees haben meistens Ziegelhäuser mit Wagenunterständen.«

Elizabeth schnitt ihm ein Gesicht. »Du weißt genau, was ich damit meinte!«

»Ein Idyll aus einem John-Wayne-Film, nehme ich an. Das Interessante ist, daß das bei den Cullowhees nicht nur die Auswirkungen der Zivilisation auf ihre Kultur sind. Offensichtlich haben sie immer schon wie alle anderen gelebt und gesprochen. Man sollte das wirklich mal untersuchen.«

Er fuhr auf eine unasphaltierte Nebenstraße, über eine schmale Holzbrücke und steil nach oben auf die weiße Kirche zu, die vor ihnen aufblitzte und wieder verschwand, während sie der gewundenen Straße durch den Wald folgten. Einen Hang des Hügels hatte man gerodet, so daß auf der Seite, auf der der Bach floß, eine kleine Wiese für Picknicks und Taufen entstanden war. Auf dieser Wiese parkten zwei Autos und ein Lieferwagen, unmittelbar neben der Straße. Milo brachte seinen Wagen neben dem Transporter zum Stehen.

»Es scheint, als seien schon alle da. Laß uns unser Zeug ausladen und zur Kirche hinaufbringen.«

»Ich dachte, wir wollen einen Friedhof ausgraben. Ich sehe keinen.«

»Er ist hinter der Kirche, aber das ist nicht der, auf dem wir arbeiten werden. Die Gräber mit den Granitgrabsteinen sind ziemlich neu – 1930 und später. Die alte Begräbnisstätte liegt weiter oben am Hügel, hinter einem kleinen Waldstück.«

»Hast du sie schon gesehen?«

»Nein. Dr. Lerche ist Anfang der Woche mit Mr. Stecoah heraufgefahren, um die Grabung vorzubereiten. Er wird uns darüber sicher nach dem Abendessen berichten. Soll ich dir tragen helfen? Nein?« Er schlug den Kofferraum zu. »Laß uns gehen.«

Der Sonntagsschulraum hatte einen Bohlenboden und Wände aus rohen Holzbrettern, an denen eine schmutzige Nachbildung des ›Letzten Abendmahls‹ auf schwarzem Samt hing. In der einen Ecke des Raums lehnten hölzerne Klappstühle an einem Tisch, neben Kartons mit frischen Lebensmitteln und Vorräten. In der Mitte des Raums waren fünf Schlafsäcke ausgebreitet. Auf einem davon saß Mary Clare Gitlin und spielte Gitarre. Sie hatte sie nicht hereinkommen hören. Ihr blondes Haar streifte den Hals des Instruments, während sie die Melodie eines Bergliedes zupfte. *»Love, oh love, oh careless love. Look what love has done to me.«*

»Hallo!« sagte Milo lauter als notwendig.

»Selber hallo, Fremdling«, rief Mary Clare aus. »Wo hast du denn so lange gesteckt?«

»Nun, die Straße war kein Honiglecken. Ich habe sehr mangelhafte Erfahrung darin, über ein Waschbrett zu fahren. Und dann hatte ich eine Mitfahrerin, die bei jeder Touristenfalle an der Straße einen Halt einlegen wollte.« Er wies mit dem Kinn auf Elizabeth. »Mary Clare, das ist Elizabeth MacPherson. Sie ist … ähm … eine Freundin von mir.«

Mary Clare streckte Elizabeth die Hand hin. »Freut mich, dich kennenzulernen. Habe noch nie was von dir gehört«, sagte sie mit einem Lächeln, das diese Feststellung Lügen strafte.

»Wer ist noch alles da?« fragte Milo und blickte sich um.

»Alex natürlich. Er stochert oben bei der Grabungsstätte herum. Und zwei Typen von meinem Einführungskurs, die sich freiwillig gemeldet haben, um etwas Erfahrung zu sammeln. Ich weiß nicht, ob ihr ihnen schon begegnet seid. Victor Bassington und Jake Adair.«

Milo zog ein Gesicht. »Bassington. O Gott. Der lungert die ganze Zeit am Lehrstuhl herum. Herr Neunmalklug. Aber willst du damit sagen, daß das alle sind? Wir sind nur zu sechst?«

»Sechs Personen, die hier wohnen. Wir haben außerdem vier Leute, die tagsüber hier sind, aber zum Übernachten heimfahren. Alex hat sie von der Staatlichen Archäologischen Gesellschaft vermittelt bekommen.«

»Amateure?«

»Es scheint so. Bestenfalls Erstsemester.«

»Wie steht's mit Gutachtern?«

»Im Moment haben wir keine. Der Mann von der Carolina University ist auf einer Konferenz, und die Leute an der Universität von Tennessee haben ein eigenes großes Projekt laufen. Vielleicht wird einer von ihnen später unsere Sachen noch einmal überprüfen. Es gibt ohnehin keinen Fachmann für die Cullowhees. Sie sind eine zahlenmäßig so kleine Gruppe, und es fehlt ihnen derart an eigenen kulturellen Merkmalen, daß kein Mensch je über sie gearbeitet hat.«

Milo lächelte. Mary Clare sprach immer noch eine Mischung aus East-Tennessee-Dialekt und Soziologenjargon. Er freute sich darüber, daß vier Jahre College ihrer Sprechweise nicht viel hatten anhaben können. Als Anthropologe war er uneingeschränkt dafür, daß die Leute an ihrem kulturellen Erbe festhielten. Zu schade, daß die Cullowhees das ihre eingebüßt hatten; sie hätten es sehr viel leichter, wenn man ein paar Anhaltspunkte hätte, an denen man anknüpfen könnte. Vielleicht tauchte auf dem Friedhof etwas auf.

»Na ja, wie dem auch sei. Ich bin froh, daß ihr da seid. Milo, wie wäre es, wenn du versuchst, Jake und Victor aufzugabeln, und mit ihnen den Transporter ausládst, während mir Elizabeth hilft, Alex' Diaprojektor aufzustellen?«

Milo schien schwer geschlagen. »Wie wäre es mit Essen?«

Mary Clare lächelte boshaft. »Milo, dein Angebot ist wirklich großzügig, aber nicht nötig. Mr. Stecoah hat dafür gesorgt, daß uns die Cullowhees etwas in die Kirche bringen, damit sie uns bei der Gelegenheit auch kennenlernen können. Sie haben sogar vor, bei Alex' Einführung dabei zu sein.«

»Ist das nicht langweilig für sie?«

»Ich weiß nicht. Alex scheint ziemlich begeistert zu sein.« Ihre Augen glänzten. »Ich glaube, es tut ihm verdammt gut, mal raus aus dem doofen College zu sein.«

Milo machte den Eindruck, als fühle er sich nicht wohl in seiner Haut. »Ja ... dann ... ich lade jetzt mal besser den Transporter aus. Bis gleich, Elizabeth.«

»Ich glaube, er ist ganz schön müde«, sagte Elizabeth schnell. »Es war eine lange Fahrt hierherauf. Wie wäre es, wenn du mir zeigst, was ich tun soll?«

Zwei Stunden später war der Versammlungsraum der Sonntagsschule in einen Speisesaal verwandelt. Man hatte einfach zwei Dutzend Klappstühle und drei mit Tischdecken bedeckte lange Tische hineingestellt. Die Bewohner des Sarvice Valley waren in kleinen Gruppen hereingekommen und hatten Schüsseln mit Bohnen und Kartoffelsalat, Hackbraten, Schalen mit Maisbrot und selbstgebackenen Kuchen mitgebracht. Anfangs hatten sie die Ausgräber schüchtern beäugt und nur miteinander gesprochen, aber schließlich war eine beherzte Frau auf Elizabeth und Mary Clare zumarschiert und hatte gefragt: »Welche von euch ist mit dem Professor verheiratet?«

»Keine von uns«, sagte Mary Clare genauso unverblümt. »Wir sind nur Mitarbeiterinnen von ihm. Seine Frau ist in ihrem komfortablen Haus daheim geblieben.«

»Ihr seid gar nicht verheiratet?« fragte sie. Dabei waren sie mindestens einundzwanzig, überlegte sie.

»Noch nicht«, sagte Elizabeth, bemüht, den Schlag zu mildern.

»Für euch sollte mal jemand eine Liebesrebe pflanzen.«

»Was ist das?« fragte Elizabeth, hellhörig bei allem, was nach Pflanzenkunde klang.

»Das ist eine Blume, die oben in den Bergen wächst.

Wir nennen sie immer so. Liebesrebe. Man pflanzt und nennt sie nach seinem Liebsten, und wenn sie gedeiht, dann, na ja, dann findet er an euch Gefallen.«

»Sind Sie Amelanchier?« fragte Elizabeth mit ehrfürchtig gedämpfter Stimme.

Die Frau lachte. »Um Himmels willen, nein! Amelanchier würde keine zwei Löffel von dem, was da auf dem Tisch steht, essen. Sie ist höchstwahrscheinlich daheim oder beim Pflanzensammeln. Aber um eine kleine altbewährte Liebesrebe zu pflanzen, braucht man ihr Wissen nicht. Das kann ich auch. Nach wem soll ich sie nennen?«

»Alexander«, sagte Mary Clare leise.

Elizabeth wollte gerade »Milo« sagen, als er plötzlich an ihrer Seite auftauchte. Sie verbesserte sich hastig in »Robert Redford«.

»Alexander und Robert«, nickte die Frau glücklich. »Das müßte eigentlich klappen.« Sie eilte zum Nachtisch-Büffet zurück.

»Hallo«, sagte Milo. »Wie geht's?«

»Interessant hier«, antwortete Elizabeth vorsichtig. »Ich glaube aber nicht, daß ich schon alle kennengelernt habe.«

»Sie beschnüffeln uns noch«, sagte Milo zu ihr. »Findest du nicht, daß sie eine interessante Mundart haben?«

»Was für eine Mundart?« fragte Mary Clare.

Er lachte. »Egal, aber du solltest auf jeden Fall die anderen von unserem Team kennenlernen. Das ist Jake Adair«, sagte er und wies mit dem Kinn auf einen dunkelhaarigen jungen Mann in Jeans, der sich mit einem kleinen Dicken in grauen Hosen und Blazer unterhielt. »Der, mit dem er spricht, ist Victor Bassington. Komm, ich stelle sie dir vor.«

Aus Jakes blendendem Lächeln, das von seinem dunklen Teint noch unterstrichen wurde, schloß Elizabeth, daß er Spanier oder Italiener sein mußte. Er stellte seinen Teller ab und gab ihr die Hand. Victor sagte eher gelangweilt Hallo und zog dann wieder ab, um seinen Teller von neuem zu füllen.

»Ist das deine erste Grabung?« fragte Jake.

Elizabeth nickte. »Ja, und ich freue mich schon richtig darauf.«

»Ich auch«, sagte Jake. »Ich möchte mich in ein paar Jahren auf diese Art Arbeit spezialisieren. Auf die Kultur der östlichen Indianerstämme, meine ich.«

»Das wäre nichts für mich«, sagte Milo. »Da kann es einem doch passieren, daß man den ganzen Tag gräbt und nichts findet, was einen weiterbringt. In forensischer Anthropoloie haben wir immer eine Leiche vor uns. Dadurch haben wir nie das Gefühl, daß wir etwas Sinnloses tun.«

Jake zwinkerte Elizabeth zu. »Warum treibst du dich mit diesem Leichenschänder herum?«

Elizabeth lächelte. »Da wird's einem nie langweilig. Du interessierst dich also für die Kultur der Ostindianer. Sag mal, bist du dann eigentlich enttäuscht von den Cullowhees?«

Milo fing an zu lachen, und Elizabeth machte sich auf einen weiteren Wigwam-Witz gefaßt, aber Jake antwortete: »Ich wußte, was ich zu erwarten hatte. Ich komme aus dem westlichen North Carolina, und die Cullowhees sind da oben in den Bergen ziemlich bekannt wegen des Schwarzbrenner-Massakers.«

»Wegen *was*?«

»Pscht! Ich glaube, Dr. Lerche will anfangen. Ich erzähl es dir später.«

Comfrey Stecoah, der die Zusammenkunft hauptsächlich dazu genutzt hatte, sich fröhlich mit den verschiedenen Köchinnen zu unterhalten, und nur wenig gegessen hatte, eröffnete die Sitzung. Er bat um Ruhe, indem er auf den Tisch klopfte, und wartete, bis sich die Versammelten auf Stühlen oder auf dem Boden niedergelassen hatte.

»Ich möchte dem Reverend dafür danken, daß wir seine

Kirche benutzen dürfen, auch wenn er nicht hier ist, um meinen Dank entgegenzunehmen.« Er sah die verständnislosen Gesichter der Besucher und fand, daß eine nähere Erklärung angebracht war. »Er arbeitet in der Handtuchfabrik und kommt nur an den Wochenenden hierherauf. Gut. Die meisten von euch wissen bereits, daß diese Leute hier sind, um unser Land vor der Bergwerksgesellschaft zu retten.« Diese Übertreibung rief vereinzelten Applaus hervor und einen erstaunten Blick von Lerche. Ohne darauf einzugehen, fuhr Comfrey fort: »Der Professor hier wird uns erzählen, was er vorhat, und ich möchte, daß ihr ihn bis zum Ende anhört, damit ihr wißt, was ihr antworten müßt, wenn euch Reporter oder Touristen danach fragen sollten. Merkt euch also gut, was er sagt.« Er setzte sich und bedeutete Lerche, nach vorne zu gehen, während er den Anfang zu höflichem Applaus in den Reihen der Zuhörer machte.

Alex Lerche warf einen flüchtigen Blick auf die dunklen Gesichter, die vor dem Hintergrund eines Plastik-Regenbogens zu ihm heraufstarrten. Das Wisen, daß er bei diesem Publikum keinen Fachjargon benutzen konnte, hemmte ihn. Er hielt sich an dem hölzernen Bibelpult fest, das man auf einen Eßtisch gestellt hatte, um ein Lesepult zu improvisieren, strich seine Krawatte glatt und sagte scheu: »Bei dieser Gelegenheit sehen Sie mich das letzte Mal in Schale.« Das Lachen, das dieser Satz bei Universitätsangehörigen unweigerlich hervorrief, blieb aus. Mit einem leichten Hüsteln setzte Lerche von neuem an. »Wie Sie wissen, hat diese Grabung gewissermaßen den Zweck, herauszufinden, wer Sie sind. Wie ich Mr. Stecoah schon gesagt habe, als er mich bat, hierherzukommen, bin ich kein Fachmann für östliche Indianerstämme. Ich habe am Anfang meiner wissenschaftlichen Karriere über Prärie-Indianer gearbeitet, aber mein eigentliches Fachgebiet ist die forensische Anthropologie; ich bin also oft als Berater für Vollstreckungsbehörden tätig.«

Er erläuterte kurz seine Arbeit und erklärte, wie man die Methoden, anhand derer man Mordopfer identifizierte, bei der Identifikation der Knochenreste auf dem alten Friedhof anwenden konnte. Die ausdruckslosen Gesichter seiner Zuhörerschaft bewogen ihn, sich zu fragen, ob sie ihn verstanden oder ihm wenigstens zuhörten. Während er redete, betrachtete er ihre Gesichter: grüne Augen, braune Augen, dunkle Haare in allen Tönungen, alle denkbaren Gesichtsformen. Die Cullowhees konnten nicht so isoliert gelebt haben, wie es den Anschein hatte. Diese Leute hatten ihn jedoch nicht zu interessieren; es waren ihre Vorfahren, die er identifizieren mußte, und wenn seine Theorie richtig war, dann waren das in der Tat ganz besondere Leute. Er ertappte sich dabei, daß er in Mary Clares ihm zugewandtes Gesicht blickte, und einen Moment lang vergaß er, wo er war. Vielleicht konnten sie später noch einen Spaziergang miteinander machen. Mit einiger Willensanstrengung konzentrierte er seine Aufmerksamkeit wieder auf die Rede.

»Da man mich gebeten hat, den Cullowhees zu helfen, habe ich mich ein wenig mit der Archäologie dieser Region befaßt, und ich habe eine Theorie über Ihre Herkunft. Aber vergessen Sie nicht: Es ist vorläufig nur eine Theorie!« Die Erregung in seiner Stimme strafte seine Warnung Lügen. »Wie manche von Ihnen vielleicht wissen, waren die Cherokees nicht die ursprünglichen Bewohner des südlichen Gebirges.« An den überraschten Gesichtern seiner Zuhörer konnte Lerche ablesen, daß sie es nicht gewußt hatten – aber mehr darüber hören wollten. »Die Cherokees waren ein Zweig des Stamms der Irokesen, der vor ungefähr vierhundert Jahren in diese Gegend kam. Vor ihnen waren schon andere Stämme da. Die Algonkin- und die Croatan-Indianer lebten an der Küste, und ein Siouxstamm bewohnte das Piedmont. Wir wissen aus den Schriften der europäischen Siedler einiges über diese Stämme. Aber die Bewohner der südlichen Bergregionen wurden von den Kolonisten nie gesehen.

Als die Europäer in diesen Teil des Landes kamen, waren die Urbewohner schon verschwunden, und das Land gehörte den Cherokees.«

Es war ungewöhnlich still im Raum. Jetzt waren sie ganz Ohr.

»Niemand weiß etwas über diese ersten Indianer. Weder ihren Namen noch ihre Sprache – nichts. Die einzigen Spuren von ihnen sind ein paar Töpferwaren aus Lehm und zerstoßenem Quarz. Die Anthropologen haben den Südosten anhand der Stämme, die dort wohnten, in verschiedene Regionen eingeteilt. Dieses Gebiet ist Zone Sechs, und die Bewohner sind schlicht und einfach als Zone-Sechs-Leute bekannt, weil kein Mensch weiß, wie man sie sonst nennen sollte. Sie sind ein absolutes Mysterium.« Er machte eine kurze Pause, um dieser Behauptung Nachdruck zu verleihen. »Ich glaube nun, daß das, was von ihnen übriggeblieben ist, Ihr Stamm sein könnte.«

Elizabeth hatte das Gefühl, daß der Jubel und Applaus gut eine halbe Stunde hätte andauern können, wenn nicht ein später Ankömmling alles verdorben hätte. Wie die böse Fee bei der Taufe. Sie hatte sich gerade überlegt, wie sie Comfrey Stecoah nach der Zusammenkunft abfangen könnte, um ihn nach Amelanchier zu fragen, als sie durch abrupte Stille in die Gegenwart zurückgeholt wurde. Alle Köpfe waren zum Eingang gewandt, wo ein drahtiger kleiner Mann in grauer Arbeitskleidung stand und sie finster anschaute. Obwohl er nicht besonders groß oder beeindruckend aussah, brachte die Feindseligkeit des Mannes den ganzen Raum zum Frösteln.

»Ich nehme an, daß dieser Gebetskreis offen für jeden ist«, sagte er in den Raum. Er blickte sich um, als warte er auf Einspruch, aber es kam keiner. »Es braucht sich keiner die Mühe zu machen, mir ein Protokoll dieser Sitzung zu geben. Ich weiß, was hier vorgeht. Die Leute in diesem Tal könnten gutes Geld machen, wenn sie der Bergwerksgesellschaft entgegenkommen würden – außerdem wird es auch Jobs geben! Aber Wohlstand paßt gewissen Leuten nicht.« Er blickte bedeutungsvoll auf Comfrey. »Ich schätze, manche Leute denken, daß man Arme leichter herumkommandieren kann. Und sie sind bereit, ziemlich häßliche Sachen zu machen, um ihren Willen durchzusetzen.« Er zeigte auf Lerche, der verwirrt und betreten aussah. »Ich weiß ja nicht, welcher Indianerfluch die trifft, welche die Gräber unserer Vorfahren nicht respektieren, und ich weiß auch nicht, welche Strafe in unserem Staat auf Grabschändung steht, aber ich habe vor, es herauszufinden. In der Zwischenzeit gebe ich euch Fremden den guten Rat, euch an das Schwarzbrenner-Massaker zu erinnern. Wir hier oben mögen es gar nicht, wenn man sich in unsere Angelegenheiten einmischt, ganz und gar nicht, Sir.«

Als er sich zum Gehen wandte, ging er an dem Tisch vorbei, auf dem der Diaprojektor, den Lerche gleich einsetzen wollte, aufgebaut war. Bevor ihn noch irgend jemand daran hindern konnte, war er schon über den Tisch gestolpert – oder hatte sich vielmehr darauf gestürzt –, so daß der Apparat krachend zu Boden fiel und zu nichts mehr zu gebrauchen war.

Elizabeth bemerkte, daß die resolute Frau mit den Liebesreben in der Reihe hinter ihr saß. »Sollte nicht einer den Sheriff rufen?« flüsterte Elizabeth.

Die Frau zuckte mit den Achseln. »Der sitzt in Laurel Cove. Wir haben hier oben nur einen Hilfssheriff.«

»Könnten Sie nicht den rufen?«

Die Frau gestattete sich ein grimmiges Lächeln. »Herzchen, den hast du gerade gesehen.«

5

Lieber Bill,

Archäologen können nicht wegen Grabschändung belangt werden, oder? Könntest du deine Jurabücher mal diesbezüglich konsultieren und mir darüber Auskunft geben?

Bauarbeiterhände sind wahrscheinlich noch das geringste meiner Probleme auf dieser Grabung. Vorgestern abend platzte ein Mann namens Bevel Harkness mitten in die Rede von Dr. Lerche hinein, demolierte seinen Diaprojektor und bedrohte uns, weil wir uns in diese Landbesitzangelegenheit einmischen. Mr. Stecoah erzählte Dr. Lerche, daß dieser Harkness neben dem Land, das die Bergwerksgesellschaft kaufen will, Grund und Boden besitzt und glaubt, er kann ihn verkaufen und ein Vermögen machen. Du solltest ihn sehen. Er würde dir eine Gänsehaut verursachen. Um dem Ganzen die Krone aufzusetzen, ist er auch noch Hilfssheriff in diesem Teil des Bezirks! Ich hätte gedacht, wenn einer Hilfssheriff ist, dann Mr. Stecoah; aber es stellte sich heraus, daß er erst vor ein paar Jahren seinen Abschied vom Militärdienst (er war Berufssoldat) genommen hat, und Harkness' Amtszeit läuft erst in einem Jahr aus. Sie befinden sich in einer Art Machtkampf um die Stammesführung, nehme ich an. Die Stecoahs stehen wegen Amelanchier (ich hatte recht: Comfrey ist ihr Sohn) in hohem Ansehen, und die Harkness' verdanken ihre Stellung dem Schwarzbrenner-Massaker. (Ich komme noch darauf zurück.)

Wir sind in einer alten Holzkirche in der Nähe der Ausgrabungsstätte untergebracht und sind sechs Leute: ich; Milo (der so geschäftsmäßig ist, daß du ihn nicht wiedererkennen würdest); Dr. Lerche und seine Assistentin, Mary Clare (es kann sein, daß sie etwas miteinander haben; ich bin noch nicht ganz sicher – ja, ich *weiß*, daß es mich nichts angeht); und zwei Studenten, Victor Bassington und Jake Adair. Victor ist ein Schaumschläger, der den ganzen Tag nichts anderes tut, als uns damit vollzulabern, wieviel Geld seine Familie hat, wie wichtig sein Diplomaten-Vater ist und was für ein Fachmann *er* ist, weil er auf einer Grabung in England gearbeitet hat, als sein Vater dort Gesandter war. Er ist unglaublich langweilig! Jeder bemüht sich, beim Essen nicht neben ihm sitzen zu müssen. Jake, der andere Junge, ist in Ordnung. Er kommt aus dem Swain County in North Carolina und spricht, in lobenswertem Gegensatz zu Victor, nicht über sich, aber er weiß eine Menge über diese Gegend. Gestern abend hat er uns einige Geschichten über Berggeister und die Geschichte vom Schwarzbrenner-Massaker erzählt. (Ich habe sie auf ein gesondertes Blatt geschrieben, damit ich einen Durchschlag behalten kann, falls ich wieder einmal einen Volkskundekurs belege. Du findest sie in der Anlage.)

Ich habe noch keine Zeit gehabt, Amelanchier aufzusuchen, aber Mr. Stecoah meinte, ich könne ohne weiteres einmal nach der Arbeit zu ihr gehen. Vielleicht besuche ich sie heute nachmittag, weil ich heute keinen Küchendienst habe.

Wir haben bis jetzt noch keine Entdeckungen gemacht, es sei denn, du zählst die dazu, daß man Muskelkater an Stellen haben kann, von denen man bisher gar nicht wußte, daß sie existieren. Die ersten paar Tage einer Grabung bestehen darin, den Mutterboden abzutragen und durch ein Drahtnetz zu sieben, um ihn auf Knochen, Pfeilspitzen usw. abzusuchen. Wenn wir zu den Gräbern gelangt sind, wird es meine Aufgabe sein, die Schädel zu messen. Dr. Lerche hat mir an einem Laborstück, das er mitgebracht hat, gezeigt, wie es geht. Aber er hat auch gesagt, daß es schwierig ist und er meine Arbeit noch einmal überprüfen wird. Ich habe von ihm und Milo noch nicht allzu viel gesehen. Sie haben in einem Motelzimmer in Laurel Cove einen Computer angeschlossen und den

Großteil ihrer Tage damit verbracht, daran herumzubasteln, während ich mich auf dem heißen Friedhof befinde und mir Victor, den Salbader, und Mary Clare anhören muß, die mich endlos damit belabert, wie wunderbar Dr. Lerche ist. Ich freue mich schon auf die Totenschädel. Wenigstens reden die nicht die ganze Zeit.

Elizabeth, Märtyrerin im Namen der Wissenschaft

Das Schwarzbrenner-Massaker
(so wie es Jake Adair erzählt hat)

Die Cullowhee-Indianer vom Sarvice Valley zeichneten sich noch nie durch besondere Gesetzestreue aus, und sie waren dafür bekannt, daß sie illegal Schnaps brannten. Weil man in jenen Tagen Vorurteile gegen Indianer hatte, war der Hilfssheriff, der für das Sarvice Valley zuständig war, nie ein Cullowhee, sondern immer ein Bezirksbewohner, der vom Sheriff ernannt wurde. Dieser Brauch änderte sich nach dem Schwarzbrenner-Massaker von 1953.

Der Hilfssheriff war zu dieser Zeit ein Veteran aus dem Koreakrieg, der gerade aus Übersee zurückgekehrt war. Eines Nachmittags fuhr er eine der unasphaltierten Straßen im Sarvice Valley entlang und kam an einem verwitterten alten Bergfriedhof vorbei. Nach zwei weiteren Meilen wurde dem Hilfssheriff klar, warum ihm das Bild des Friedhofs nicht aus dem Kopf ging: Er war noch nicht dagewesen, als er in den Krieg gezogen war. Als er zurückfuhr, um der Sache nachzugehen, stellte er fest, daß ihm auch keiner der Namen auf den alten Grabsteinen vertraut war. Plötzlich bemerkte er, daß aus einem Zaunpfosten neben dem Friedhof Luft strömte. Nachdem er die Sache noch ein paar weitere Minuten lang überprüft hatte, enthüllte sich ihm das Geheimnis des alten Friedhofs: Er war eine raffinierte Tarnung für eine Schnapsbrennerei. Ein unternehmungslustiger Cullowhee war mit seinem Lastwagen nach Norden gefahren (wahrscheinlich auf einer Verkaufstour für schwarzgebrannten Schnaps) und hatte einen alten Friedhof gesehen, der wegen eines Bauvorhabens aufgelassen wurde. Er hatte eine Wagenladung alter Grabsteine gekauft und sie im Sarvice Valley auf dem Dach einer unterirdischen Schnapsbrennerei aufgestellt. Der Rauchabzugskamin war als Zaunpfosten verkleidet. Unglücklicherweise lebte der Hilfssheriff nicht lange genug, um seine Entdeckung melden zu können. Der Schwarzbrenner sah ihn auf dem Friedhof herumschleichen und schoß ihm eine Kugel in den Rücken.

Als sich der Hilfssheriff nicht bei seinem Vorgesetzten vom Dienst zurückmeldete, wurden Suchtrupps ausgeschickt, die ebenfalls nicht zurückkamen. Der Schwarzbrenner war zu dem Entschluß gelangt, daß sein Friedhof nur dann wirklich überzeugend sei, wenn er für jeden Grabstein eine Leiche besorgte. Er begrub den Hilfssheriff unter einem der Grabsteine und freute sich darauf, den Rest der Gräber mit zufällig Vorüberkommenden auszustatten. Dieser Übung in Wahrscheinlichkeitstheorie wurde schließlich von den Cullowhees selbst ein Ende gesetzt. Der Sheriff hatte aufgrund fehlender Freiwilliger für weitere Suchtrupps die Untersuchung abgebrochen, als ein Mitglied der Familie Harkness in Laurel Cove erschien und sich erbot, den Schwarzbrenner der Justiz auszuliefern, wenn er dafür das Amt des Hilfssheriffs bekomme. Harkness behauptete später, er habe sich zum Handeln gezwungen gesehen, weil das nächste Grab, das gefüllt werden sollte, das eines kleinen Kindes war. Er habe befürchtet, daß es sich bei dem Schwarzbrenner um einen Prinzipienreiter handeln könnte. Es gibt aber Cullowhees, die behaupten, die Neigung der Harkness', Leute zu schikanieren, habe ebenfalls eine Rolle bei ihrem Wunsch, im Sarvice Valley für Recht und Ordnung zu sorgen, gespielt.

Nach diesem Vorfall stammte der Hilfssheriff immer

aus der Familie Harkness, bis im Jahr 1972 ein sturer Sheriff darauf bestand, seinen Neffen zum Hilfssheriff des Sarvice Valley zu ernennen. Zwei Wochen später verschwand der Neffe und wurde niemals mehr aufgefunden. Die Familie Harkness hat den Posten wieder bekommen und ihn bis zum heutigen Tage behalten.

»Hier ist wieder ein Schädel für dich, Elizabeth«, sagte Jake und legte in die hölzerne Lattenkiste vor ihr ein sorgfältig etikettiertes Exemplar. Die übrigen Knochenreste wurden in gesonderte Pappkartons gelegt, um später wieder begraben zu werden, wenn die Untersuchung beendet war. Das Etikett stellte sicher, daß der Schädel mit den richtigen Gebeinen vereinigt wurde.

»Leider nicht Victors«, brummte Elizabeth und stellte den Schädel, den sie gerade vermessen hatte, ab.

Jake lachte. »Was hat er denn jetzt wieder angestellt?«

»Das Übliche. Wir haben über Volksmedizin gesprochen, und er hat behauptet, daß sein Urgroßvater in den achtziger Jahren des 19. Jahrhunderts das Penicillin erfunden, sich aber nicht die Mühe gemacht hat, es auf den Markt zu bringen.«

»Na ja ... es könnte theoretisch wahr sein.«

»O sicherlich, theoretisch. Und Prinzessin Diana könnte Kindermädchen bei seinem kleinen Bruder gespielt haben; und er könnte einen Traum von einer Leiche gehabt haben, die in einem Kirchturm eingemauert war, und der Polizei davon erzählt haben, die dann nachgeforscht hat und auf eine –«

»Das hat er gesagt?«

»Ja. Er sagt, er hat die Bilder, die es beweisen, daheim. Sie sind im selben Album wie der Schnappschuß von seinem weißen Pony mit dem Horn auf der Stirn.«

»Der gute Victor hat ein interessantes Leben gehabt, findest du nicht?« lächelte Jake.

»Eher nicht. Ich nehme an, er hat genau die Art von Leben gehabt, nach der er aussieht. Er ist ein übergewichtiger Dummkopf ohne besonderes Talent, der im Mittelpunkt der Aufmerksamkeit stehen will und deshalb versucht, sich interessant zu machen. Statt wütend auf ihn zu sein, sollte ich Mitleid mit ihm haben. Aber er macht einen wahnsinnig!«

»Ich weiß. Und du kannst ihm keine Lüge nachweisen. Einmal hat er zu mir gesagt, daß Geronimo Häuptling der Seminolen war, und ich habe ihm gesagt, daß er spinne. Schließlich bin ich in die Bibliothek gegangen und habe den Lexikonartikel fotokopiert, in dem stand, daß Geronimo Apache war.«

»Was konnte er dagegen anführen?«

»Ich habe den Fehler gemacht, ihn den Artikel lesen zu lassen. Darin stand, daß Geronimo, nachdem ihn die Kavallerie der Vereinigten Staaten gefangengenommen hatte, in Florida ins Gefängnis kam. Victor schwor, daß ihn die Seminolen daraufhin zum Ehrenhäuptling gemacht hätten. Er behauptete, er habe ein Buch, in dem das stehe.«

»Zu Hause natürlich.«

»Natürlich. Selbstverständlich konnte er mir weder den Autor noch den Titel nennen. Ich weiß, wie es dir mit ihm geht. Ich wollte ihn damals auch erwürgen. Aber du wirst dich an ihn gewöhnen. Du wirst recht bald kein Wort mehr von dem glauben, was er sagt, und er wird dich überhaupt nicht mehr aufregen.«

»Pscht! Da kommt er.«

Victor Bassington kam in glückseliger Unkenntnis darüber, daß er der Gegenstand der Unterhaltung gewesen war, zu Jake und Elizabeth herübergewatschelt, offenbar aus dem einzigen Grund, sich in ihre Unterhaltung zu stehlen. Sein rundes Gesicht hatte das Aussehen von feuchtem Käse, und seine im Sonnenlicht zusammengekniffenen Augen ließen ihn noch schweinchenhafter als gewöhnlich aussehen. »Jake, bist du heute abend mit Kochen dran? Ich wollte dich nur daran erinnern, daß ich allergisch auf Zwiebeln bin.«

»Ich glaube kaum, daß ich das vergesse«, seufzte Jake.

»Es könnte sein, daß ich auch einen Sonnenstich bekomme«, kündigte Victor mit trauriger Befriedigung an. »Dr. Lerche hat doch hier oben ein Zelt aufgestellt, um seine Funde darin aufzubewahren, und solange er nicht da ist und es selbst benutzt, würde er mich vielleicht darin arbeiten lassen.«

»Ich würde an deiner Stelle nicht fragen«, riet ihm Jake. »Mary Clare ist unsere Grabungsleiterin, und du weißt, was sie von empfindlichen Praktikanten hält.«

»Sie hat wirklich überhaupt kein Mitgefühl. In England, als ich bei Heinrich Schliemann gearbeitet –«

»Aha!« schrie Jake gellend auf und fuchtelte besorgniserregend nahe mit dem Finger vor Victors Nase herum. »Heinrich Schliemann ist 1890 gestorben. Jetzt habe ich dich!«

Victor schielte mit unschuldigem Gesichtsausdruck auf den Finger. »Aber natürlich, Jake. Ich wollte sagen, mit Heinrich Schliemann III., der von der Königlichen Archäologischen Gesellschaft. Ein sehr netter Kerl. Aber was Miss Gitlin betrifft, könntest du recht haben. Ich nehme an, ich muß bis zum Umfallen durchhalten.« Er wischte sich mit einem zerknitterten weißen Taschentuch den Schweiß von der Stirn und schlenderte gemächlich in Richtung Wasserkrug davon.

Jake knirschte mit den Zähnen. »Ich weiß genau, daß es in der Königlichen Archäologischen Gesellschaft keinen Heinrich Schliemann III. gibt, aber um es zu beweisen, bräuchte ich ein biographisches Lexikon oder ein Verzeichnis der Mitglieder, und bis ich eines aufgetrieben habe, habe ich den ganzen Streit schon wieder vergessen, oder er wird schwören, daß er derartiges nie gesagt habe.«

»Ich dachte, er regt dich nicht mehr auf«, sagte Elizabeth betont unbeteiligt.

»Dachte ich auch. Irrtum«, blaffte Jake. »Aber eines Tages wird Victor Bassington mit seiner Schlaumeierei an den Falschen geraten, und dann wird er beim Kanthaken genommen. Ich hoffe nur, daß ich dabei bin, um den Jubelchor anzuführen.«

»Viel Glück«, lächelte Elizabeth. »Übrigens kann es sein, daß ich heute abend nicht pünktlich zum Essen komme. Ich will nach der Arbeit Amelanchier aufsuchen. Was kochst du denn?«

»Weiß ich noch nicht, aber Zwiebeln werden auf alle Fälle darin sein; das verspreche ich dir.« Jake nahm seinen Spaten und ging wieder zu den Gräben.

Obwohl die gesamte Erde mühsam gesiebt wurde, um sie nach unerwarteten Funden zu durchsuchen, war die Arbeit auf dem alten Friedhof ungewöhnlich gut vorangegangen. Die vier freiwilligen Mitarbeiter, die tagsüber heraufkamen, waren sehr fleißig und machten durch Eifer das wett, was ihnen an Erfahrung fehlte. Am Beginn des dritten Tages standen mehrere Kisten im Zelt, die von Dr. Lerche untersucht werden mußten, und Elizabeth hatte ihre Meßkünste an acht neuen Schädeln üben können. Sie war nicht davon überzeugt, daß ihre Ergebnisse richtig waren, aber je mehr sie sich an die Arbeit mit den gruseligen Objekten gewöhnte, desto geschickter legte sie die Instrumente an.

Elizabeth nahm die neueste Ausgrabung in Augenschein – einen Totenkopf, dem eine ganze Menge Zähne fehlten, wenn man bedachte, wie jung er, den Schädellinien nach zu schließen, war. Sie beschloß, daß es zu spät am Tage war, um jetzt noch mit einer weiteren Messung zu beginnen. Sie konnte bis morgen warten. Vielleicht hatte Dr. Lerche dann schon seine Arbeit am Computer beendet und konnte ihre vorläufigen Befunde noch einmal überprüfen. Wenn sie sich beeilte, blieb ihr Zeit, vor dem Abendessen Amelanchier aufzusuchen, so daß sie den Rest des Abends mit Milo verbringen konnte.

Elizabeth verstaute die Lattenkiste in einer Ecke des Zelts. »Ich habe meine Leute zu Bett gebracht«, sagte sie zu Mary Clare. »Brauchst du mich noch?«

Mary Clare schüttelte den Kopf. »Ich bin auch dabei, zusammenzupacken. Vielleicht sind die Männer inzwischen aus der Stadt zurück.«

»Wenn ja, sag Milo, ich komme später. Ich will die ›Weise Waldfrau‹ aufsuchen.«

»Na dann, viel Glück«, lachte Mary Clare. »Mir reichen die weisen Männer, die ich hier habe, vollauf.«

Obwohl sie sich in der Gegend einen gewissen Ruf erworben hatte, war Amelanchier Stecoah keineswegs leicht zu finden. Fremde, die ihren Rat suchten, mußten ihre Autos an der Kirche parken und einem die meiste Zeit bergauf führenden Fußpfad durch den Wald folgen, der nach einem zwanzigminütigen Marsch an einer Lichtung endete, die im Schutz eines bewaldeten Hügelkamms lag. Am Ende des Pfads verkündete ein in unbeholfener Handschrift geschriebener Wegweiser, das Pendant zu dem an der Hauptstraße: DIE WEISE WALDFRAU LEBT HIER. In kleinerer Schrift darunter bekam man den Rat: »Wenn die Tür geschlossen ist, Hofglocke läuten oder Nachricht hinterlassen.« An einem Pfosten vor einer rohen Holzhütte war eine große Messingglocke befestigt. Elizabeth beschloß, es erst an der Haustür zu versuchen, bevor sie die Glocke läutete.

»Hallo?« rief sie laut. »Ist jemand da?«

»Im Moment heimgekommen!« antwortete eine fröhliche Stimme von innen. »Komm herein.«

Elizabeth zwängte sich an einem alten hölzernen Eisschrank und einem Karton voller Briefe vorbei. Das Zimmer war klein und vollgestopft, aber die lebhafte alte Dame in Jeans und Drillichhemd war kein von Armut geplagtes Wesen. Ihre Augen blitzten hinter goldgerahmten Brillengläsern, und sie sprang auf, um Elizabeth zu begrüßen.

»Und wer bist du?« fragte sie in einem Ton, der vermuten ließ, daß sie sich über die Begegnung freute, gleichgültig wie die Antwort ausfiel.

Elizabeth stellte sich vor und erklärte, daß sie auf der Grabung arbeite, die Amelanchiers Sohn in die Wege geleitet hatte.

Die alte Dame nickte bei der Erwähnung von Comfreys Namen. »Er ist der ehrgeizigste von meiner Bande. Schon seit jeher.«

»Er hat gemeint, Sie hätten nichts dagegen, daß ich Sie besuche. Ich interessiere mich für Kräuter.«

»Na, dann bist du hier richtig. Hast du Lust, mit zum Sammeln zu gehen? Ich wollte mich gerade auf den Weg machen, um Ginseng zu holen.«

Elizabeths Augen wurden ganz groß. Von Ginseng hatte man in ihrem Naturheilkundekurs nur in Tönen höchster Verehrung gesprochen. Als Heilmittel für alles, von der gewöhnlichen Erkältung bis hin zum Krebs, gepriesen, zahlte man für ein Pfund der aus dem Orient importierten Wurzel 140 Dollar und mehr. »Meinen Sie denn, Sie finden hier welchen?«

Eine solch närrische Frage konnte Amelanchier nur mit einem verächtlichen Schnauben beantworten. »Der ganze Wald ist voller Pappeln. Und da wächst er. Natürlich finden wir welchen. Nimm den Korb und komm.«

Sie ging voraus, an einem kleinen Schuppen neben ihrem Haus vorbei, und suchte sich einen Weg nach oben durch das Unterholz und um gefallene Stämme herum. »Du darfst nur die alten Pflanzen nehmen«, belehrte sie Elizabeth beim Gehen. »Die jungen taugen noch nichts. Ihre Wurzeln sind nicht größer als eine Erdnuß. Und noch etwas: Wenn du Sang – Ginseng nennt ihr es – sammelst, mußt du immer die rote Beere, die zwischen den Zweigen wächst, pflücken und wieder einpflanzen. Wenn du das tust, dann wächst das nächste Mal, wenn du zum Sammeln gehst, wieder eine Pflanze an der Stelle.«

Elizabeth nickte und wünschte, sie wäre so schlau gewesen, ihren Notizblock mitzubringen. »Woher wissen Sie soviel über wilde Pflanzen?«

»Durch Familienüberlieferung«, sagte die alte Frau. Sie

bückte sich, um eine kleine Pflanze mit drei Zweiglein am Fuß eines Baums zu untersuchen. »Mein Großvater hat Wurzelarzneien gebraut, als ich ein junges Mädchen war, und er hat es mir beigebracht. Die Indianer haben schon immer ein enges Verhältnis zur Natur gehabt. Du weißt, wie es dazu gekommen ist, daß es Heilpflanzen gibt?«

Elizabeth schüttelte den Kopf. Sie kniete neben Amelanchier nieder und schaute ihr zu, wie sie die kleine Pflanze ausgrub und die erdbeerartige Frucht sorgfältig wieder einpflanzte.

»Schau dir gut an, wie man sich hier draußen im Wald hinkniet«, ermahnte sie Amelanchier. »Die Mokassinschlangen sind im Unterholz kaum zu erkennen. Und du solltest auch nicht so schnell aufspringen. Langsame, ruhige Bewegungen sind am besten. Um diese Jahreszeit muß man auf Schlangen achten; die Bären kümmern sich meistens um ihre eigenen Angelegenheiten. Tiere sind, anders als die Pflanzen, nicht unsere Freunde. Mit den Heilpflanzen kam das so: In alten Zeiten, als die Leute noch mit anderen Lebewesen sprachen und von diesen angesprochen werden konnten, herrschte Frieden. Aber mit der Zeit begann der Mensch, seine Grenzen zu überschreiten: Er wollte Bärenfelle, um sich zu wärmen, und das Fleisch des Wildes als Nahrung und Fisch als Dünger. Der Mensch wurde eine Gefahr für die anderen Geschöpfe. Deshalb haben sich alle Tiere der Erde getroffen und beschlossen, daß etwas geschehen müsse.«

»Was haben sie getan?«

Amelanchier legte eine Ginsengwurzel zu den anderen in den Korb. »Sie haben die Krankheiten in die Welt gebracht. Die Familie der Bären flehte auf jeden Jäger, der tötete, ohne sich bei dem gejagten Tier zu entschuldigen, Rheumatismus herab, und das Rotwild wünschte denen, die nicht dankbar waren für die Felle, die sie warm hielten, Grippe und Erkältungen an den Hals. Sehr bald hatte jedes Tier und jeder Vogel das eine oder andere Leiden erfunden, mit dem er den Bruder Mensch verwünschte, bis es aussah, als könne keine Menschenseele überleben.«

»Was hat der Mensch dagegen getan?«

»Es gab nichts, was er dagegen tun konnte. Es hätte unser Ende bedeutet, wenn nicht die Pflanzen unsere Freunde gewesen wären. Als sie von all den schrecklichen Dingen hörten, welche die Tiere heraufbeschworen hatten, beschlossen sie, dem Menschen zu helfen. So faßten Baum, Busch, Gras, Kraut, Moos – jedes Gewächs den Entschluß, daß es eine dieser Krankheiten heilen wollte. Und wenn du gelernt hast, welche Pflanze welches Leiden heilt – nun, dann bist du in der Heilkunde bewandert.«

»Pflanzen sind also unsere Freunde«, sinnierte Elizabeth und blickte auf den Korb mit den Wurzeln.

»Ja. Deshalb habe ich alle meine Söhne nach einer benannt. Sie heißen Laurel und Stargrass und Yarrow und Comfrey. Comfrey ist mein Jüngster. Die anderen sind weggezogen und haben in der großen Stadt Arbeit gefunden. Ich nehme an, sie kommen zurück, wenn sie einmal so alt sind wie ich.«

»Wohnt Comfrey bei Ihnen?« fragte Elizabeth und dachte an das winzige Häuschen.

Amelanchier lächelte. »Er könnte all die Leute, die mich besuchen, wohl kaum ertragen. Nein, Comfrey hat weiter unten im Tal ein kleines Haus. Er kommt aber fast täglich einmal herauf, um mich zu besuchen. Er macht sich natürlich Sorgen wegen dieser Bergwerksgeschichte, für die die Harkness' kämpfen. Er glaubt, daß wir am Ende das ganze Tal verlieren.«

»Das werden wir nicht zulassen«, beruhigte sie Elizabeth.

»Wie wollt ihr beweisen, daß wir ein Recht auf das Land haben? Wir haben keine Beweise wie die Cherokees – solche Dinge, die sich in einem Museum für die Touristen gut machen. Wir stammen von den Unakas ab, und die Leute in Washington müssen uns das glauben.«

Elizabeth lächelte darüber, wie sich Amelanchier die Arbeitsweise der Regierung vorstellte. Sie erklärte die Grundzüge der forensischen Anthropologie und das erstaunliche Verfahren, mit dem man Alter, Geschlecht und Rasse aus der Untersuchung des Schädels bestimmen konnte. In ihrer Begeisterung klang Elizabeth weitaus erfahrener, als sie in Wirklichkeit war, aber Amelanchier schien nicht besonders beeindruckt zu sein. Sie fuhr fort, den Boden mit geübten Augen abzusuchen und dabei gelegentlich eine kleine Pflanze auszugraben oder ein paar Blätter von einem Busch zu pflücken.

»Ich selbst mache solche Schädelmessungen!« sagte Elizabeth triumphierend.

»Und du kannst all das sagen?« murmelte Amelanchier höflich.

»Eigentlich nicht«, gab Elizabeth zu. »Dr. Lerche kann es natürlich. Ich mache nur Messungen, die er später noch einmal überprüft. Bis jetzt hat er noch keine Zeit gehabt, einen Blick darauf zu werfen. Er installiert in Laurel Cove einen Computer.«

Amelanchier richtete sich auf und blickte auf den farblos werdenden Himmel. »Ich glaube, wir sollten umkehren«, verkündete sie. »Du kannst wiederkommen, und wir sprechen weiter über Pflanzen, wenn du Lust dazu hast. Gibt es etwas Bestimmtes, was du wissen möchtest?« Sie musterte Elizabeth kritisch von oben bis unten. »Ich habe eine Sodatinktur, mit der man abnimmt.«

Elizabeth errötete. »Ich würde sie gerne probieren. Ich wünschte, ich könnte einen unserer Ausgräber dazu bringen, Sie aufzusuchen. Er ist einfach gegen *alles* allergisch. Essen, Staub, Bienen, Katzen – einfach alles! Haben Sie keine Medizin dagegen?«

»Nun, Ginseng sollte eigentlich eine gewisse Abhilfe schaffen. Ich gebe dir etwas von meinem pulverisierten Vorrat mit, und du nimmst es mit in euer Lager und verbrennst es. Dein Freund soll den Rauch inhalieren.«

»Ist das teuer?« fragte Elizabeth voller Zweifel. Sie

wußte, daß Ginseng sagenhafte Preise erzielte, und Victor war nicht den Bruchteil einer solchen Ausgabe wert.

»Ach was«, lachte Amelanchier. »Ich verlange nichts. Pflanzen wachsen doch einfach wild im Wald, oder? Sie kosten mich nichts. Was würdest du davon halten, zum Abendessen zu bleiben? Ich habe in der Tiefkühltruhe einen Waschbär, den Comfrey für mich geschossen hat, wir könnten ihn mit Bohnen und Maisbrot essen.«

Elizabeth zögerte. »Es ist sehr nett von Ihnen, daß Sie mich einladen, aber ich habe noch nie ... ich meine, wie schmeckt Waschbär?«

»Genau wie der gewöhnliche Bär!« antwortete Amelanchier wie aus der Pistole geschossen.

tor, für dich hat sie mir ein Mittel gegen deine Allergien mitgegeben.«

Victor blickte mißtrauisch von seiner Karte auf. »Sie hat was?«

»Ich habe ihr erzählt, daß du auf deine unmittelbare Umgebung allergisch bist, und sie hat gesagt, wenn du den Rauch dieser Ginsengwurzel inhalierst – worüber lachst du?«

Victor gönnte ihr ein herablassendes Lächeln. »Meine Eltern haben Tausende von Dollars für die besten Allergiespezialisten in Washington ausgegeben. Ich kann auf die Dienste der hiesigen Hexenmeisterin verzichten, danke.«

»Man kann nie wissen, Victor«, grinste Jake. »Schließlich hat Penicillin auch als Brotschimmel angefangen. Vielleicht ist das da ein altes indianisches Wundermittel.«

»Du mußt *mir* nichts über Indianer erzählen, Jake. Meine Urgroßmutter war eine Cherokee-Prinzessin.« Victor nickte selbstgerecht mit dem Kopf und wandte sich wieder seiner Zeichnung zu.

Jake seufzte. »Darauf habe ich gewartet«, flüsterte er Elizabeth zu.

Elizabeth machte sich auf eine lautstarke Fortsetzung des Streits gefaßt und war überrascht, als es still blieb. Jake widmete sich wieder seinem Buch, scheinbar unbeeindruckt von Victors neuester Behauptung. Sie trat ans Fenster und hielt nach den Scheinwerfern Ausschau, die Milos Rückkehr anzeigen würden, aber die Straße war dunkel. Weil sie nicht hungrig war und niemandem einen Brief schuldete, begann sie, im Raum umherzuspazieren, spähte über Victors Schulter auf seine Zeichnung und betrachtete die Plaketten und Bilder an der Wand. Eine sepiabraune Fotografie irgendeiner ehemaligen Sonntagsschulklasse zog ihre Aufmerksamkeit auf sich.

»Das ist merkwürdig!« sagte sie laut.

»Was?« fragte Jake und blätterte eine Seite seines Buches um.

»Das Bild ist mindestens fünfzig Jahre alt, nach der Kleidung, die die Leute tragen, zu schließen, aber sie sehen ganz genauso aus wie jetzt.«

»Berghexe entdeckt Elixier, das die Leute vor dem Altern bewahrt«, sagte Jake im Ton einer Schlagzeile, ohne aufzublicken.

»Idiot! So habe ich das doch nicht gemeint. Natürlich handelt es sich um andere Leute, aber sie sind schon genauso ein Mischmasch wie heute. Blonde, Leute mit dunklen glatten Haaren, Leute mit dunklen krausen Haaren, helle, dunkle. Ich dachte, je weiter zurück man sie verfolgt, desto indianischer sehen sie aus.«

»Die Cullowhees nicht«, sagte Jake freundlich zu ihr. »Sie sind schon immer so gewesen.«

Elizabeth dachte darüber nach. »Was meinst du?« fragte sie. »Sind sie die Zone-Sechs-Leute?«

Jake schüttelte den Kopf. »Ich bin kein Fachmann, aber meiner Meinung nach hat Lerche nicht recht, wenn er behauptet, daß die Cherokees erst vor relativ kurzer Zeit hier eingedrungen sind. Ich glaube, sie haben diese Berge schon immer bewohnt.«

»Das widerspricht dem, was mir Amelanchier erzählt hat. Sie –«

»Wo ist Alex?«

Sie wandten sich um und sahen Milo in der Tür stehen, blaß und außer Atem. Jake und Elizabeth wechselten einen raschen Blick und kamen stillschweigend überein, ihm eine frisierte Fassung der Wahrheit zu liefern.

»Er macht einen Spaziergang«, antwortete Elizabeth leichthin. »Er müßte eigentlich bald zurück sein. Komm herein, ich erzähle gerade, was –«

»Nicht jetzt, Elizabeth!« fauchte Milo sie an und schlug die Tür hinter sich zu.

Victor blickte, durch den Lärm gestört, auf. »Was sollte das denn bedeuten?«

»Ärger, nehme ich an«, antwortete Jake.

»Wenn nicht jetzt, dann sicher bald«, sagte Elizabeth grimmig.

Milo rannte den dunklen Pfad zur Grabungsstätte hinauf. Er kannte den Weg so gut, daß ihm das Mondlicht genügte, um nicht über Grabsteine und Äste zu fallen. Er war viel zu erregt, um sich zu überlegen, welche Umgangsformen bei der Unterbrechung eines Schäferstündchens angebracht waren, oder seiner Phantasie zu erlauben, in den Schatten des Friedhofs Gespenster zu sehen. Milo war mit ganz anderen Dingen beschäftigt.

Er hielt erst kurz vor dem Graben an, den sie um den Friedhof geschaufelt hatten, und blickte sich um. Es war niemand zu sehen, und das Zelt war dunkel, wie er es nicht anders erwartet hatte. Alles schien in Ordnung zu sein. Er beschloß, sich von ihnen suchen zu lassen.

»Alex!« rief er, mit den Händen einen Trichter formend. »Wo bist du? Ich bin's, Milo!«

Danach setzte er sich auf einen Stein, um zu warten. Vielleicht hätte er nicht so schroff zu Elizabeth sein sollen, aber Krisensituationen waren nun einmal nicht die beste Gelegenheit, sich seiner Manieren zu erinnern. Er würde ihr später alles erklären, und er hoffte, daß sie kein großes Aufhebens darum machte. Er seufzte. Eine Romanze, die die Arbeiten behinderte, war pro Grabung genug. Nach ein paar Minuten, in denen sich nichts geregt hatte, vermeinte er Schritte in Richtung Kirche durch die Bäume laufen zu hören. Einen Augenblick später erschien Alex in der Lichtung.

»Milo? Was um Himmels willen ist los?«

»Jemand hat den Computer demoliert«, sagte Milo grimmig.

»Demoliert – wann?«

»Heute abend. Ich bin nach dem Essen noch einmal zurück in die Stadt gefahren, um noch ein paar Daten einzugeben, und als ich das Motelzimmer betrat, stellte ich fest, daß die Disketten zerbrochen waren und der Bildschirm zertrümmert.«

»Verdammt!« Alex forderte ihn mit einem Wink auf, ihm den Pfad zur Kirche hinunter zu folgen. »Wir müssen das natürlich anzeigen.«

»Das habe ich schon getan. Der diensttuende Beamte im Büro des Sheriffs hat meine Anzeige aufgenommen, aber er schien nicht allzu beeindruckt zu sein. Ich nehme an, die Cullowhees sind hier in der Gegend nicht übermäßig beliebt.«

»Ich werde morgen früh noch einmal hingehen. Im übrigen schätze ich, sollten wir uns lieber daran machen, die Geräte zu ersetzen. Verdammt!«

Milo nickte. »Wie viele Tage wird uns das kosten?«

»Ich weiß es nicht. Einige schon. Ich habe Gott sei Dank noch einen Satz Disketten in der Universität! Und wir können sicherlich vorübergehend einen anderen Computer aus dem Institut leihen.«

»Gut. Möchtest du, daß ich morgen zum Campus zurückfahre und die Ersatzdisketten hole?«

»Nein, ich fahre selbst. Hast du eine Ahnung, wer das getan haben könnte, Milo? Hat es nach einem Einbruch ausgesehen? Jugendliche vielleicht?«

»Ich würde sagen, wer immer es war, hat etwas von Computern verstanden. Auf alle Fälle genug, um die Disketten zu vernichten.«

Alex brummte. »Von jetzt an hält einer von uns in dem Motelzimmer Wache. Das passiert nicht noch einmal.«

Alex saß auf der obersten Stufe zur Kirche und sah zu, wie der Himmel allmählich hell wurde. Es war zu früh, um in das Büro des Sheriffs zu fahren, sogar zu früh, um zu frühstücken; aber er hatte nicht schlafen können. Die Zertrümmerung des Computers war wahrscheinlich ein sinnloser Akt der Gewalt, aber er konnte sich des Gefühls nicht erwehren, daß sie ein Omen war. Er nahm es persönlich. Er beobachtete, wie die Bäume im farblosen

Licht unterscheidbare Formen annahmen. Das kalte Licht des Tages, dachte er und lächelte vor sich hin. Es schien töricht, solche Dinge bei Tageslicht zu denken. Offensichtlich wollte jemand die Fortsetzung des Cullowhee-Projekts verhindern, aber das war es nicht, was ihn bekümmerte. Das war ein kleineres Übel. Er kam von dem Gefühl einfach nicht los, daß sich hinter dem Vorfall eine andere Botschaft verbarg. Ein stechender Schmerz im Kreuz ließ ihn zusammenzucken. Er vermißte sein Bett zu Hause und den Luxus langer heißer Duschen, die seine Muskeln lockerten. Offenbar wurden bei den anstrengenden Grabungen Muskeln beansprucht, die beim Tennis nicht trainiert wurden. Er war nicht mehr so jung wie früher; davor konnte er nicht die Augen verschließen. Wie dem auch sei, es war seltsam, daß er nach dem gestrigen Abend in der Morgendämmerung aufstand und an Tessa dachte.

Warum hatte er sich bereit erklärt, zum Campus zurückzufahren und die Disketten zu holen? Wenn er nach Hause ging, kam es womöglich zu einer Erneuerung des kalten Krieges, der zwischen ihm und Tessa herrschte. Da war es doch sicher besser, bei Mary Clare zu bleiben – vor allem nach dem gestrigen Abend. Er zuckte die Achseln. Es hatte keinen Sinn, sich jetzt darüber Gedanken zu machen. Er würde zum Campus zurückfahren, um die Disketten zu holen, und sich später über seine Gefühle klar werden.

Elizabeth stand mit einem Karton im Zelteingang. »Entschuldige«, sagte sie mit frostiger Höflichkeit. »Ich möchte wissen, ob du Zeit hast, sie jetzt anzuschauen? Ich habe schon zwanzig vermessen, und kein Mensch hat meine Arbeit überprüft.«

Milo blickte von seiner Zahlenreihe auf. Alex hatte den Transporter genommen, um zum Büro des Sheriffs in der Stadt und dann zur Universität zurückzufahren. Milo, der bis zur Rückkehr von Alex die Verantwortung übernommen hatte, hatte das Gefühl, ständig belästigt zu werden: Zuerst hatte er sich eine Aufzählung von Victors eingebildeten Krankheiten anhören müssen, dann hatte Jake um zusätzliche Hilfen im dritten Graben gebeten, dann war er einem Kreuzverhör von Mary Clare unterzogen worden, die wissen wollte, »was Alex über seine Pläne gesagt hatte, bevor er fuhr«. Elizabeths kühle Höflichkeit signalisierte ihm, daß aus dieser Ecke ebenfalls Unheil drohte.

Milo beschloß, daß er sich für diese Unterhaltung besser etwas Zeit nahm. »Schau, Elizabeth, ich weiß, ich war in letzter Zeit mieser Laune, aber –«

»Gib dir keine Mühe«, sagte Elizabeth kalt. »Es schadet deinem Image. Warum frißt du alles in dich hinein?«

Milo seufzte. »Es tut mir leid.« Er nahm ihr den Karton mit soviel Enthusiasmus ab, wie er nur irgend aufbringen konnte. »Laß sehen, was du herausgefunden hast.«

Elizabeths Miene hellte sich ein wenig auf. »Okay. Erst einmal habe ich sie ganz sorgfältig gereinigt, bevor ich sie vermessen habe.«

»Das ist gut. Die Zähne gehen leicht verloren.«

»Entschuldige, Milo!« Mary Clare blickte mit besorgtem Stirnrunzeln in das Zelt. »Kannst du einen Moment herauskommen?«

»Hm ... ist es wichtig?«

»Ja! Einer vom Sheriffsdepartment ist hier wegen des Computers. Er will den sprechen, der hier die Verantwortung trägt. Ich denke, das bist du.«

Mit einem resignierten Seufzer stellte Milo die Kiste mit den Schädeln ab. »Wenn es nicht hier an einem zerrt, dann dort. Wir müssen das vertagen, Elizabeth.«

Sie brachte ein schwaches Lächeln zustande. »Klar, Milo.«

Nahe des ersten Grabens stand ein kleiner, dünner Mann in einer Khakiuniform über das Meßgerät gebeugt und machte sich an der Eichung zu schaffen.

Milo eilte zu ihm in der Absicht hinüber, ihn so höflich

wie möglich von dem empfindlichen Instrument abzubringen. »Hallo! Kann ich Ihnen helfen? Ich bin Milo Gordon und hier zuständig.«

»Nein, das sind Sie nicht«, sagte der Mann in gehässigem Tonfall und drehte sich um. »Ich bin hier zuständig.«

Milo erkannte in ihm den Mann, der Dr. Lerches Diavorführung so brutal unterbrochen hatte. »Sie wollten mich sprechen?« fragte Milo, sorgfältig darauf bedacht, höflich zu sein und seine Abneigung nicht erkennen zu lassen.

»Kommt drauf an.« Der Mann zuckte mit den Achseln. »Ich bin Hilfssheriff Bevel Harkness und habe hier polizeiliche Befugnis. Wo ist dein Boss, Junge?«

Milo zuckte vor Verärgerung nervös mit den Mundwinkeln. »Dr. Lerche ist heute unterwegs. In der Zeit bin ich hier verantwortlich.«

»Meinetwegen. Ich habe gehört, daß ihr eine Straftat melden wollt. Meint ihr damit eine andere als die da?« Er wies höhnisch lächelnd mit dem Kinn auf die Ausgrabungsstätte.

Milo sah keinen Sinn darin, sich mit dem Hilfssheriff auf einen Streit einzulassen. Je besser ihre Beziehungen zu den Untersuchungsbeamten waren, desto größer waren ihre Chancen, daß der Vandalismus aufgeklärt wurde. Er sagte: »Gestern abend ist jemand vor acht Uhr in das Motelzimmer, das wir in Laurel Cove gemietet haben, eingebrochen und hat unseren Computer zertrümmert und die Disketten zerstört.«

»Das schlägt doch dem Faß den Boden aus!« bemerkte Harkness. »Was glaubst du, wie sie reingekommen sind?«

»Die Türen machten mir keinen allzu stabilen Eindruck«, sagte Milo. »Ich gehe davon aus, daß man das Schloß ohne weiteres mit einer Kreditkarte knacken konnte. Meinen Sie nicht, Sie sollten den Tatort untersuchen, statt mich zu befragen?«

Harkness nahm die Kritik gelassen entgegen. »Sie haben mich heraufgeschickt, um mit dir zu reden, weil du im Sarvice Valley bist, und das ist mein Revier. Ich nehme an, das andere wird ebenfalls erledigt. Ich habe hier ein Formular.« Er förderte ein Notizbuch und einen Bleistift zutage und machte sich daran, Fragen vorzulesen, von denen die meisten das Alter, den Beruf und den Wohnsitz des Klägers zu betreffen schienen. Milo beantwortete sie mit allmählich schwindender Höflichkeit. »Das sollte genügen«, sagte Harkness schließlich. »Werdet ihr die Sache jetzt sein lassen?«

Milo grinste. »O nein, Mr. Harkness. Wir werden morgen bereits wieder an die Arbeit gehen.«

»Warum macht ihr das?« fragte Harkness mit gequälter Stimme. »Diese Leute wollen doch nur zum Indianerstamm erklärt werden, um sich gemütlich zurückzulehnen und von der Regierung unterstützen zu lassen wie ein Haufen zahmer Eichhörnchen. Und ihr helft ihnen bei ihrem Betrug. Es wird den Steuerzahler eine Menge Geld kosten.«

»Ich war der Meinung, Sie sind selbst ein Cullowhee.«

»Kann schon sein«, räumte Harkness ein. »Aber das bedeutet nicht, daß ich mich ohne Arbeit durchschwindele. Ich brauche keine Almosen.«

»Diese Leute wollen doch nur das Tal vor der Bergwerksgesellschaft bewahren, Mr. Harkness.«

»Hm, ich kann mich nicht den ganzen Tag hier aufhalten«, sagte Harkness und steckte sein Notizbuch in die Tasche zurück. »Nehmt euch nur alle vor dem alten Indianerfluch in acht, wenn ihr die Totenruhe stört.«

»Wir werden uns ganz bestimmt in acht nehmen«, sagte Milo prononciert.

Elizabeth verbrachte den Morgen vorwiegend im Schatten einer Eiche, überprüfte ihre Messungen noch einmal und hielt die Befunde in leserlicher Schrift in einem Spiralblock fest. Inzwischen waren ihr die Totenschädel so vertraut, daß sie alles Bizarre verloren hatten und damit auch die Fähigkeit, sie zu beunruhigen. Sie waren für sie ebensowenig »real« wie das Geld, mit dem sie einmal als Kassiererin zu tun gehabt hatte: Nach ein paar Tagen war es zu grünen Papierfetzen geworden. Das Geld hatte keinen Wert, weil sie es nicht ausgeben konnte; desgleichen ließen die Schädel ihre Gefühle kalt, weil sie sie als Objekte kennengelernt und nie als Menschen gekannt hatte. Sie war deshalb genauso überrascht wie Mary Clare, als sie das neueste Exemplar der Sammlung zu Tränen rührte.

»Großer Gott!« sagte Mary Clare und legte den Schädel vorsichtig in die Kiste. »Was macht denn einer mehr oder weniger? Warum willst du ihn nicht in die Hand nehmen?«

»Er ist so klein«, sagte Elizabeth mit schwacher Stimme.

»Ach so.«

»All die anderen waren nur ... Exemplare, finde ich. Und schau, sie haben Zahnlücken und kaum Nähte, was bedeutet, daß sie ziemlich alt waren. Aber das ist ein Kind.«

»Na ja ... es war eines, vor hundert Jahren.«

»Ich weiß. Aber ein Leben, das nie eine Chance hatte, gelebt zu werden, hat doch etwas Trauriges an sich. War es ein Junge oder ein Mädchen?« Elizabeth schaute den winzigen Schädel genau an und versuchte sich ein Gesicht dazu vorzustellen.

»Das kann dir niemand sagen«, sagte Mary Clare sanft. »Ich weiß selbst nicht viel darüber, aber ich erinnere mich, daß Alex gesagt hat, wenn ein Kind jünger als zwölf ist, kann man die Geschlechtsunterschiede nicht aus den Knochenresten erkennen. Im Grunde *gibt* es in dem Alter keine Unterschiede.«

»Ich möchte wissen, woran es gestorben ist.«

»An Fieber höchstwahrscheinlich. Typhus durch das verschmutzte Wasser oder Grippe. Cholera vielleicht.

Vielleicht sogar ein infizierter Finger. Man starb damals leicht.«

Elizabeth schauderte.

Mary Clare schaute sie genau an. Sie hielt nichts davon, zimperlichen Leuten auf einer Grabung auch noch entgegenzukommen, aber Elizabeth hatte hart gearbeitet. Sie fragte sich, ob diese Nervenschwäche durch die Totenschädel oder nicht eher durch Milo ausgelöst worden war.

»Weißt du was, Elizabeth, warum machst du nicht eine Pause? Genaugenommen könnte ich auch eine gebrauchen – falls du Lust hast, ein wenig zu reden.«

Elizabeth seufzte. Sie hätte nichts dagegen gehabt, über Milo zu reden, aber sie fand es unpassend, sich mit seiner Kollegin über ihn zu unterhalten. »Es geht gleich wieder, danke«, sagte sie und zwang sich zu einem Lächeln.

»Na, bestimmt«, sagte Mary Clare. »Milo ist in Ordnung. Er muß sich nur daran gewöhnen, mit lebenden Leuten umzugehen, das ist alles. Genauso wie du dich an die toten gewöhnen mußt.« Sie wies mit dem Finger auf die Kiste mit den Schädeln. »Wie gefällt dir deine Arbeit denn?«

»Gut. Sie ist interessant, und … man gewöhnt sich daran. Ich bin nur nicht sicher, ob ich es richtig mache. Milo scheint keine Zeit zu haben, meine Messungen nachzuprüfen. Hast du vielleicht –«

»Nein! Ich kann kein Schienbein von einem Suppenknochen unterscheiden. Meine Spezialität sind Ausgrabungen, Bodenschichten, solcher Kram. Ich weiß, wie dir zumute ist, wenn du hier sinnlos herumstehst, aber die Sache mit dem Computer hat uns in die Warteschleife versetzt. Wie dem auch sei, Alex ist bestimmt morgen wieder da. Ich werde dafür sorgen, daß er als erstes einen Blick auf deine Arbeit wirft.« Sie seufzte. »Ich vermisse ihn schrecklich.«

Bevor Elizabeth noch über eine passende Antwort nachdenken konnte, wurden sie abgelenkt, weil sie jemanden aus dem Wald kommen hörten. Wenige Augenblicke später tauchte eine Frau in mittleren Jahren in einem blaubedruckten Kattunkleid und Basketballstiefeln in der Lichtung auf. Elizabeth erkannte in ihr die Frau, mit der sie sich bei dem Treffen in der Kirche unterhalten hatten.

»Hallo!« rief Mary Clare laut. »Sie sind unser erster Besuch! Wollen Sie sich ein wenig umschauen?«

Die Frau war offensichtlich unangenehm berührt. Sie warf einen Blick auf die Kiste neben ihnen, blickte aber gleich wieder weg. »Ich bin eigentlich nicht deswegen gekommen«, sagte sie. »Womöglich bin ich mit einigen von den Leuten, die ihr ausgrabt, verwandt.«

»Wir gehen sehr sorgfältig mit ihnen um«, sagte Elizabeth ernst. »Und sie werden wieder an der richtigen Stelle begraben, sobald die Untersuchung vorbei ist.«

»Ich weiß. Comfrey Stecoah hat uns erklärt, daß alles seine Richtigkeit hat, bevor er euch gebeten hat zu kommen. Nicht, daß es mich stört; ich habe bloß keine besondere Lust, euch dabei zuzuschauen. Ich habe euch aber ein paar Tomaten aus meinem Garten mitgebracht. Ich hab mir gedacht, vielleicht mögt ihr welche zum Lunch.« Sie hielt Elizabeth eine Papiertüte hin.

Elizabeth war gerührt über eine derart freundliche Geste von einer Fremden. »Vielen Dank«, sagte sie. »Möchten Sie dableiben und mit uns essen?«

Die Frau schüttelte den Kopf. »Trotzdem vielen Dank. Ich hab mir nur gedacht, ich bringe sie euch Mädchen. Das ist das wenigste, was ich tun kann.« Sie zögerte. »Ihr erinnert euch doch an die Liebesreben, die ich für euch gepflanzt habe?«

Sie nickten.

»Hm, ich schätze, die Sonne muß zu heiß für sie gewesen sein, für den armen alten Alexander und Robert. Sie sind verwelkt und eingegangen, alle beide.«

7

Alex klopfte mit den Fingern gegen das Lenkrad und starrte zur Kirche hinauf. Sie sah im frühabendlichen Sonnenlicht kühl und friedlich aus. Seltsam, daß es ihm so widerstrebte hineinzugehen. Es war sechs Uhr; sie würden alle im Sonntagsschulraum sein und essen – ein fades Eintopfgericht. Alex wunderte sich über seine Abneigung gegen das Projekt. Zum ersten Mal während seiner beruflichen Laufbahn widerstrebte es ihm, auf sein bequemes Haus, die gut zubereiteten Mahlzeiten und vor allem auf seine »körpergerechte« Matratze zu verzichten. Das einfache Leben hatte viel an Reiz verloren, vielleicht im selben Maße wie er an Jugendlichkeit. Oder vielleicht war der eigentliche Grund für seine Abneigung die Tatsache, daß er sich mit Mary Clare auseinandersetzen mußte. Er würde sich wie ein Narr vorkommen, und davor fürchtete er sich. Selbst dieser stupide Akt von Vandalismus machte ihm Sorgen, obwohl er nicht sagen konnte, warum. Wenn die Neandertaler noch am Leben gewesen wären, hätten sie sich womöglich auch in den Höhlen von Lascaux empört und gefordert: »Laßt unsere Toten in Frieden!« Wenn der Protest gegen seine Arbeit in der Theorie existierte, warum störte es ihn dann, wenn ihm Ausdruck verliehen wurde?

Der Seiteneingang zur Kirche öffnete sich, und er erblickte eine Gestalt in Jeans in der Vorhalle. Kaum hatte er das blonde Haar bemerkt, das die Person als Mary Clare auswies, hatte sie auch schon den Transporter gesehen und kam darauf zugelaufen. Alex, der eigentlich erst noch einmal alles im Geiste rekapitulieren wollte, hatte keine Ahnung, was er sagen sollte.

Mary Clare stützte die Ellbogen auf das offene Fenster des Transporters und spähte glücklich zu Alex hinein. »Ich bin wirklich froh, daß du wieder da bist«, strahlte sie. »Ich habe seit etwa fünf Uhr nach dir Ausschau gehalten. Wie war die Fahrt?«

»Gut. Ist hier alles in Ordnung?«

»Ja. Milo war gestern und heute hauptsächlich im Büro des Sheriffs und hat das Motelzimmer zusammen mit Comfrey Stecoah bewacht, obwohl ich mir beim besten Willen nicht vorstellen kann, was sie damit erreichen wollen.«

»Wahrscheinlich eine symbolische Geste«, sagte Alex.

»Die Arbeit geht gut voran. Möchtest du zur Grabung hinaufgehen und es dir anschauen?«

Er nickte. »Nach dem Abendessen.« Er war nicht hungrig, aber wenn er sich auf den Eintopf im Gemeinschaftsraum einließ, konnte er das Alleinsein mit Mary Clare noch aufschieben. Er folgte ihr den Hügel hinauf zur Kirche, noch immer ohne jegliche Idee, was er ihr sagen sollte.

Im Sonntagsschulraum schwang Victor Bassington mal wieder große Reden vor einem Publikum von Ausgräbern, die ihm nicht entrinnen konnten und deshalb ihr Essen so schnell wie möglich hinunterschlangen.

»Archäologie! Die Geheimnisse der verschiedenen Epochen! Deshalb studiere ich dieses Fach. Warum wurde Machu Picchu aufgegeben? Warum sind die Neandertaler ausgestorben?«

»Das wirst du nie erfahren«, murmelte Jake und stopfte sich den Mund wieder voll Brot.

»Ah! Können wir da so sicher sein? Die Wissenschaft öffnet täglich neue Türen. Nimm zum Beispiel das Geheimnis der Cullowhees. Wer sind sie? Ich glaube, sie kamen aus dem Orient –«

»Ich dachte, *alle* Indianer kamen ursprünglich aus dem Orient«, warf Elizabeth ein.

»Ja, aber *diese* Indianer scheinen mir orientalischer zu sein als die meisten«, sagte Victor, ohne sich auch nur eine Sekunde aus dem Konzept bringen zu lassen. »Die

Schädel, mit denen ihr arbeitet, erinnern mich ausgesprochen an den Schädel des Peking-Menschen, den ich in England gesehen habe. Etwas an der Form –«

»Das ist sehr interessant«, sagte Elizabeth höflich. Sie hoffte, daß ihre Bemerkung Victor von Jakes Kichern abgelenkt hatte.

»Ja, in der Tat sehr interessant«, sagte Alex, der in der Tür gestanden und zugehört hatte. »Ich würde gerne mehr darüber hören.«

Victor drehte sich langsam um, vom Hals bis zu den Ohren errötend. »Ah, willkommen bei uns, Dr. Lerche. Ich habe gerade gesagt, wie interessant all das ist.«

»Ja, ich habe es gehört«, sagte Alex gleichmütig. »Sie haben erwähnt, daß Sie den Schädel des Peking-Menschen gesehen haben. Es muß ein großartiges Erlebnis für Sie gewesen sein. Wann war das?«

»Als ich in England war«, sagte Victor nun sehr viel gedämpfter. »Vor zwei oder drei Jahren.«

»Aha«, sagte Lerche. »War das vielleicht in einem Museum?«

Victor zögerte. »Im ... ähm ... British Museum. Ich glaube allerdings nicht, daß er dort ständig zu sehen ist. Ich glaube, es war eine Wanderausstellung. Ich nehme an, ich hatte einfach das Glück, zur rechten Zeit in dem Museum gewesen zu sein.«

»Glück«, wiederholte Lerche sarkastisch. »Oh, Sie hatten sogar sagenhaftes Glück, Mr. Bassington. Sie haben die echten Knochen gesehen, keine Gipsnachbildung?«

»Die echten Knochen«, pflichtete ihm Victor vorsichtig bei. »In einer Glasvitrine natürlich.«

»Jetzt ist es soweit«, flüsterte Jake Elizabeth zu.

»Ich finde es sehr interessant, daß Sie die Schädelfragmente des *Sinanthropus pekinensis* vor zwei oder drei Jahren im British Museum gesehen haben. Wissen Sie, warum ich das so interessant finde, Mr. Bassington?«

»Ähm ... haben Sie sie da vielleicht ebenfalls gesehen?« fragte Victor hoffnungsvoll.

»Nein – Sie aber auch nicht. Die Überreste des Peking-Menschen wurden 1929 in China gefunden und *sie verschwanden ebendort im Jahre 1939*! Als die Japaner in die Mandschurei einfielen, haben die Museumsleute sie Soldaten anvertraut, die sie an einen sicheren Ort bringen sollten. Die Soldaten wurden gefangengenommen und die Knochen nie gefunden.«

»Oh«, sagte Victor mit leiser Stimme.

»Ich weiß nicht, warum Sie ein zwanghaftes Bedürfnis haben, auf Gebieten glänzen zu wollen, von denen Sie nichts verstehen; aber Sie verschwenden Ihre Zeit damit, weil kein Mensch je ein Wort von dem, was Sie sagen, glauben wird.« Er wandte sich an den Rest der Gruppe. »Es würde Ihnen allen nicht schaden, wenn Sie mehr studieren und sich weniger wichtig nehmen würden. Noch sind Sie keine Wissenschaftler!« Er verließ den Sonntagsschulraum und warf die Tür hinter sich ins Schloß.

Mary Clare beeilte sich, mit ihm Schritt zu halten. »Es geschieht ihm ja recht«, sagte sie sanft. »Aber es ist sonst gar nicht deine Art, jemanden vor Publikum abzukanzeln.«

Alex brummte. »Wo ist Milo?«

»Er dachte, du schickst den neuen Bildschirm mit dem Bus herauf. Deshalb wollte er schauen, wann der Bus ankommt, und ist hinuntergefahren, um auf ihn zu warten. Er wird bald zurück sein. Gehst du zur Grabungsstelle? Elizabeth MacPherson hat nämlich schon eine ganze Kiste Schädel vermessen. Sie möchte gerne, daß du ihre Arbeit überprüfst.«

»Meinetwegen.«

Mary Clare hoffte, Alex zum Reden zu bringen, damit er sich beruhigte und aufhörte, sich wie ein verwundetes Wildschwein krachend einen Weg durchs Unterholz zu bahnen. »Hast du die Disketten mitgebracht?« rief sie.

Alex drehte sich um und schaute sie an. »Meine Frau bringt sie«, sagte er.

Sie blickte ihn mit riesengroßen Augen an, dann begann sie zu lächeln. »Ich nehme an, du hast es ihr noch nicht gesagt, oder? Aber ich glaube nicht, daß es Schwierigkeiten gibt, wenn du ihr einfach sagst, was du von jetzt an tun wirst.«

»Und was ist das?« fragte Alex ruhig.

Mary Clare wurde rot. »Oh, das mit uns habe ich nicht gemeint. Obwohl ich finde, es ist vielleicht anständiger, wenn du es ihr ohne Umschweife sagst. Ich meinte das, worüber du neulich abends gesprochen hast: daß du die Universität verläßt, um als unabhängiger Archäologe zu arbeiten. Daß du im Zelt unter freiem Himmel lebst, nur die Arbeiten annimmst, zu denen du Lust hast ...« Sie lächelte bei dem Gedanken, wie wundervoll es werden würde.

»Du willst, daß ich mit der Schaufel auf die Walze gehe?« fragte Alex. Er setzte sich auf einen umgestürzten Baumstamm und fing an zu lachen.

Mary Clare, die nicht sicher war, was daran so lustig war – oder über wen er sich lustig machte – beobachtete ihn ängstlich.

»Ich kann es nicht glauben. Ich soll mit der Schaufel auf die Walze gehen.«

»Wie meinst du das, Alex?« fragte sie schüchtern.

»Meine Liebe, ich soll mich als Kontraktarchäologe verdingen, der sich für keine Grabung zu schade ist, wenn er nur dafür bezahlt wird. Als Raubgräber. Als Antiquitätenhai. Die meisten von ihnen haben keinen akademischen Abschluß und werden von den Universitäten, die du so verachtest, nicht unterstützt. Wer, glaubst du, bezahlt unsere Projekte? Es sind die Universitäten! Und ohne ihre Unterstützung genießt du in deinem Beruf kein Ansehen, und kein Mensch schenkt deinen Funden besondere Aufmerksamkeit.«

»Aber ... Schliemann fand Troja auf eigene Faust.«

»Wir sprechen nicht über die Zeit vor hundert Jahren, Mary Clare. Ich sage dir, daß die Kontraktarchäologen *heute* eine archäologische Stätte meistens ohne Forschungskonzept ausgraben und wahrscheinlich Fundstücke zerstören, die ein echter Gelehrter brauchen könnte. Sie kassieren ab und begeben sich zum nächsten Job. Wir haben keinen anderen Garanten für unsere Integrität als die Universität im Hintergrund. Und du willst, daß ich den wegwerfe!« Er schüttelte den Kopf. »Du bist kein bißchen besser als Victor. Du machst kindische Pläne auf der Grundlage von Dingen, von denen du nichts verstehst.«

»Es tut mir leid«, flüsterte sie.

Alex seufzte. »Mir tut es ebenfalls leid. Ich fürchte, ich bin in den letzten Wochen auch nicht gerade sehr realistisch gewesen, und du hast mich mißverstanden. Ich wollte nicht mit der Schaufel auf die Walze gehen, Mary Clare. Ich wollte wieder dreiundzwanzig sein.« Er versuchte, ihrem Blick auszuweichen. »Verstehst du das?« fragte er freundlich.

Sie nickte. »Ich glaube schon.«

»Gut, ich habe einen interessanten Auftrag für dich. Er hat mit diesem Projekt zu tun, und ich glaube, es wäre für uns alle das beste, wenn du ihn annehmen würdest.«

»Um was handelt es sich?«

»Du erinnerst dich an die Literatursuche, mit der ich die Bibliothek beauftragt habe, bevor wir aufgebrochen sind? Sie haben etwas gefunden. Offensichtlich befinden sich im MacDowell College ein Tagebuch und einige Briefe von einer Frau aus dieser Gegend. Vielleicht steht in ihren Schriften etwas über die Cullowhees. Sie sind etwa hundert Jahre alt.«

»Und du willst, daß ich sie lese? Wann werden sie hier sein?«

»Gar nicht. Sie befinden sich in der MacDowell-Sammlung seltener Handschriften und sind nicht ausleihbar. Du wirst in die College-Bibliothek gehen müssen, um die Schriftstücke zu studieren.«

»Du meinst, ich muß von hier weg?« jammerte Mary Clare.

»Es könnte für das Projekt von großer Wichtigkeit sein«, sagte Alex mit gütiger Stimme. »Und ich glaube, es wäre vielleicht das beste für uns alle.«

Mary Clare funkelte ihn haßerfüllt durch Tränen hindurch an. »Ich wünschte, du wärst tot!« schrie sie.

»Wo ist Milo?« murmelte Elizabeth schon zum dritten Mal in ebenso vielen Minuten.

Jake seufzte. »Glaubst du, es würde etwas nützen, wenn er da wäre?«

»Ich habe das Gefühl, mich mitten in einer Seifenoper zu befinden«, grollte sie. »Victor sitzt einfach nur da und brütet finster vor sich hin, und Gott weiß, was mit Mary Clare los ist. Sie wirft Sachen in einen Koffer und bemüht sich so zu tun, als weine sie nicht.«

»Und wir bemühen uns so zu tun, als bemerkten wir es nicht«, gab ihr Jake recht.

»Ich möchte wissen, ob sie mich für sensationslüstern hält, wenn ich zu ihr hingehe?« fragte sich Elizabeth.

»Ich glaube, wir sollten sie in Frieden lassen«, erwiderte Jake. »Wir kennen sie ja kaum.«

Victor warf ihnen von seinem Arbeitstisch aus einen bösen Blick zu. »Wollt ihr zwei wohl aufhören zu flüstern? Es stört mich – und zeugt auch von mangelndem Anstand.«

»Wir haben nicht über dich gesprochen, Victor«, sagte Jake resigniert.

»Das habe ich ja gar nicht behauptet, aber ich *bemühe* mich zu arbeiten. Es ist schon so schwierig genug, ohne daß ihr im Hintergrund zwitschert. Von der häßlichen Szene heute abend habe ich eine so starke Migräne bekommen, daß ich außer Gefecht gesetzt bin.«

»Es war keine häßliche Szene. Lerche hat den Schwindel auffliegen lassen, das war alles. Gib zu, daß es dir recht geschah, und vergiß es!«

»Es war ganz schön kindisch von ihm, sich derart auf mich zu stürzen!« Victor ließ nicht locker. »Ja, sogar gefühllos. Es hätte ihm klar sein müssen, daß ich mich versprochen hatte. Natürlich war das, was ich in der Ausstellung gesehen habe, der *Homo habilis.* Ich war wirklich der Meinung, das auch gesagt zu haben, bis er eine solche Szene deswegen machte.«

»Ich nehme an, er war wegen etwas ganz anderem so außer sich«, sagte Elizabeth besänftigend.

»Ohne Zweifel. Aber er hatte kein Recht, so mit mir zu sprechen. Keines!« Er stand auf und machte mit der Faust eine Drohgebärde gegen die leere Wand. »Ich glaube, ich gehe eine Weile raus. Vielleicht lindert die frische Luft meine Kopfschmerzen ein wenig. Oder vielleicht beißt mich eine Klapperschlange!«

»Viel Spaß, Victor!« sagte Jake und unterdrückte ein Grinsen.

Elizabeth blickte ihm nach, bis er durch die Tür marschiert war. »Darauf, daß diese Grabung so abenteuerlich wird, war ich nicht gefaßt«, bemerkte sie. »Computerräuber, Liebeskummer, Streitereien. Das Exhumieren der Leichen ist dagegen noch der langweiligste Teil des Projekts.«

»Ich hoffe, das wird bald anders«, sagte Jake düster. »Ich für meinen Teil bin ein friedliebender Mensch.«

»Wenigstens benimmst du dich normal, Jake. Milo ist wirklich sehr gereizt.« Elizabeth sah, daß sich die Tür öffnete. »Pscht! Ich glaube, da kommt er gerade.«

Herein kam aber nicht Milo, sondern Dr. Lerche. Er blieb ein paar Augenblicke mit gequälter Miene an der Tür stehen. Mary Clare blickte vom Kofferpacken auf, sah ihn und schritt hocherhobenen Hauptes hinaus. Er trat von der Tür zurück, um sie vorbeigehen zu lassen, und ging zu Jake und Elizabeth hinüber.

»Wo ist Milo?«

»An der Busstation. Er hat gesagt, daß er um acht Uhr zurück ist«, sagte Elizabeth entgegenkommend.

Alex blickte auf seine Armbanduhr. »Es ist fünf nach acht«, verkündete er.

»Aber er ist noch nicht da«, sagte Elizabeth. »Soll ich ihn zur Grabung hinaufschicken, wenn er kommt?«

»Ja, bitte.« Lerche schien mit den Gedanken woanders zu sein. Er betrachtete die alten Fotografien an den Wänden. »Ich habe die Schädel untersucht, die Sie vermessen haben. Ich gehe wieder hinauf zur Grabung. Schicken Sie mir Milo, sobald er kommt.«

Bevor ihn Elizabeth zu ihrer Arbeit befragen konnte, war er wieder hinausgeeilt. »Ich möchte wissen, was das bedeuten sollte«, bemerkte sie.

»Das kann man nicht wissen«, antwortete Jake. »Es kann alles mögliche bedeuten, angefangen von nicht beschilderten Bodenschichten bis zu einem nicht weggeräumten Spaten. Mach dir keine Sorgen. Wenn du etwas falsch gemacht hättest, hätte er es dir gesagt.«

»Das denke ich auch«, sagte Elizabeth, ohne recht daran zu glauben. Sie hielt es für viel wahrscheinlicher, daß Lerche Probleme dieser Art an Milo delegieren würde, da sie bei der Grabung sein Schützling war. Dennoch gab es keinen Grund zur Sorge. Sie war schließlich Anfängerin und hatte ihr Bestes getan.

Weil im dramatischen Geschehen des Sonntagsschulraums eine Pause eingetreten zu sein schien, wandte sich Jake wieder seinem Buch über die Archäologie der Cherokee-Indianer zu, und Elizabeth hielt ihre Begegnung mit Amelanchier fest, damit sie nicht vergaß, was diese ihr gesagt hatte.

Es war fast neun Uhr, als Mary Clare langsam die Tür zum Raum der Sonntagsschule aufstieß. Ihr Gesicht war gerötet und ihr Haar zerzaust, aber sie weinte nicht mehr.

»Ich habe Scheinwerfer auf der Straße gesehen«, sagte sie zu Elizabeth. »Ich nehme an, es ist Milo, der zurückkommt.«

»O gut!« rief Elizabeth und eilte zum Fenster.

»Wie schön, daß du dich so freust«, schnaubte Mary

Clare verächtlich. »Aber du solltest dich vor diesen Anthropologen in acht nehmen. Sie können nur mit Toten umgehen, und Tote haben keine Gefühle.« Sie streckte das Kinn vor, als wappne sie sich gegen Protestgeschrei, aber es kam keines. Jake war in sein Buch vertieft, und Elizabeth, die immer noch aus dem Fenster spähte, hörte ihr nicht zu.

Etwas ruhiger sagte Mary Clare: »Es schadet nichts, wenn ihr alle wißt, daß ich wegfahre, um Literaturrecherchen zu diesem Projekt anzustellen. Ich nehme an, Alex wird ab jetzt die Grabung selbst leiten.«

»Da ist das Auto!« rief Elizabeth.

»Hast du Victor draußen gesehen?« fragte Jake. »Er ist vor einer Weile losgegangen und hat uns wissen lassen, daß er die Absicht habe, sich von einer Schlange beißen zu lassen.«

Mary Clare war erleichtert, daß niemand sie nach dem Grund für ihre plötzliche Abreise gefragt hatte. Sie brachte ein grimmiges Lächeln zustande. »Nein. Ich bin ein ganzes Stück gegangen. Victor kann nicht so weit spaziert sein wie ich; das wäre ja in sportliche Betätigung ausgeartet.«

»Entschuldigen Sie. Ich suche meinen Mann.«

Tessa Lerche stand höflich lächelnd im Türrahmen. Sie trug beige Leinenhosen, ein Khakihemd mit offenem Kragen und ein rotes Seidenhalstuch – eine Aufmachung, die ihrer Vorstellung von Expeditionsschick entsprach. Mit ihrem Haar, das sie sich sehr kurz hatte schneiden lassen, würde sie auch ohne die Hilfe des Frisiersalons zurechtkommen.

Mary Clare, die ihre verblichenen Jeans und ein blaues T-Shirt anhatte, blickte Tessa abschätzig an und bemerkte: »Sie haben Ihren Tropenhelm vergessen.«

»Dr. Lerche ist an der Ausgrabungsstätte oben«, warf Jake schnell ein. »Möchten Sie, daß ich Sie hinbringe? Es ist nicht weit.«

»Bedauerlicherweise können wir Ihnen kein Taxi rufen.« Mary Clare lächelte süß.

Das paßt gar nicht zu ihr! dachte Elizabeth wütend. Wir Südstaatler sind normalerweise zu unseren Feinden höflicher als zu unseren Freunden.

Tessa schienen Mary Clares unfreundliche Bemerkungen ebenfalls aus der Fassung gebracht zu haben. Sie starrte sie an, als warte sie auf ein Zeichen, daß das alles nicht ernst gemeint sei. Zu ihrer Befriedigung stellte sie fest, daß die beiden anderen Anwesenden, offenbar Studenten, ebenfalls peinlich berührt waren, aber Mary Clare hörte nicht auf, sie böse anzublicken. Tessa setzte ein Lächeln auf, das sie als Siegerin erübrigen konnte, und sagte freundlich: »Wenn ich mich nicht irre, verlassen Sie uns, Mary Clare.«

»Ich habe mir gleich gedacht, daß Sie ihn dazu gebracht haben.«

Tessas Lächeln verschwand. »Nein, meine Liebe, das haben *Sie* sich selbst zuzuschreiben. Sie waren zu aufdringlich.« Sie betrachtete die Angelegenheit als erledigt und wandte sich an Jake, als mache ihn die Tatsache, daß er der einzige Mann unter den Anwesenden war, zur verantwortlichen Person. Sie holte die Disketten aus ihrer Leinentasche und hielt sie hoch. »Ich habe dem Computer etwas mitgebracht«, verkündete sie fröhlich, in einem Ton, der zu verstehen gab, daß die vorausgegangene Unterhaltung mit Mary Clare nicht stattgefunden hatte. »Mein armer Mann ist den ganzen Weg zum Campus zurückgefahren, um sie zu holen, und dann war er so mit seiner Post und seiner Wäsche und was weiß ich noch allem beschäftigt, daß er ohne sie weggefahren ist.« Sie lachte liebevoll und forderte sie damit alle auf, ihre Belustigung über den zerstreuten Professor zu teilen. Wohlweislich erwähnte sie nicht, daß sie die Disketten unauffällig zur Seite geräumt und ihn nicht daran erinnert hatte, sie mitzunehmen. »Deshalb hat er mich unterwegs von einer Tankstelle angerufen und mich gebeten, sie herzubringen. Und da bin ich!«

»Ja, Ma'am«, antwortete Jake zurückhaltend. »Milo

wird sich freuen. Bleiben Sie über Nacht? Ich meine, ich würde Ihnen gerne Ihre Sachen vom Auto heraufbringen.«

Tessas Antwort war an Jake gerichtet, aber für Mary Clare gedacht. »Danke, aber das ist nicht notwendig. Alex und ich werden in einem Motelzimmer in Laurel Cove übernachten. Wir haben das Gefühl, das ist sicherer.«

Eine nette Zweideutigkeit, dachte Elizabeth.

Jake trat unbehaglich von einem Bein auf das andere, weil er fürchtete, die Zankerei könne von neuem aufflammen. »Wollen Sie, daß ich Sie zur Grabung hinaufbringe? Es ist schon dunkel, Dr. Lerche wird vermutlich ohnehin bald aufhören. Er arbeitet nicht gern bei Laternenlicht.«

»Ich weiß das recht gut«, sagte Tessa, höflich ihren Status als rechtmäßige Ehefrau hervorhebend. »Ja, gehen wir zu ihm.«

Draußen hupte ein Auto.

Jake machte einen Sprung, als habe er die Signalhörner der Siebten Kavallerie gehört. »Das ist Milo! Er wird Sie mit Freuden hinaufbringen. Dr. Lerche wollte sowieso mit ihm reden.«

»Wer nicht?« murmelte Elizabeth.

Milo leuchtete mit seiner Taschenlampe den Weg vor Tessa sorgfältig aus. Sie hatte ihn ängstlich nach Schlangen gefragt, als sie losgingen, und obwohl er ihr versichert hatte, daß ihnen bisher noch keine begegnet seien, ging sie mit den vorsichtigen Schritten eines Menschen, der darauf gefaßt ist, aus dem Hinterhalt angegriffen zu werden. Sie hatte den Weg über geschwiegen, abgesehen von ein paar höflichen Fragen nach dem Fortgang des Projekts, die Milo einsilbig beantwortet hatte. Er war froh über ihr Schweigen: Das geistlose Zirpen der Grillen war ihm wesentlich lieber als das Tessas. Der ermüdende Umgang mit der Bürokratie und das Warten an der Bushaltestelle vor dem Supermarkt war anstrengender für ihn gewesen als jegliches Schaufeln von Gräben. Er hatte den

Bildschirm in das Motelzimmer gebracht und sich davon überzeugt, daß er funktionierte, bevor er zur Kirche zurückeilte, um den Abend mit Elizabeth zu verbringen. Von dem Melodrama, das ihn erwartete: der Frau und der Geliebten seines Chefs, die einander mit Blicken töteten wie haßerfüllte Katzen, hatte er nichts geahnt.

Milo fragte sich, was sich ereignet hatte, während er in Laurel Cove war. Es war höchst unangenehm, Alex in eine solche Situation verwickelt zu sehen. Der distanzierte und sachliche Alex! Er wünschte, er hätte Elizabeth nicht mit auf diese Grabung genommen. Sie konnte ihr keinen sehr guten Eindruck von Anthropologen vermittelt haben. Der Gedanke, daß auch er nicht gerade ein Ausbund an Charme gewesen war, zuckte ihm durch den Kopf, ging aber in einer Flut von Rechtfertigungen unter.

»Sind wir bald da?« fragte Tessa.

»Bald.«

»Ich will nicht in ein offenes Grab fallen.« Sie schauderte.

»Da, sehen Sie das Licht dort vorne? Das ist die Laterne im Zelt.« Ziemlich unbeholfen packte er sie am Handgelenk. »Ich zeige Ihnen, wie Sie hinkommen, damit Sie nicht fallen.«

Tessa zauderte. »Milo, ich weiß, es ist lächerlich ...«

Der ganze Tag ist eine lächerliche Farce gewesen, dachte Milo bitter, aber er wartete darauf, daß sie weiterredete.

»Könnten Sie Alex bitten, die Schädel wegzutun, bevor ich hineingehe? Ich weiß, es klingt furchtbar zimperlich von mir, wenn man bedenkt, daß ich die Frau eines Anthropologen bin, aber es ist so dunkel und still hier draußen.« Ihre Stimme zitterte. »Ich glaube nicht, daß ich heute noch viel mehr ertragen könnte.«

»Klar«, sagte Milo, erleichtert, daß er um eine Sache gebeten wurde, die nur dumm war, aber nicht peinlich. »Sie warten hier. Ich komme gleich zurück und hole Sie.«

Er ging die letzten fünfzig Meter über den Friedhof zum Zelt. Was immer Alex mit ihm besprechen wollte, es mußte wohl verschoben werden. Er hätte gerne gewußt, was es war, und war versucht, ihn zu fragen, bevor er Tessa ankündigte. Milo schlug die Zeltklappe zurück. »Hey, Alex ...«

Milos jahrelange Beschäftigung mit forensischer Anthropologie hatte mit dem, was er sah, soviel Ähnlichkeit wie ein grobkörniger veralteter Kriegsfilm mit einer wirklichen Schlacht. Die Umrisse waren ähnlich, aber die Gefühle waren so grundverschieden, daß das eigentliche Ereignis bis zur Unkenntlichkeit entstellt war. Irgendwo im Hinterkopf registrierte Milo den merkwürdigen Unterschied zwischen der klinischen Realität eines verstorbenen Fremden auf einem Edelstahltisch und dem eben erst ums Leben gebrachten Körper seines Freundes und Kollegen.

Alex Lerche lag mit ausgestreckten Armen vornüber gekrümmt auf seinem Arbeitstisch. Milo blickte auf seinen Hinterkopf und dachte: »Eine zerbrochene Geleeschüssel.« Er fragte sich, ob ihn das Bild vor dem Erbrechen bewahrte oder gerade das Gegenteil bewirkte. Auf dem Tisch neben Alex lag ein blutiger steinerner Tomahawk, von der Art, wie sie die Cherokees als Souvenirs verkaufen: Made in Taiwan. Es handelte sich um einen echten Stein, der mit roten Plastikschnüren an einem Stock befestigt und mit lindgrün und orange gefärbten Hühnerfedern verziert war. Der Anblick wäre lächerlich gewesen, wenn da nicht das Blut auf dem Tomahawk gewesen wäre und die aufgereihten Indianerschädel, die höhnisch im Laternenlicht grinsten.

Daniel Hunter Coltsfoot stand sinnend vor der Anschlagtafel des Sheriffs und überlegte krampfhaft, welchen der von der Polizei gesuchten Delinquenten er mit der Ankündigung seines Handwerksmarktes verdecken sollte. Es war doch bestimmt nichts dabei, wenn er irgendein Drogenvergehen, bei dem keine Opfer zu beklagen waren, ein paar Tage lang hinter einer solch würdigen Verlautbarung, wie sie der Kräuter- und Handwerksmarkt der Nunwati-Naturfreunde darstellte, versteckte. Daniel erzählte leidenschaftlich gern jedermann, daß Nunwati das Cherokee-Wort für Medizin sei und daß die Naturfreunde, obwohl eigentlich keiner von ihnen ein Ureinwohner Amerikas sei, den Gedanken liebten, der Gesinnung nach Indianer zu sein und die alten Traditionen mit Töpfer- und Ledergeschäften am Leben zu erhalten.

Coltsfoot und seine Freundin, Patricia Elf, betrieben in Laurel Cove einen Naturkostladen, der bei den Touristen florierte, die sie fälschlich für Indianer hielten, ein Irrtum, gegen den sie nichts einzuwenden hatten. In Wirklichkeit waren Coltsfoot und Patricia nicht einmal pittoreske Einheimische: Er kam aus Baltimore und sie aus New York, aber sie brachten es fertig, das durch handgesponnene Kleidung und Frisuren, die an den Kolonialstil denken ließen, zu verschleiern. Daniel hatte sich sogar, in dem Bemühen »ethno-regionaler« zu klingen, den Beinamen ›Coltsfoot‹ zugelegt – in glücklicher Unkenntnis der Tatsache, daß die Coltsfoot-Pflanze in den Ost-Appalachen anders genannt wurde. Hinter seinem Rücken bezeichneten die Einheimischen die Pflanze und auch Daniel selbst als »Dummkraut«. In ihrem Naturkostladen sprachen Daniel und Patricia in ehrerbietigen Tönen von Amelanchier Stecoah, und sie mochten es, wenn man sie für ihre Berufskollegen hielt, aber in Wirklichkeit hatte diese keine Notiz von ihnen genommen. Einmal hatte Daniel sie aufgesucht, um ihr Ginseng abzukaufen, aber sie hatte sich geweigert, mit ihnen Geschäfte zu machen. Das war vor zwei Jahren gewesen, als die Nunwati-Naturfreunde neu in der Gegend waren. Daniel war der Meinung, daß er es jetzt, wo die Gruppe bekannter war, noch einmal probieren könnte. Ihr Nunwati-Blättchen verkaufte sich auf den Campingplätzen und am Kiosk des Cherokee-Wigwam-Motels gut. Darüber hinaus hatte Daniel seiner Position als Hilfssheriff ein gewisses Ansehen zu verdanken. Eigentlich hatte er keineswegs vorgehabt, einer der Gesetzeshüter des Bezirks zu werden, aber er war recht erfreut über die Ehre, die man ihm aufgedrängt hatte. Es war im letzten Herbst gewesen, als sieben äußerst gefährliche Gefangene während eines Arbeitseinsatzes jenseits der Berge in East Tennessee einen Wärter überwältigen und fliehen konnten. Die Nachrichten von den gestohlenen Autos und der Geiselnahme füllten sogar die Spalten der zweimal wöchentlich erscheinenden Bezirkszeitung, und der regionale Radiosender rief seine Hörer dringend zur Vorsicht auf und prophezeite ihnen, daß die Sträflinge bald vor ihren Türen stehen würden.

Patricia Elf erfüllte der Gedanke an die entflohenen Häftlinge mit solcher Angst, daß sie sich weigerte, allein im Naturkostladen zu stehen. Nachdem er sich mehrere Tage im Laden aufgehalten hatte, fand Daniel, daß es eine bessere Möglichkeit geben mußte, Patricia zu beruhigen, ohne vorwurfsvolle Predigten heraufzubeschwören, daß ihm ihre Sicherheit offenbar gleichgültig war, wenn er länger als bis acht Uhr morgens schlief. Daniel beschloß, eine Pistole zu kaufen. Marty im Wampum Store (»Gold- und Silber-An- und Verkauf«) offerierte ihm ein Samstagabend-Schnäppchen, das jemand für ein Armband mit Initialen eingetauscht hatte; so kaufte Daniel die Pistole und ging damit zum Büro des Sheriffs, um einen Waffenschein zu beantragen. Es war für Sheriff Duncan Johnson der erste derartige Fall. Die meisten Bewohner seines Bezirks besaßen Büchsen und Schrotflinten, für die kein Waffenschein benötigt wurde, und er hatte bisher noch nie einen ausstellen müssen.

Nachdem er vergeblich nach den Formularen für Waffenscheine gesucht hatte, dachte Duncan Johnson angestrengt über die Lage nach und verfiel auf eine Lösung, die ihm sowohl einfach als auch praktisch erschien: Er ernannte Coltsfoot zum Hilfssheriff. Hilfssheriffs hatten das Recht, Seitenwaffen ohne Waffenschein zu tragen; so nahm ihm Johnson den Diensteid ab und schickte ihn seiner Wege. Natürlich hatte Daniel keine Uniform und erfüllte auch keinerlei amtliche Funktionen; es herrschte stillschweigendes Einverständnis darüber, daß seine Ernennung eine reine Formalität war, um die Bürokraten, die auf Waffenscheinen bestanden, auszutricksen. Duncan Johnson hätte nicht im Traum daran gedacht, Dummkraut zu erlauben, im Bezirk auf Streife zu gehen. Die Tatsache, daß Coltsfoot an dem Abend, an dem Alex Lerche ermordet wurde, das Gesetz personifizierte, war reiner Zufall – oder, nach Milos Auffassung, eine Tücke des Schicksals.

Duncan Johnson war zur alljährlich stattfindenden Sheriffversammlung von North Carolina gefahren, die in Wrightsville Beach stattfand. Die Aussicht, dort auf Hochseefischerei gehen zu können, war das entscheidende Motiv für den Beschluß des Sheriffs gewesen, aber er hoffte auch, zum Vizepräsidenten oder vielleicht Schatzmeister der Organisation gewählt zu werden. Duncan Johnson war Postenjäger aus Leidenschaft. Er ließ den Bezirk, der nach der ersten Touristeninvasion wieder ruhig und friedlich war, in den Händen seines Hilfssheriffs Pilot Barnes zurück, der Verstand genug besaß, das zu tun, was getan werden mußte, und den Rest liegenzulassen, bis der Chef zurückkam.

Pilot Barnes hatte an seinem zweiten Tag als Vertreter

des Sheriffs keinen Grund zu klagen, bis ihn um acht Uhr abends ein Anruf über einen Unfall am Whistle Creek erreichte und Pilot niemanden hatte, den er hinschicken konnte, außer sich selbst. Hamp MacKenna, der ihn um elf Uhr ablösen sollte, wollte er auf keinen Fall stören. Er ging gerade mit sich zu Rate, ob er Hamp doch anrufen oder das Büro zusperren sollte, als Daniel Hunter Coltsfoot hereinspaziert kam und fragte, ob er zwischen den Anschlägen der gesuchten Delinquenten einen Hinweis auf einen Handwerksmarkt anbringen durfte. Pilot beschloß, daß Dummkraut des kleinste von den drei Übeln sei, und vertraute ihm das Büro an, während er zu der Unfallstelle fuhr. Immerhin, so versuchte er sich einzureden, sei Dummkraut Hilfssheriff, und was konnte an einem langweiligen Abend schon in einer Stunde geschehen?

Es war ein Wunder, daß er das Auto nicht zu Schrott gefahren hatte, überlegte Milo. Seine Hände waren kalt vor Schweiß. Trotz des Schocks hatte er aber das Gefühl, daß er die Dinge unter Kontrolle hatte. Er trug jetzt die Verantwortung, und es war keine Zeit, sich über die persönliche Seite dessen, was geschehen war, Gedanken zu machen. Später vielleicht. Er war froh, daß er die Straße durch das Sarvice Valley schon so oft gefahren war. Seine Hände bewegten das Steuerrad in den Kurven ohne bewußtes Zutun, und er erkannte die Windungen der Straße im voraus und nahm sie so schnell, wie er es riskieren konnte. In einer Stunde konnte er wieder zurück sein, wenn sie ihn im Büro des Sheriffs nicht zu lange aufhielten. Er würde Comfrey Stecoah auf der Rückfahrt Bescheid sagen, beschloß er; jetzt wollte er aber erst einmal die Polizei informieren.

Milo hatte Jake allein bei der Grabung mit der Leiche zurückgelassen und Elizabeth in der Kirche, um Tessa Lerche und Mary Clare zu trösten. Vielleicht auch, um sie zu bewachen. Milo war noch nicht so weit, daß er

Trauernde von Verdächtigen unterscheiden konnte. Victor war im größten Chaos aufgetaucht – natürlich – und hatte sich mit Hilfe eines Asthmaanfalls in den Vordergrund gespielt. Die arme Elizabeth. Wenn sie damit fertig wurde, dann war sie allem gewachsen.

Milo fuhr nach Laurel Cove hinein und fragte sich erst jetzt, ob diese Fahrt überhaupt richtig war. Vielleicht hätte er vom Sarvice Valley aus telefonieren sollen. Bestimmt hatte jemand da oben ein Telefon; er hatte nicht daran gedacht zu fragen. Womöglich würde man ihm sagen, daß er es Bevel Harkness hätte melden müssen, dem für das Sarvice Valley zuständigen Beamten. Milo zog die Stirn in ärgerliche Falten. Der Teufel sollte ihn holen, wenn er das tat. Bevel Harkness stand auf Milos Liste der mutmaßlichen Mörder ganz weit oben, und er hatte vor, dem Sheriff das auch zu sagen. Er fuhr in großem Bogen auf seinen gewohnten Parkplatz vor dem Büro des Sheriffs. Er hatte sich wegen des Computerschadens soviel mit ihm herumgezankt, daß er allmählich schon anfing, sich dort heimisch zu fühlen. Er fragte sich, ob Sheriff Johnson wohl schon vom Strand zurück war und ob der andere Sheriff des Bezirks freiwillig von seinem Sockel herabgestiegen war. Der Mann hinter dem Schreibtisch war nicht Pilot Barnes; nach einem langen Blick auf sein Äußeres beschloß Milo, daß es sich auch nicht gut um Sheriff Johnson handeln konnte. Der diensttuende Beamte war ein gutgebauter junger Mann, Mitte Zwanzig, der ein Hemd im Kolonialstil mit weiten Ärmeln trug, Hosen aus Sackleinen und schwarze Mokassins mit silbernen Muschelschnürbändern. Milo fand, er sah ganz danach aus, als würde er Touristentouren mit Namen wie »Wo die Hinterwäldler einsitzen« vermitteln. Er blickte sich auf der Suche nach vertrauenswürdigerer Hilfe um.

»Kann ich Ihnen helfen?« fragte Dummkraut wohlerzogen.

Milo zögerte. »Sind Sie Hilfssheriff?«

»Klar. Hilfssheriff Coltsfoot«, erklärte er und erwärmte sich dabei zusehends für seine Rolle. »Was gibt's?«

»Ich bin hier, um einen Mord zu melden.«

»Oh! Wow!« schnaufte Coltsfoot. »Erzählen Sie auch keinen Scheiß? Wer?«

Milo sagte es ihm.

»Oh! Wow!« sagte Coltsfoot noch einmal. »Mit einem *Tomahawk*? Das ist phantastisch. Ich sag' Ihnen, was Sie tun müssen. Trinken Sie Kaffee?«

Milo entspannte sich ein wenig. »Ich glaube, ich könnte jetzt eine Tasse gebrauchen«, bekannte er.

»Nein, Mann, das ist es ja gerade. Die nächsten paar Tage müssen Sie sich mit Aufputschmitteln zurückhalten – Kaffee kommt nicht in Frage. Und Sie sollten auch mehr Vitamine zu sich nehmen. Gegen den Streß. Morde sind echt stressig, Mann, Sie müssen auf Ihren Stoffwechsel achten. Haben Sie das verstanden?«

»Hören Sie zu«, sagte Milo mit einer gewissen Gereiztheit in der Stimme, »im Sarvice Valley liegt ein toter Mann, und ich habe ihn in der Obhut eines blutjungen Studenten zurückgelassen, und im Gemeinderaum der Kirche sind ein paar völlig hysterische Verdächtige. Wo zum Teufel ist hier jemand, der weiß, was zu tun ist?«

Coltsfoot seufzte. »Pilot hat behauptet, daß er bald wieder da ist; ich nehme an, er wüßte, was zu tun ist.«

»Schön. Können Sie ihn anrufen?«

»Im Streifenwagen, meinen Sie? Ich glaube schon. Wissen Sie, wie das Funkgerät hier geht?«

»Nein«, sagte Milo müde. »Ich weiß nicht, wie es geht. Gibt es denn niemand anderen, den wir anrufen könnten?«

Coltsfoot stand auf und strahlte glücklich über seinen neuen Einfall. »Ich will Ihnen was sagen. Ich begleite Sie zum Tatort, dann haben Sie eine Amtsperson dort, und Pilot hinterlasse ich auf dem Schreibtisch eine Nachricht; dann kommt er nach, sobald er wieder da ist. Einverstanden?«

Milo nickte. Er schien keine andere Wahl zu haben, wenn er in absehbarer Zeit zurückkommen wollte. Er fragte sich allerdings, ob Coltsfoot besser als nichts war.

Zwanzig Minuten später kehrte Pilot Barnes in ein leeres Büro zurück. Er suchte in der Toilette und warf einen Blick in die Zellen, falls Dummkraut beschlossen hatte, ein Nickerchen zu machen, während er auf ihn wartete, aber es war kein Lebenszeichen von ihm zu sehen. Pilot war gerade zu dem Schluß gekommen, daß Dummkraut sich gelangweilt hatte und nach Hause gegangen war, als er den Zettel sah, der an seiner Kaffeetasse auf dem vorderen Schreibtisch lehnte. Er las die Nachricht dreimal. »Indianerüberfall im Sarvice Valley«, stand da. »Mann von Tomahawk tödlich getroffen. Schicken Sie Hilfe. (Unterzeichneter) Hilfssheriff D.H. Coltsfoot.« Pilot Barnes' erste Reaktion war Argwohn. Indianerüberfall, sonst noch was! »Schicken Sie Hilfe.« Die Siebte Kavallerie vielleicht? Er starrte weiter auf den Zettel und wollte sich zu der Entscheidung durchringen, daß das Ganze ein dummer Streich war und er den Zettel wegwerfen konnte, aber je länger er darauf schaute, desto mehr neigte er zu dem Glauben, daß die Nachricht eine verstümmelte Form der Wahrheit war. Pilot konnte sich gut vorstellen, daß es im Sarvice Valley Scherereien gab; die Cullowhees waren störrische Leute, und Scherereien waren in ihrem Loch da oben nichts Unbekanntes. Es gab eine ganze Reihe von Gründen, die sie dazu veranlaßt haben könnten, einem den Schädel einzuschlagen: ein Pokerspiel, Trunkenheit, diese Bergwerksgeschichte. Er wünschte, Duncan Johnson wäre zurück, weil er den Leichenbeschauer höchst ungern in der Nacht aufgrund eines vagen Gerüchts heraussprengte. Er würde es aber doch tun; lieber auf Nummer Sicher gehen.

Während der paar Telefongespräche, die Pilot Barnes führte, bevor er wegfuhr, um der Sache nachzugehen, hüllte er sich in amtliche Zurückhaltung, um nicht zugeben zu müssen, wie wenig er wußte. »In Ihrem Revier gibt es Scherereien«, sagte er zu Bevel Harkness. »Wir wissen nur noch nicht genau, wo. Ich erwarte von Ihnen, daß Sie es herausfinden und mir melden.« Er rief den Hauptmann der Freiwilligen Feuerwehr an, um von ihm den tragbaren Generator auszuleihen, falls man den Tatort beleuchten mußte.

Dr. Putnam, einen schmächtigen Siebzigjährigen, konnte er nicht so leicht mit vagen Auskünften abspeisen. »Was soll das heißen, Scherereien im Sarvice Valley, Pilot Barnes? Wenn Sie mich von meinem Fernsehapparat weglokken wollen, dann müssen Sie schon ein bißchen mehr zu bieten haben.«

»Ich habe hier eine Nachricht, daß im Sarvice Valley jemand getötet worden ist, und ich möchte, daß Sie mit mir kommen und der Sache nachgehen.«

»Kann das nicht bis morgen warten?« Dr. Putnam war stur. »Wahrscheinlich hat irgendein besoffener Cullowhee seinen Vetter erschossen, und wenn Sie hinkommen, sitzt er schon bei dem Toten und weint und klagt. Bringen Sie doch einfach die Leiche mit in die Stadt, und ich mache mich morgen früh als erstes an die Obduktion.«

»Es klingt nicht nach einem solchen Fall«, sagte der Hilfssheriff zu ihm. »Ich habe die Information, daß ein Mann mit einem Tomahawk getötet wurde.«

»Bitte? Haben Sie Tomahawk gesagt?«

»Dahingehend lautet meine Information«, sagte Pilot Barnes sorgfältig abgewogen.

»Also gut, holen Sie mich ab, Mann! Dafür lasse ich sogar die Wiederholung von ›Krieg der Sterne‹ schießen!«

Eine halbe Stunde später war ein Mitglied der Freiwilligen Feuerwehr eingetroffen, um das Büro zu besetzen, und Pilot Barnes befand sich mit Hilfssheriff Hamp McKenna und Dr. Putnam auf dem Weg ins Sarvice Valley.

»Na wartet, bis Duncan Johnson das hört!« lachte der alte Mann stillvergnügt in sich hinein. »Kaum verläßt er den Bezirk, gibt es schon einen Indianeraufstand.«

»Meint ihr nicht, wir sollten jemandem Bescheid sagen?« fragte Hamp McKenna.

»Wie wäre es mit General Custer?« fragte Dr. Putnam.

Pilot Barnes, der die Augen auf die schmale Straße gerichtet hielt, fand das überhaupt nicht lustig.

Auf dem dunklen Pfad, der zur Ausgrabungsstätte hinaufführte, fühlte sich Hilfssheriff Coltsfoot schon entschieden weniger wie Gary Cooper in ›Zwölf Uhr mittags‹. Es war ihm gerade erst in den Sinn gekommen, daß sich in der Gegend ein Mörder auf freiem Fuß herumtrieb und er nicht daran gedacht hatte, eine Waffe mitzunehmen. Er war sich nicht einmal sicher, ob er den Schlüssel zum Pistolenkasten gefunden hätte.

»Sie wissen nicht, wer es war?« fragte er Milo ängstlich.

»Nein. Er war schon tot, als ich ihn gefunden habe. Wollen Sie jetzt meine Aussage aufnehmen?«

Auf dem Weg war es so dunkel, daß Coltsfoot seine eigenen Füße nicht erkennen konnte, und er hatte sowieso vergessen, seinen Notizblock mitzubringen. »Ich denke, das kann warten«, erwiderte er. »Sie haben niemanden in der Nähe gesehen?«

»Nein. Ist das Ihr erster Mordfall?«

»So könnte man es wohl nennen«, gab Coltsfoot zu, dachte aber nicht daran zu erwähnen, daß es überhaupt sein erster Fall war.

»Hm, Dr. Lerche und ich arbeiten an der Universität manchmal mit dem amtlichen Leichenbeschauer zusammen. Ich könnte Ihnen also ein paar Tips geben, wenn Sie nichts dagegen haben.«

»Klar. Fangen Sie an.«

»Also, ich glaube, Sie sollten nur Wache stehen, bis jemand anderer kommt«, sagte Milo zu ihm. »Suchen Sie nicht nach Fußabdrücken und berühren Sie nichts. Die Leute von der Spurensicherung wollen, daß der Tatort so unberührt wie möglich ist. Das Gescheiteste, was Sie tun können, ist, die Gegend absichern, bis sie kommen.«

»Die Gegend absichern«, wiederholte Coltsfoot, dem der Klang dieser Worte gefiel. »Richtig.« Ein anderer Gedanke fuhr ihm durch den Kopf. »Sie meinen, *ich ganz allein?*«

»Welcher Idiot war denn das, der vergessen hat, dir zu sagen, wo die Sache passiert ist?« fragte Hamp McKenna.

»Dummkraut«, knurrte Pilot Barnes. »Und ich war der Idiot, der ihm die Verantwortung übertrug.«

»Fahren Sie zur Kirche hinauf«, sagte Dr. Putnam von hinten. »Da brennt noch Licht, obwohl es schon fast Mitternacht ist.«

Als sie Bevel Harkness' Streifenwagen auf dem ungeteerten Parkplatz sahen, wußten sie, daß sie hier richtig waren. »Nimm die Kamera und die übrige Ausrüstung, Hamp«, befahl Pilot, »und komm uns in die Kirche nach. Die Leute da drinnen können uns sicher sagen, wo Harkness ist.«

Dr. Putnam kicherte vor sich hin. »Ich hoffe, er ist nicht denselben Weg wie der Neffe des Sheriffs gegangen.« Er meinte den, der 1972 auf einem Patrouillengang verschwunden war. »Wenn die Cullowhees einen Fremden getötet haben, dann wundert es mich, daß man die Leiche gefunden hat.«

Pilot Barnes seufzte. »Bring die Flinte auch mit, Hamp.«

Im Innern der Kirche war alles ruhig. Victor, dessen Asthmamedikament schließlich seine Wirkung getan hatte, schnarchte friedlich in einer Ecke vor sich hin, während die anderen in kleinen Schlucken Kaffee tranken und leise sprachen. Zu Jakes größter Erleichterung hatte der Schock über Lerches Tod Tessa und Mary Clare so niedergeschmettert, daß sie wie betäubt waren und sich anständig benahmen. Sie saßen still da, sprachen einsilbig und nippten an ihrem Kaffee, als sei er Medizin.

Elizabeth hatte Dr. Lerches Privatleben zu sehr verwirrt, als daß sie für irgend jemanden außer Milo Mitleid empfunden hätte. Das veränderte Benehmen von Tessa und Mary Clare erklärte sie sich insgeheim damit, daß sie sich beide über die Vergeblichkeit eines Kampfes um einen toten Mann im klaren waren. Sie wußte, daß ihn eine von ihnen sowieso verloren hätte, und sie fragte sich, ob diese eine heimlich darüber erfreut war, daß ihre Rivalin ihn ebenfalls verloren hatte. Elizabeth behielt diese Gedanken für sich und spendete so unauffällig wie möglich Kaffee und Mitgefühl. Sie fragte sich, wann Milo zurückkommen würde.

Jake war etwa um halb zwölf Uhr wieder dagewesen, als ihn Milo und der Hilfssheriff abgelöst hatten. Milo bat ihn, in der Kirche auf die anderen Beamten zu warten, während sie beide den Tatort bewachten. Jake balancierte seinen Kaffeebecher auf der Handfläche und dachte über ein neutrales Gesprächsthema nach. Er wußte, daß Elizabeth wissen wollte, was oben vorging, aber die Anwesenheit der beiden trauernden Frauen hinderte ihn daran, darüber zu reden.

»Er hat sein Werk nicht vollenden können«, murmelte Tessa.

»Die Diskriminantentabelle?« fragte Elizabeth.

»Ja, sie war fast fertig, und er war so begeistert davon. Sie wäre ein solch wichtiger Beitrag zur Forschung geworden.« Tränen liefen ihr über die Wangen. »Und den Rasenmäher zum Draufsitzen hat er auch nie benutzt!«

»Was wird aus dem Projekt werden?« fragte Elizabeth.

»Ich denke, wir sollten es zu Ende führen«, sagte Mary Clare.

»Ja, ich auch«, murmelte Jake. »Als eine Art Ehrenmal.« »Aber wie? Ich meine, haben wir denn die Sachkenntnis?« erhob Elizabeth Einspruch.

Jake zuckte mit den Achseln. »Wir sollten das mit Milo besprechen. Vielleicht hat er sich schon Gedanken dazu gemacht.« Er setzte sich auf. »Waren das Scheinwerfer auf dem Parkplatz? Ich glaube, der Sheriff ist da.«

Pilot Barnes spähte an Jake vorbei in den Gemeinschaftsraum hinein. »Hat hier der Mord stattgefunden?« wollte er wissen.

»Ja. Das heißt – nein. Die Leiche ist oben bei der Ausgrabungsstelle. Ihre Hilfssheriffs sind mit einem unserer Leute oben, und sie haben mich gebeten, Ihnen den Weg zu zeigen.«

Dr. Putnam hielt den Kopf schief und betrachtete Jake von oben bis unten. »Du bist kein Cullowhee, nicht wahr, Junge?«

Jake kniff die Augen zusammen. »Nein, Sir.«

»Wie heißt du mit Nachnamen?«

»Adair.«

Der Arzt nickte befriedigt. »Aha! Da haben wir's!« Er wandte sich um und folgte der Prozession den Fußweg hinauf zum Friedhof.

Pilot Barnes verbrachte den Großteil des Weges damit, Jake in barschem Ton Fragen zu stellen, von denen die erste lautete: »Seid ihr nicht die, denen der Computer zertrümmert wurde?«

Jake bestätigte es, und Pilot verdaute diese Information ein paar Minuten lang. Er versuchte, sie mit dem Mord in Zusammenhang zu bringen. »Aber da oben auf dem Friedhof habt ihr keinen Computer gehabt, oder?«

»Nein.«

»Hattet ihr irgendwelchen Ärger mit den Cullowhees? Es sind immerhin ihre Verwandten, die ihr da ausbuddelt.«

»Sie haben uns gebeten zu kommen«, sagte Jake. Er erklärte den Zweck der Grabung.

Pilot Barnes zog die Stirn in Falten. Das war nicht der übliche Mord, dessen Aufklärung vielleicht zwanzig Minuten in Anspruch nahm. Bei diesem hatte man das Gefühl von der Nadel im Heuhaufen. Er fragte sich, wie Duncan Johnson es geschafft hatte, nicht da zu sein, als er stattfand: zweites Gesicht oder unverdientes Glück? Pilot beschloß, daß er die unabdingbare Untersuchung des

Tatorts noch in der Nacht vornehmen würde – es blieb ihm kaum etwas anderes übrig –, daß er aber seine Amtsbefugnisse entschieden überschreiten würde, wenn er den Fall weiterbearbeitete, ohne seinen Vorgesetzten in Kenntnis zu setzen. Strand hin, Strand her, Duncan Johnson würde am Morgen einen Telefonanruf bekommen.

Sie gingen einer hinter dem anderen an den leeren Gräbern vorbei zu dem Zelt. Jetzt konnte Pilot seine Hilfssheriffs Bevel Harkness und Dummkraut erkennen, die sich mit dem jungen Mann unterhielten, der wegen des demolierten Computers Anzeige erstattet hatte.

»Da habt ihr den Indianerfluch, von dem ich euch erzählt habe«, sagte Harkness gerade mit Grabesstimme. »Die Strafe für die Totenschändung.«

»Harkness, so sollten Beamte nicht reden, wenn sie einen Mordfall untersuchen«, knurrte Pilot Barnes. Er mochte Harkness nicht einmal dann, wenn sich dieser von seiner besten Seite zeigte, und das, was er gerade gehört hatte, war kaum dazu angetan, seine Meinung zu ändern. Er wandte sich an den anderen mißliebigen Mitarbeiter. »Coltsfoot, die Nachricht, die Sie mir hinterlassen haben, strotzte nicht gerade vor Informationen.«

Dieser nahm die Kritik gelassen auf. »Ich wußte nicht recht, was ich schreiben sollte. Ich bin selbst um ein Haar ausgeflippt, als ich von der Sache hörte, das können Sie sich wohl denken?«

»Merken Sie sich nur, daß Sie sowohl über das *wo* als auch über das *was* Auskunft geben sollten.« Pilot wandte sich an Hamp McKenna. »Ich glaube, du kannst den Generator am Rand der Lichtung aufstellen, damit wir hier Licht haben. Ist die Leiche da drinnen?«

Milo, an den die Frage gerichtet war, öffnete die Zeltklappe und ließ den Hilfssheriff hinein. Pilot Barnes nahm die Szene mit beträchtlich weniger Gefühlsäußerungen in sich auf als Coltsfoot. Er starrte mehrere Minuten schweigend auf den Leichnam.

»Was wollen Sie jetzt tun?« fragte Milo leise.

»Wir verfahren wie üblich«, sagte Pilot, der immer noch auf die Leiche starrte. »Fotos, Untersuchung des Tatorts. Dr. Putnam draußen ist der Leichenbeschauer, und er wird sich an Ort und Stelle den Toten ansehen. Wir sichern die Gegend bis Sonnenaufgang ab; bis dahin sollten wir eigentlich mehr sagen können.«

Milo zögerte. »Das wollte ich Sie eigentlich gerade fragen. Wer soll Ihrer Meinung nach den Tatort bewachen?«

Pilot spürte, daß es einen vernünftigen Grund für diese Frage geben könnte, und erwiderte: »Bevel Harkness, schätze ich. Wir haben im Moment keine Leute.«

»Ah ... Ich habe nicht vor, mich in Ihre Angelegenheiten einzumischen, aber ich glaube nicht, daß das eine sehr gute Idee ist, es handelt sich hier schließlich um einen Mord.«

»Wie soll ich das verstehen?«

Mit leiser Stimme erzählte ihm Milo, wie Harkness bei der Zusammenkunft mit den Cullowhees aufgetaucht war und sie vor »Indianerflüchen« gewarnt hatte, falls sie das Projekt fortsetzten. »Ich glaube nicht, daß er ein besonders objektiver Ermittlungsbeamter ist, Mr. Barnes«, schloß Milo.

Pilot Barnes nickte. In dieser Angelegenheit mußte er nicht auf Duncans Einwilligung warten; sie waren sich in bezug auf Harkness einig. »Ich weiß, was Sie meinen«, sagte er zu Milo. Er ging wieder nach draußen und bedeutete Dr. Putnam, daß er jetzt an der Reihe war.

»McKenna, wie geht es voran?«

Der Hilfssheriff blickte von seiner Kamera auf. »Den Erwartungen entsprechend«, sagte er. »Morgen früh wissen wir mehr.«

»Ist recht. McKenna, ich möchte, daß du hier oben fertig machst, damit du die Bilder entwickeln lassen und Harvey Jeffers im Büro ablösen kannst. Er vertritt uns im Augenblick dort. Coltsfoot, Sie fangen an, Ihren Posten als Hilfssheriff dieses Bezirks zu verdienen. Sie schieben hier Wache und sichern die Gegend ab – aber *nur*, weil wir nicht genug Leute haben. Am Morgen sind wir wieder da und lösen Sie ab.«

»Und was ist mit mir?« verlangte Harkness zu wissen.

»Mir ist zu Ohren gekommen, daß Sie Ihre eigene Meinung zu dieser Bergbaugeschichte haben.«

»Verdammt nochmal, allerdings. Ich möchte nicht, daß aus diesem Land von der Bundesregierung eine Art Menschenzoo gemacht wird, deshalb –«

»Nun, wie dem auch sei, bei der Mordfallermittlung ergibt sich ein Interessenkonflikt, und ich entziehe Ihnen den Fall. Sie können bis auf weiteres Ihre regelmäßigen Streifenfahrten im Tal durchführen, aber Sie lassen die Finger von allem, was mit diesem Mord zu tun hat. Verstanden?«

»Ja, in Ordnung«, murmelte Harkness und wandte sich zum Gehen.

»Sie wollen, daß ich die ganze Nacht hierbleibe?« Coltsfoot rang nach Atem. »Bleibt *er* denn auch hier?« Er wies auf das Zelt.

»Nein. Wenn McKenna seine Fotos gemacht hat, nehmen wir ihn in die Stadt mit, um die Obduktion vorzunehmen«, sagte Pilot.

»Hm, und was ist mit den ganzen Totenschädeln da drinnen?«

»Die bleiben hier«, sagte Milo schnell. »Sie haben nichts mit dem Fall zu tun, und wir brauchen sie, um mit dem Projekt fortfahren zu können.«

»Sie machen tatsächlich weiter?« fragte Pilot Barnes.

»O ja«, sagte Milo sanft. »Ich mache weiter.«

»Hat jemand von den Leuten noch vor, die Gegend zu verlassen? Ich brauche von allen eine Aussage, aber das kann bis zum Morgen warten, vorausgesetzt, es sind dann noch alle da.«

»Hm ... bei zweien davon bin ich mir nicht sicher. Dr. Lerches Frau ... Witwe.«

»O Gott! Die Witwe ist hier?«

»Heute abend angekommen. Ich nehme an, sie wird zur Universität zurückfahren, um Vorbereitungen für die Beerdigung und so weiter zu treffen. Sie will vielleicht jetzt gleich mit Ihnen sprechen, damit sie in der Früh zurückfahren kann.«

»Wer ist die andere Person?«

Milo zögerte. »Dr. Lerches Assistentin, Mary Clare Gitlin. Sie sollte irgendwo Literaturrecherchen machen, glaube ich. Ich habe heute abend nicht viel Zeit gehabt, mit der Gruppe zu reden.«

»Kommen Sie, ich begleite Sie zur Kirche zurück«, erbot sich Barnes. »Sie sehen aus, als ob Sie aus dem letzten Loch pfeifen. Lassen Sie mich nur noch dem Doc sagen, daß er uns dort findet, wenn er fertig ist.«

Milo wünschte, er hätte eine Jacke dabeigehabt. Die Nächte im Gebirge waren kühl, selbst im Spätsommer. Gleichzeitig war er froh über die Kälte, weil sie ihn trotz seiner Müdigkeit wach hielt. Er hoffte, daß die Betäubung, die seine Beine und Schultern aufgrund seiner Erschöpfung befallen hatte, früher oder später auch in sein Hirn dringen und ihm erlauben würde zu schlafen. Er hatte nicht den Wunsch, den Rest der Nacht in die Dunkelheit starrend zu verbringen und Alex mit dem Gesicht nach unten inmitten der Indianerschädel vor sich zu sehen.

»Ich glaube, ich sollte von allen noch heute nacht eine vorläufige Aussage einholen«, bemerkte Pilot Barnes. »Solange ihr Gedächtnis noch frisch ist.« Milo zuckte mit den Achseln. »Warum nicht? Ich glaube nicht, daß sie schon schlafen.«

»Warum fangen wir nicht gleich mit Ihnen an, um uns die Zeit beim Gehen zu vertreiben? Sie haben den Toten gefunden, nicht?«

»Ja. Ich war gerade aus Laurel Cove zurückgekommen, wo ich den neuen Bildschirm im Motelzimmer installiert hatte. Mrs. Lerche war eben angekommen, und sie bat mich, sie hier heraufzubringen, wo Alex arbeitete. Mit mir wollte er aber offenbar auch etwas besprechen.«

»Ach? Was?« Pilots Stimme hatte ihren beiläufigen Ton verloren.

»Ich weiß es nicht; er war schon tot, als ich ankam. Ich glaube aber nicht, daß es irgend was damit zu tun hatte. Eher mit dem Projekt. Eine Messung, die er durchgeführt haben wollte, oder Daten, die man nachschauen sollte.«

Pilot zuckte die Schultern. Das erschien ihm auch logisch. »Was könnte jemand veranlaßt haben, diesen Mann zu töten?« fragte er.

»Ich glaube nicht, daß es um ihn persönlich ging«, sagte Milo. »Ich glaube, jemand hatte ein Interesse daran, daß die Bergwerksgesellschaft das Land bekommt. Und Alex wurde umgebracht, weil er womöglich bewiesen hätte, daß die Forderung, die die Indianer geltend machen, berechtigt ist.«

»Jemand, der auf seiten der Bergwerksgesellschaft steht«, überlegte Pilot. »Wie zum Beispiel Bevel Harkness?«

»Er steht ganz oben auf meiner Liste«, sagte Milo.

Pilot Barnes' Blicke glitten über die Schlafsäcke und Kochutensilien im Sonntagsschulraum und blieben an Victor hängen, der zur Wand gedreht friedlich schnarchte.

»Gibt es hier eine Möglichkeit, mit den Leuten irgendwo unter vier Augen zu reden?« fragte er mit gequälter Stimme.

»Was halten Sie von dem Raum, in dem der Gottesdienst stattfindet?« fragte Jake.

Pilot dachte ein paar Augenblicke darüber nach, ohne mit einem besseren Vorschlag aufwarten zu können. »Gut«, sagte er schließlich, »vielleicht bestärkt es sie darin, mir die Wahrheit zu sagen.«

Pilot fand, die Kirche sah wie eine gewöhnliche kleine Landkirche aus – vielleicht fünfundsiebzig Sitzplätze, für bunte Glasfenster zu arm, ein Wandklavier und eine lakkierte Kiefernholzkanzel vor handgenähten Samtvorhängen, die nichts verbargen als eine weißgetünchte Wand.

Kein Allerheiligstes. Er hatte sich bisher gefragt, ob die Cullowhees Fußwäscher oder Schlangenbeschwörer waren, aber als er den Kirchenraum sah, glaubte er es nicht mehr.

Er bat Mrs. Lerche freundlich, in der vordersten Bankreihe Platz zu nehmen, und zog sich selbst den Klavierhocker heran. »Ma'am, ich weiß, es ist furchtbar, daß ich Sie in Ihrer Trauer mit solchen Dingen behelligen muß, aber Sie müssen verstehen, daß mir nichts anderes übrigbleibt.«

Tessa nickte. »Ich werde Ihnen keine große Hilfe sein«, sagte sie mit ruhiger und gefaßter Stimme. »Ich bin eben erst hierhergekommen, und ich fürchte, ich weiß sehr wenig über das Projekt.« Im selben teilnahmslosen Ton schilderte sie ihm kurz ihren Tagesablauf und beendete ihren Bericht damit, daß Milo aus dem Zelt kam, sie zurück zur Kirche führte und ihr sagte, daß Alex tot sei. »Ich kann das gar nicht fassen, daß er tot sein soll«, sagte sie verwundert.

»Das kann ich mir denken, Ma'am«, sagte Pilot höflich. »Haben Sie eine Ahnung, wer ihn getötet haben könnte?«

Tessa starrte ihn mit weit aufgerissenen Augen an. »Nein. Nicht, wenn es jemand von den Einheimischen war. Vielleicht haben sie seine Arbeit mißverstanden.«

Der Hilfssheriff spürte, daß sie ihn aufforderte, weiter nachzubohren. Er tat ihr den Gefallen. »Und wenn es *kein* Einheimischer war?«

»Ich habe gedacht, daß vielleicht Mary Clare ...«, murmelte Tessa und drehte an ihren Ringen.

»Mary Clare? Die Assistentin?«

»Oh, ich bin sicher, das dies für Sie nicht von Interesse ist, Sheriff«, sagte Tessa mit sanftem Lächeln. »Aber es war eben so, daß das arme Ding wie ein Schulmädchen für meinen Mann geschwärmt hat, was bei Studentinnen öfter vorkommt.«

Das war bestimmt noch nicht alles. Pilot wartete.

»Und ich glaube, sie hat die ... Förderung ihrer Arbeit

durch meinen Mann mißverstanden. Ich fürchte, sie hat sich ziemlich albern aufgeführt, so daß er gezwungen war, ihre Gefühle zu verletzen. Es war alles sehr peinlich für ihn.«

Pilot grunzte. Er hatte sich durch Tessas blumige Erklärungen hindurchgearbeitet und war zu der Schlußfolgerung gelangt, daß es der Professor mit seiner Assistentin getrieben hatte. Unter dem Strich ergab das zwei Verdächtige mit guten Motiven: die Freundin und die Ehefrau. »Ich werde der Sache nachgehen«, sagte er unverbindlich.

»Ich bin sicher, es ist nichts«, murmelte Tessa, aber sie klang befriedigt.

Pilot war sicher, daß bei diesem Stand der Dinge Duncan Johnson jemand anders als die Freundin befragen würde. Auf diese Weise konnte er ein paar Dinge, die er vom Hörensagen wußte, zum Gespräch beitragen. Die Leute sagten oft mehr, wenn sie etwas abstreiten wollten. Er hätte als nächsten jeden beliebigen von den anderen ausfragen können; es war reine Bosheit, daß er Victor wählte. Die Tatsache, daß dieser wie ein Ferkel vor sich hin schnarchte, während in einem Mordfall ermittelt wurde, weckte in Pilot Barnes das Verlangen, ihm einen Fußtritt zu versetzen. Er ging daran, ihn grob zu wecken und ihn eine Spur weniger als höflich zu befragen.

»*Ich* weiß nicht, wer ihn umgebracht hat«, schmollte Victor. »Er war kein sehr netter Mann.«

»Ach nein?« fragte Pilot leutselig.

Victor, der einen mitfühlenden Zuhörer witterte, erzählte ihm seine Version des Vorfalls vom Peking-Menschen. Dieser zufolge hatte sich Victor in einer fachlichen Angelegenheit versprochen, und Lerche hatte ihn absichtlich mißverstanden und ihn wegen seines Irrtums öffentlich gedemütigt.

Der Hilfssheriff wußte nicht, was er damit anfangen sollte. »Was spielt es denn für eine Rolle, welchen Knochenhaufen Sie in dem Museum gesehen haben?« fragte er.

Victor lächelte bitter. »Ich versichere Ihnen, daß Anthropologen es mühelos schaffen, wegen Dingen, die noch weitaus banaler sind, auszurasten.«

»Hm, hat er denn noch jemanden so behandelt?«

»Nicht, daß ich wüßte«, sagte Victor und gab damit zu verstehen, daß er über solchen Dingen stand.

»Auch sein Privatleben darf man nicht außer acht lassen«, sagte Pilot mit sorgfältig abgewogener Betonung. »Die Geschichte mit seiner Assistentin.«

»War das nicht furchtbar?« Victor nickte. »Ich war nicht da, als seine Frau auftauchte, aber ich stelle mir vor, daß es eine ganz schöne Szene gegeben hat. Elizabeth und Jake war das Ganze höchst unangenehm.«

»Ach, Sie waren gar nicht hier?«

»Nein. Nach diesem schrecklichen Vorfall mit Dr. Lerche bekam ich einen bohrenden Migräneanfall. Die Luft im Raum war schon zuviel für mich. Da war es nur natürlich, daß ich nach draußen ging, um zu versuchen, den Schmerz ein wenig zu lindern. Glücklicherweise war ich nicht da, als es zu der Szene zwischen Mrs. Lerche und Mary Clare kam, weil sie meine Nerven sehr angegriffen hätte.«

»Woher wissen Sie, daß es eine Szene zwischen ihnen gab, wenn Sie nicht da waren?« fragte Pilot.

»Als ich wieder hereinkam –«

»Wann war das?«

Victor setzte eine gequälte Miene auf. »Man schaut auf einer Grabung nicht dauernd auf die Uhr. Halb zehn oder so, nehme ich an. Nach Einbruch der Dunkelheit. Wie dem auch sei, als ich hereinkam, herrschte eine derart gespannte Atmosphäre, als seien sie einander gerade an die Kehle gesprungen.«

»Was haben Sie denn da draußen im Dunkeln bis halb zehn Uhr gemacht?« Pilot heuchelte freundliches Interesse; seine Frage enthielt keinen Vorwurf.

»Sie hatten offensichtlich noch nie Migräne«, stellte

Victor mit düsterer Befriedigung fest. »Die Augen schmerzen einem vom Licht. Ich bin einfach nur im Dunkeln herumgelaufen und habe darauf gewartet, daß das Pochen in meinen Schläfen nachläßt. Natürlich wäre es besser für mich gewesen, wenn ich mich hätte hinlegen können, aber sie machten keine Anstalten, in dem von uns ja gemeinsam genutzten Raum das Licht auszumachen. Keiner interessiert sich dafür, wie ich mich fühle.«

»Sind Sie zufällig auch zum Friedhof hinaufgegangen?«

Victor zögerte. »Hm ... vielleicht in die Richtung«, räumte er ein. »Aber ich habe nichts gesehen.«

»Wie nahe waren Sie daran?«

»Vielleicht gerade so, daß ich das Zeltlicht durch die Bäume wahrnehmen konnte. Ich habe keine Bewegung gesehen.«

»War das, als Sie gerade weggegangen waren oder kurz bevor Sie wieder hereinkamen?«

»Irgendwann dazwischen, schätze ich.«

Pilot Barnes seufzte. Jegliche Hoffnung, den Zeitpunkt des Todes festzulegen, sollte man besser nicht auf diesen Einfaltspinsel von einem Zeugen gründen. Er bedankte sich bei ihm und schickte nach Mary Clare.

Mary Clare wartete nicht ab, bis sie gefragt wurde. »Haben Sie schon jemand festgenommen?« wollte sie wissen.

Pilot Barnes kniff die Augen zusammen. »Haben Sie jemanden im Sinn?«

»Da läuft so ein Idiot frei in den Bergen herum und schlägt den Leuten den Schädel ein, Mann, Sie finden ihn besser schnell!«

»Sie müssen keine Angst haben«, sagte Pilot besänftigend.

»Ich und Angst? Ich wollte, sie hätten versucht, mich statt Alex zu kriegen! Die hätte ich fertiggemacht!« Ihre Stimme wurde weicher. »Ich glaube nicht, daß Alex ein großer Kämpfer war. Wenn ich nur heute abend da hinaufgegangen wäre!«

»Da hinaufgegangen? Waren Sie denn heute abend draußen?«

»Ich habe einen Spaziergang gemacht. Warum?«

Pilot zog eine Grimasse. »Ich habe allmählich den Eindruck, als sei jedermann heute nacht im Wald spazierengegangen.«

»Oh«, sagte Mary Clare, die plötzlich verstand. »Sie denken an die Alibis.«

»Das muß ich wohl.«

»Ich habe Alex nicht umgebracht. Ich hatte keinen Grund dazu.«

»Und ich war der Meinung, es hat ein kleines Mißverständnis zwischen euch beiden gegeben. Wegen so einer Schulmädchenschwärmerei.«

Er erwartete, daß sie dieser Ausdruck in Harnisch brachte, aber sie erkannte ihn als Tessas Formulierung und sagte nur: »Ich habe Ihnen doch gesagt, daß Alex kein großer Kämpfer war.«

Pilot fuhr mit ein paar Routinefragen fort: wo Mary Clare wann gewesen war, aber der Gefühlsausbruch, auf den er hoffte, kam nicht.

»Meinen Sie, ich kann wegfahren?« fragte Mary Clare, als er fertig war.

»Wohin wollten Sie denn fahren?«

»Alex bat mich, am MacDowell College Literaturrecherchen zu machen, und ich würde die Arbeit gerne durchziehen. Dieses Projekt war ihm wichtig.«

Pilot nickte. »Das College liegt innerhalb des Bundesstaats. Ich sehe keinen Grund, warum Sie nicht gehen sollten. Lassen Sie uns nur wissen, wo wir Sie erreichen können, falls wir Sie brauchen.«

»Ich komme sowieso wieder hierher«, sagte Mary Clare.

»Adair. A-D-A-I-R«, sagte Jake.

»Und welche Position haben Sie?«

»Ich bin Student, das heißt, ich mache die Kärrnerarbeit und sammle dafür Erfahrungen.«

»Sind Sie mit Dr. Lerche gut ausgekommen?«

»Ja, sicher. Ich hatte aber ohnehin nicht viel mit ihm zu tun. Mary Clare war Grabungsleiterin.«

»Und wo waren Sie heute abend?«

»Nach dem Essen war ich in der Kirche und versuchte, ein Buch zu lesen.«

»Sie sind also nicht im Wald spazierengegangen?«

»Nein. Nicht, bevor Milo die Leiche fand und mich hinaufschickte, um sie zu bewachen. Ich habe dabei niemanden in der Gegend gesehen oder gehört.«

»Ich wette aber, daß Sie dafür in der Kirche eine Menge gesehen und gehört haben«, sagte Pilot listig. »Nämlich, als Mrs. Lerche ankam und mit der Freundin zusammentraf.«

Jake zuckte mit den Achseln. »Dazu gibt es nicht viel zu sagen.«

»Finden Sie es nicht merkwürdig, daß die Grabungsleiterin weggeschickt wird, um woanders Recherchen zu machen?«

»Nicht, wenn es notwendig ist«, erwiderte Jake ruhig. »Milo könnte die Grabung leiten. Ich selbst könnte es.«

»Haben Sie irgendeine Meinung darüber, wer mit einem Tomahawk auf Ihren Chef losgehen könnte?«

»Ja, klar. Ein Einheimischer, der ein Interesse daran hat, daß das Geschäft mit der Bergwerksgesellschaft zustandekommt und die Cullowhees schlecht dastehen. Für mich riecht das Ganze nach Rassismus, finden Sie nicht?«

Pilot Barnes schüttelte den Kopf. »Für mich riecht es nach einem langen Fall«, seufzte er, »der Sheriff ist nicht da, und ich müßte morgen das Heu einbringen. Warum trifft es gerade mich, großer Gott?«

»Sind Sie sicher, daß er ermordet wurde?« fragte Elizabeth mit großen Augen.

»Ja, Ma'am«, sagte Pilot geduldig. »Man schleicht sich gewöhnlich nicht an sich selbst heran und zieht sich eins mit dem Tomahawk über.«

»Das glaube ich auch nicht.« Sie nickte. »Übrigens, kennen Sie Wesley Rountree?«

Das war ein Name, den von den anderen noch keiner erwähnt hatte. Eine neue Spur, dachte Pilot. »Gehört er zu den Leuten, die mit diesem Projekt zu tun haben?« fragte er.

»O nein. Er ist der Sheriff von Chandler Grove in Georgia, wo meine Vettern leben. Ich habe nur gedacht, Sie kennen ihn vielleicht, weil Sie auch bei der Polizei sind.«

»Nein, Ma'am«, sagte der Hilfssheriff und unterdrückte das Bedürfnis, ihr zu sagen, daß er auch nicht mit Wyatt Earp oder Buford Pusser bekannt war. »Könnten Sie jetzt Ihre Aussage über das, was heute abend geschehen ist, machen?«

Elizabeth erzählte ihm den Verlauf ihres Abends und beschrieb dabei das Treffen zwischen Mary Clare und Tessa Lerche so taktvoll, wie sie konnte. Sie habe die Kirche nach dem Abendessen nicht mehr verlassen, sagte sie, und sie habe keine Information, die für den Vorfall relevant sei.

»Um die Wahrheit zu sagen, ich bin keine Anthropologin«, räumte sie ein. »Ich bin auf diese Grabung mitgekommen, weil ich so etwas einmal kennenlernen wollte.«

»Wer hat Sie eingeladen?«

»Ähm ... Milo Gordon. Er wohnt mit meinem Bruder zusammen, und ...«

»Ich verstehe«, sagte Pilot Barnes. Und das war keine leere Floskel.

Am nächsten Morgen um neun Uhr traf Dr. Putnam Pilot Barnes an Duncan Johnsons Schreibtisch an, wo er einen Stapel Papiere durchwühlte. Er unterbrach seine Suche von Zeit zu Zeit, um aus einer Henkeltasse auf dem Aktenschrank in großen Schlucken Kaffee zu trinken.

»Was haben Sie verloren?« fragte Dr. Putnam. »Doch nicht die Zeugenaussagen, hoffe ich.«

»Nein. Ich suche diese Adresse von der Sheriffversammlung am Meer.«

»Ich dachte mir schon, daß Sie diesen Fall loswerden wollen, Pilot.«

Der Hilfssheriff zuckte mit den Achseln. Gewisse Leute machten diesen Scherz früher oder später immer. Er sagte: »Ich denke nur, man sollte ihm Bescheid sagen. Wenn er dann immer noch will, daß ich die Sache in die Hand nehme, dann ist es gut.«

»Nun, ich habe mir gedacht, daß Sie sich mit ihm in Verbindung setzen wollen, deshalb habe ich Ihre Obduktion zuallererst erledigt. Ich kann morgens sowieso nicht mehr schlafen.«

»Was haben Sie herausgefunden?«

»Oh, es war genauso, wie es aussah. Jemand hat ihm mit diesem lächerlichen Tomahawk den Schädel eingeschlagen. Das ist die Todesursache. Ich bringe Ihnen heute nachmittag eine getippte, offizielle Version. Was ich Ihnen jetzt sage, muß jedoch nicht zum staatlichen Labor, deshalb können Sie gleich mit der Untersuchung weitermachen. Hat Ihnen der Tomahawk etwas gesagt?«

»Der Griff war aus unbearbeiteter Rinde, die keine Fingerabdrücke annimmt. Unten klebte ein Papierschild *Made in Taiwan.* Die verkaufen sie für vier Dollars in den Cherokee-Märkten.«

Dr. Putnam schüttelte den Kopf. »Dazu kann ich nur sagen, daß ich, wenn meine Zeit gekommen ist, hoffentlich nicht auf so *alberne* Weise sterbe.« Er schnaubte verächtlich. »Gefärbte Hühnerfedern und Plastikschnüre!«

Pilot Barnes, der die Nummer des Hotels des Sheriffs gefunden hatte und damit beschäftigt war, sie zu wählen, antwortete nicht. Dr. Putnam hatte zwar nichts weiter über den Fall Lerche zu berichten, aber er hätte um alles in der Welt das bevorstehende Gespräch nicht versäumen wollen. Er machte es sich auf dem Stuhl mit der geraden Rückenlehne bequem und begann Duncan Johnsons neuestes Heft von ›Field and Stream‹ durchzublättern.

»Dienstliches Telefonat für Sheriff Duncan Johnson«, sagte Pilot Barnes in seinem sachlichsten Ton. Er trommelte mit den Fingern auf den Schreibtisch, während er darauf wartete, daß die aufgescheuchte Dame an der Hotelrezeption hundert Sheriffsnachrichten nach dem Verbleib von Sheriff Johnson durchstöbert hatte. »Ja. Ich bin noch da. Er – was? Okay. Wann, glauben Sie, wird das sein? Sagen Sie ihm, er soll sein Büro anrufen.« Er legte den Hörer heftiger als nötig auf.

Dr. Putnam, der sich gerade mit Kaffee bediente, zog erwartungsvoll die Augenbrauen hoch.

Der Hilfssheriff blickte finster drein. »Er ist mit den Kerls vom Buncombe County auf Tiefseefischfang gegangen. Sie bleiben über Nacht auf dem Schiff.«

Die Augen des Doktors blitzten. »Rufen Sie die Küstenwache zu Hilfe! Meine Güte, ich gäbe was darum, Duncan Johnsons Gesicht zu sehen, wenn ihn die Wasserpolizei von dem Fischerboot herunterholt.«

Pilot Barnes, der das auch schon erwogen hatte, lächelte nicht. »Ich schätze, die Sache bleibt an mir hängen«, sagte er, schrieb aber die Nummer von Duncan Johnsons Hotel vorne auf das Telefonbuch.

9

Milo beobachtete, wie es langsam hell wurde. Jenseits des Tales wurden die grauen Wald- und Weideflächen vor den schwarzen Umrissen der Berge allmählich grüner. Um fünf Uhr morgens hatte er es aufgegeben, den Schlaf herbeizwingen zu wollen, und war aus der Kirche geschlüpft. Er füllte den Eimer am nahen Bach, um Kaffee zu kochen, bevor die anderen aufwachten. Alex pflegte auch früh aufzustehen, dachte Milo. Oft kam er am Morgen, unmittelbar nachdem er gelaufen war und in der Sporthalle heiß geduscht hatte, ins Büro. Er fragte Milo oft, ob er sich ihm nicht anschließen wolle, aber Milo ließ sich nie darauf ein. Er pflegte zu antworten, daß er während seiner Tätigkeit als Nachtwächter so viele Sonnenaufgänge gesehen hatte, daß sie ihm für sein ganzes Leben reichten. Er war auch jetzt nicht empfänglich für die Schönheit des Morgens.

»Milo?« Elizabeth blickte suchend aus dem Seiteneingang der Kirche und gähnte dabei schläfrig. »Wie spät ist es?«

»Ein Viertel nach Dämmerung«, sagte Milo geistesabwesend.

»Wie lange bist du denn schon da draußen?«

»Ich weiß es nicht. Ich dachte, ich mache Kaffee, wo ich sowieso wach bin.«

»Ist er fertig? Der Hilfssheriff bei der Grabung oben hätte vielleicht gern einen.«

Milo schaute auf den Eimer neben sich. »Ich habe vergessen, ihn zu kochen.«

Elizabeth seufzte. »Warte hier.«

Ein paar Minuten später war sie mit dem Campingkocher, dem großen gelben Filter und einem Topf, in dem das Wasser kochen konnte, wieder da. Während sie aus dem Eimer Wasser in den Topf schöpfte, sagte Elizabeth:

»Ich brühe ihn hier draußen auf. Dann wecke ich niemanden, und du bist nicht allein.«

»Mir ist nicht nach Reden zumute«, sagte Milo.

»Das hat ganz den Anschein«, nickte Elizabeth. »Aber warum denkst du nicht laut?«

»Ich kann es einfach nicht fassen, daß Alex tot ist«, sagte Milo. »Für Alex war der Tod nicht etwas Unvermeidliches, er war ein Rätsel.«

»Wie das?« fragte Elizabeth ruhig, während sie den Kaffee mit einem Löffel in den Filter maß.

»Jeder Tote war zunächst einmal ein Rätsel. Was sagte uns diese Druckstelle und jene Verdrehung der Knochen? Ich glaube, ich traute Alex zu, daß er den Tod manipulierte ..., damit er uns etwas sagte. Jetzt ist er selbst nichts weiter als ein x-beliebiger Fall für einen anderen Leichenbeschauer. Ein Hinterhauptbruch, der zusammen mit den übrigen in ein Verzeichnis aufgenommen wird.«

»Aber nicht für dich. Für dich wird er nie nur ein x-beliebiger Fall sein. Die Frage ist: Wie soll es jetzt weitergehen?«

Milo, der aus seiner Versunkenheit aufgeschreckt war, schaute sie zum erstenmal an. »Was meinst du damit?«

»Das Projekt. Führen wir es zu Ende, oder was machen wir? Die anderen werden es wissen wollen.«

Milo blickte auf den Pfad, der zur Ausgrabungsstätte hinaufführte. Der Wald lag noch im Dunkeln, so daß der Pfad wie ein Streifen Licht aussah, der an den Bäumen unvermittelt endete.

»Dir ist schon klar, daß da irgendwo ein Mörder ist, der vielleicht darauf wartet, uns andere ebenfalls umzubringen?« Elizabeth schauderte.

»Natürlich ist mir das klar! Warum sonst würde ich zögern, das Projekt zu Ende zu führen? Ich würde es gern zum Andenken an Alex tun – aber ich kann dabei nicht das Leben seiner Studenten aufs Spiel setzen.«

»Ich gehe rein und hol die Tassen«, sagte Elizabeth.

Als sie zurückkam, saß Milo unverändert da. Er starrte

immer noch über das Tal hinweg, in Gedanken verloren. Elizabeth goß den Kaffee ein. »Alex' Tod hat vielleicht gar nichts mit dem Projekt zu tun«, bemerkte sie und versuchte, beiläufig zu klingen.

Milo knurrte. »Wie erklärst du dir dann den demolierten Computer? War das auch Zufall?«

»Das glaube ich nicht«, gab ihm Elizabeth recht. »Wenn ich nur wüßte, was Alex mit dir besprechen wollte.«

Milo blickte auf. »Was meinst du?«

»Bevor du gestern abend aus der Stadt zurückgekommen bist, kam er in die Kirche und suchte dich. Ich hatte den Eindruck, daß er dich etwas fragen wollte.«

»Was hat er sonst noch gesagt?«

»Nur, daß du zur Grabung hinaufkommen sollst, sobald du wieder da bist. Oh, und vorher hat er zu mir gesagt, daß er meine Schädelmessungen überprüft hat.«

»Wie waren sie?«

»Er hat nichts dazu gesagt. Was, meinst du, heißt das?«

»Ich weiß es nicht. Vielleicht gar nichts, aber wir haben nichts anderes, worauf wir uns stützen können. Ich werde die Schädel ebenfalls überprüfen.«

»Wir machen also weiter mit dem Projekt?«

Milo schüttete seinen nicht angerührten Kaffee ins Gras. »Ich jedenfalls schon.«

Milo wartete, bis sie gefrühstückt hatten, ehe er mit der Gruppe redete. Zwar hätte eine fachliche Besprechung die Stimmung während des Essens nicht beeinträchtigt; es fiel ohnehin kaum ein Wort. Aber er wollte ihre uneingeschränkte Aufmerksamkeit, während er sprach, da er sich der Förmlichkeit des Anlasses bewußt war. Die Blikke, die sie auf ihn richteten, waren die scheuen und verlegenen Blicke von Leuten, die seinen Schmerz nicht teilten. Er fragte sich, ob Mary Clare von ihrer Verliebtheit genesen war oder ob sie nur vermeiden wollte, bemitleidet zu werden.

»Ich denke, wir sollten darüber reden, wie es jetzt weitergeht«, begann Milo unsicher. »Ich nehme an, daß ihr alle wißt, daß Alex Lerche seine ganze Kraft der Wissenschaft gewidmet hat und nahe daran war, einen großen Beitrag zur Anthropologie zu leisten, als er ... als er starb«, beendete Milo seinen Satz kaum hörbar.

»Und Milo möchte gern, daß wir mit dem Projekt weitermachen«, sagte Elizabeth schnell, bevor er noch einmal die Fassung verlor.

»Das ist doch klar«, sagte Mary Clare.

»Aber der Mann wurde ermordet!« sprudelte es aus Victor heraus. »Wir können doch wohl nicht hier oben in den Wäldern bleiben, solange ein Mörder frei herumläuft!«

»Vielleicht sollten wir darüber abstimmen«, sagte Milo.

Jake stand auf. »Es ist an uns, den Lebenden, uns hier seinem unvollendeten, aber weitgediehenen Werk zu widmen«, sagte er feierlich.

»Verdammt wahr«, meinte Mary Clare. »Ihr könnt abstimmen, wie ihr wollt. Alex hat mich beauftragt, am MacDowell College zu recherchieren, und genau das werde ich auch tun.«

»Jake, das war eine schöne Rede«, flüsterte Elizabeth, als er sich wieder setzte.

»Ja«, nickte Jake. »Lincolns Ansprache von Gettysburg. Sie schien mir passend zu sein.«

»Ich habe vor zu bleiben«, sagte Milo. »Und weil ich das Projekt leite, bin ich vielleicht am ehesten in Gefahr, aber ich denke, ich bin es Alex schuldig, es zu Ende zu führen. Jeder, der bei mir bleiben will, ist willkommen.« Er warf einen zweifelnden Blick auf Elizabeth. »Du solltest es allerdings erst zu Hause absprechen.«

Elizabeth war empört. »Ich bin keine kleine Studentin mehr! Ich habe bereits ein abgeschlossenes Studium hinter mir. Nur weil du mit meinem großen Bruder zusammenwohnst, mußt du dich nicht aufspielen wie er! Natürlich bleibe ich!« Sie hatte eigentlich noch gar nicht darüber nachgedacht, aber Milos Beschützerpose hatte ihr den Entschluß leichtgemacht.

»Ich bleibe auch«, sagte Jake.

Victor seufzte. »Ich werde wohl auch weitermachen«, sagte er widerstrebend. »Ich weiß, wie sehr Dr. Lerche auf mich angewiesen war.«

Mary Clare unterdrückte ein Kichern. »Gut«, sagte sie. »Ich habe meine Sachen zusammengepackt, ich denke, ich sollte mich auf den Weg machen.«

Elizabeth setzte ein nachdenkliches Gesicht auf. »Was ist mit der Beerdigung?« fragte sie. »Sollten wir da nicht hingehen?«

»Nein«, befand Mary Clare. »Die Beerdigung wird ein Universitätsmeeting, ausgerichtet von der elegant gekleideten Witwe. Wenn ihr etwas für Alex tun wollt, dann gedenkt ihr seiner am besten gleich hier.«

»Ich würde gerne zur Beerdigung gehen«, sagte Milo leise, »aber ich glaube, wenn Alex zu entscheiden gehabt hätte, dann würde er uns am liebsten hier sehen.«

»Es steht also fest«, sagte Jake. »Wir machen weiter.«

Daniel Hunter Coltsfoot nahm die Thermoskanne Kaffee entgegen, als sei er Gefangener, nicht Hilfssheriff. Er hatte, umgeben von den Totenschädeln, eine ungemütliche Nacht in dem Zelt zugebracht und aufmerksam auf Berglöwen und Mörder mit Hackebeilen gelauscht – doch hatte keiner seinen nächtlichen Wachdienst gestört. Elizabeth und Milo waren vorsichtig genug gewesen, sich schon vom Rand der Lichtung aus mit Rufen anzukündigen, für den Fall, daß er mit geladenem Gewehr auf der Lauer lag. Als er aus dem Zelt zu ihnen herüberspähte, winkte Elizabeth mit der Thermoskanne und rief laut: »Guten Morgen!«

Coltsfoot beeilte sich, aus dem Zelt zu kommen, erinnerte sich an die möglichen Spuren und begann, auf Zehenspitzen auf sie zuzugehen, wie wenn er ein Minenfeld zu durchqueren hätte. »Mann, bin ich froh, euch zu sehen!« verkündete er. »Ist das für mich? Wow, danke. Meint ihr, man darf im Dienst trinken?«

»Kaffee schon«, beruhigte ihn Milo mit unbewegtem Gesicht.

»Danke. Habt ihr Pilot Barnes heute morgen schon gesehen?«

»Ich nehme an, er wird bald hier sein«, sagte Milo. »Wir wollen weiterarbeiten.«

»Na, ich weiß nicht«, sagte Coltsfoot. »Sie haben etwas darüber gesagt, daß sie heute morgen zurückkommen wollen, um die Spuren zu sichern.«

»Schon gut. Wir werden nichts anrühren, bis sie da waren. Aber sie haben doch heute nacht im Zelt fotografiert, oder?«

Coltsfoot versuchte, sich zu erinnern. »Ich glaube schon.«

»Wir wollen nichts weiter als die Schädel aus dem Zelt«, sagte Elizabeth. »Ich will sie noch einmal vermessen. Sie sind wahrscheinlich froh, wenn Sie sie aus dem Weg haben?«

Coltsfoot legte die Stirn in Falten, weil er einen Angriff auf seine Tapferkeit witterte. »Das gehört nun mal zu meinen Pflichten, Ma'am«, sagte er gedehnt.

»Aber sicher«, sagte Elizabeth schnell. »Ich habe nur gemeint, daß sich ein Mann, der wie Sie an das Leben in freier Natur gewöhnt ist, in dem winzigen Zelt beengt fühlen muß, und wir könnten Ihnen die Kiste aus dem Weg schaffen.«

»Wir bleiben in Sichtweite«, warf Milo ein. »Unter dem Baum da drüben wollen wir die Messungen durchführen. Da können Sie uns beobachten.«

»Ich weiß nicht ...« Coltsfoot tat, als rufe er sich die Vorschriften ins Gedächtnis zurück, die er nie gesehen hatte.

»Wir würden so gerne mit unserer Arbeit fortfahren ... als Therapie für unsere Trauer«, sagte Elizabeth und warf dem Hilfssheriff einen seelenvollen Augenaufschlag zu.

»Na ja, hm ... das kann ich verstehen. Okay, nehmt sie mit. Es kann nicht schaden, schließlich ist die Leiche ja nicht mehr da.«

»Ich verstehe nicht, was die Schädelmessungen mit Alex' Tod zu tun haben«, flüsterte Elizabeth, als sie außer Hörweite waren.

»Ich folge dabei nur meinem Instinkt«, murmelte Milo und drehte einen Schädel um. »Mußte das mit der Therapie für unsere Trauer sein?«

»Tut mir leid, Milo. Aber es hat gewirkt. Es hat dir zu den Schädeln verholfen. Nach was suchst du denn?«

»Überlaß das mir«, sagte Milo und konzentrierte sich auf seine Untersuchung.

»Du glaubst doch nicht, daß *ich* ihn getötet habe, weil er meine Arbeit kritisiert hat?«

»Pschscht! Sprich leise. Außerdem hat er deine Arbeit doch gar nicht kritisiert, oder?«

»Nein«, gab ihm Elizabeth recht. »Aber du hast nichts als meine Aussage. Ich wäre jedenfalls überrascht, wenn ich alles ganz richtig gemacht hätte. Ich *bin* nun mal eine Anfängerin.«

»Ich glaube nicht, daß Alex darüber mit mir sprechen wollte«, flüsterte Milo. »Er hätte das verstanden. Außerdem prüfe ich im Moment nicht deine Messungen nach.«

Elizabeth schaute sich an, was er mit dem Schädel machte, und merkte erst jetzt, daß er überhaupt kein Meßinstrument in die Hand genommen hatte. »Nein«, stimmte sie ihm zu. »Was machst du denn dann?«

Milo warf einen verstohlenen Blick zum Zelt, aber Coltsfoot schaute nicht zu ihnen herüber. »Ich suche nach einem Kuckucksei.«

»Wie bitte?«

»Nach einem, der zu den anderen geschmuggelt wurde. Du darfst das aber niemandem erzählen. Verstehst du? Vor allem dem Sheriff nicht.«

»Ich verspreche es, Milo.«

»In Ordnung. Zeig keine Reaktionen, wenn ich es dir

jetzt erkläre. Ich glaube, daß einer von den Schädeln nicht so ist, wie er sein sollte. Und das muß Alex gemerkt haben.«

»Du meinst, einer ist nachgemacht? Ich weiß, ich bin eine Anfängerin, aber das hätte ich ganz sicher gemerkt!« empörte sich Elizabeth.

Milo seufzte. »Ich meine nicht, daß er aus Plastik ist, Elizabeth. Natürlich sind das alles richtige Totenschädel; aber sie müßten eigentlich alle von Indianern des frühen neunzehnten Jahrhunderts stammen. Jetzt nimm einmal an, einer tanzt aus der Reihe.«

»Einer ist nicht aus dem neunzehnten Jahrhundert?«

»Richtig. Gibt es eine bessere Möglichkeit, ein Mordopfer zu beseitigen, als es zusammen mit einem Haufen anderer Leichen zu begraben?«

Elizabeth nickte. »Kannst du es beweisen?«

»Sehr wahrscheinlich – wenn ich mich nicht irre.«

»Wie?«

»Da gibt es viele Möglichkeiten. Es hängt davon ab, wie lange er in der Erde war. Wenn es weniger als fünf Jahre sind, muß der Schädel leichter als die übrigen sein. Die einfachste Möglichkeit, es herauszufinden, ist natürlich – wenn wir Glück haben – das Gebiß.«

»Natürlich! Wenn das Kuckucksei Amalgamfüllungen im Mund hat, können wir ziemlich sicher sein, daß er kein Indianer des neunzehnten Jahrhunderts war.« Elizabeth nahm einen arg mitgenommenen braunen Schädel zur Hand und schaute sich die dunklen Stumpen im Kiefer genau an. »Dieser hat garantiert nie einen Zahnarzt gesehen«, verkündete sie.

Milo klopfte auf die glatte Hirnschale. »Er war ziemlich alt. Keine Nahtstellen.«

Sie arbeiteten eine Weile schweigend, verglichen die Färbungen der Schädel und bürsteten Erdpartikel aus den Backenzähnen, um nachzusehen, ob sich darunter eine dunkle Füllung verbarg. Gelegentlich griff Milo nach einem Meßgerät, wenn Coltsfoot zu ihnen herüberblickte.

»Warum willst du nicht, daß die Männer des Sheriffs erfahren, welchen Verdacht du hast?« fragte Elizabeth nach einer Weile.

»Weil es dann einer von den Einheimischen war, wenn eine neue Leiche im Friedhof begraben wurde. Wir sind nicht von hier. Ich weiß nicht, wem wir trauen können.«

»Mit einemmal fühle ich mich nicht mehr sicher«, sagte Elizabeth. Sie warf aus den Augenwinkeln einen Blick zu Coltsfoot hinüber und fragte sich, ob er so harmlos war, wie es den Anschein hatte.

»Wenn ich bloß wüßte, wer sich da verbergen könnte«, sagte Milo grimmig. »Das würde uns weiterhelfen. Ich frage mich, ob wir uns irgendwie unauffällig erkundigen könnten, ob hier in der Gegend jemand vermißt wurde.«

Elizabeths Augen wurden ganz groß. »Vermißt! Milo! Ich glaube, ich weiß, wer sich da verbirgt.«

Mit eindringlicher Stimme erzählte sie ihm die Geschichte vom Schwarzbrenner-Massaker und endete damit, daß der Neffe des Sheriffs verschollen blieb. »Und er ist bis zum heutigen Tage nicht gefunden worden«, schloß sie ihre Erzählung feierlich.

Milo wippte auf seine Absätze zurück und nahm einen Schädel aus der Kiste. »Das ist die Lösung«, stimmte er ihr zu. »Einer von den Schädeln muß der Neffe sein.« Nachdem er den Totenkopf einen Augenblick lang genau inspiziert hatte, legte er ihn wieder in die Kiste zurück. »Allerdings nicht dieser. Such weiter.«

Er beobachtete einen Moment lang, wie geschickt Elizabeth das nächste Exemplar aus der Kiste holte. Sie hatte eine ruhige Hand, war ohne eine Spur von Zimperlichkeit, wie sie für Anfänger typisch war. »Du machst das sehr gut, Elizabeth«, sagte er unbeholfen. »Ich möchte nur, daß du weißt, daß –«

Elizabeth schüttelte den Kopf. »Nein, Milo«, sagte sie sanft. »Nicht, bevor das hier vorbei ist.«

Pilot Barnes und Hamp McKenna fuhren schweigend die Straße durch das Sarvice Valley hinauf. Pilot war mit seinen neuen schweren Verpflichtungen zu beschäftigt, um sich auf eine oberflächliche Unterhaltung einzulassen. Trotz seiner Sorgen empfand er aber eine gewisse Befriedigung, als er über das Tal blickte. Er sah Weiden mit zottigem schwarzem Vieh und grüne Hügelkuppen, die wie Rippen am Rückgrat eines bewaldeten Berges befestigt waren. Verwitterte Scheunen und schwerbehangene Apfelbäume glichen Postkartenbildern, die von rissigen Holzzäunen gerahmt waren.

Wenigstens das hat sich nicht geändert, dachte Pilot. Wenn er das nur auch vom übrigen Bezirk sagen könnte! Die neue vierspurige Straße, die man gebaut hatte, um die Touristen schneller nach Asheville zu befördern, und die Motels und Andenkengeschäfte, die sie zum Halt aufforderten, sorgten sicherlich für Arbeitsplätze und Einnahmen, aber ihre Häßlichkeit machte ihn traurig. Ein Strom amerikanischer Kultur hatte sich über die Berge ergossen und dabei das meiste von dem, was vorher da gewesen war, ertränkt. Übrig blieben verrostete Autowracks und alte Bierdosen. Pilot Barnes fragte sich, wie lange sich die Cullowhees noch gegen die Flut stemmen konnten oder vielmehr, ob sie es überhaupt wollten.

»Wie wohl Dummkraut die Nacht verbracht hat?« überlegte Hamp, nicht ohne eine gewisse sarkastische Schärfe in der Stimme.

Pilot grunzte. Die Tatsache, daß er Dummkraut zum Wachdienst eingeteilt hatte, war wohl der Anlaß für seine Überlegungen gewesen, denn Dummkraut war das beste Beispiel für die neuen Siedler des Bezirks. Sie kamen in ihren Geländewagen an, mit Ratgebern für das Landleben unterm Arm. Dann bauten sie Vierzigtausend-Dollar-Blockhäuser mit Solarheizung. Für ihn waren sie ganzjährige Touristen, die ihre Töpferwaren und Hackbretter an die mehr saisonal auftauchenden Gesinnungsgenossen verkauften. Und ausgerechnet jetzt, wo Duncan Johnson beim Hochseefischen war, hatte der Bezirk seinen ersten Fall von Computerkriminalität und schwer aufzuklärendem Mord. Er hätte wissen müssen, daß es eines Tages soweit sein würde. Pilot Barnes fühlte sich ein wenig wie ein Indianer, der die Güterzüge auf seine Jagdgründe zurollen sieht.

Im Tageslicht sieht die Lichtung weniger unheimlich aus, dachte Pilot, als er vorsichtig an den Gräben entlang ging. Im Juni, wenn die Blumen blühten, war sie wahrscheinlich sogar schön. Pilot fand, daß Friedhöfe schön sein sollten; er hielt nichts davon, sich vor Leuten zu grauen, nur weil sie gestorben waren.

»Guten Morgen«, sagte Dummkraut, und in seiner Stimme schwang mehr als eine Spur von Diensteifer mit. »Hier ist alles in Ordnung.«

Pilot drängelte sich an ihm vorbei und blickte in das Zelt. »Was Sie nicht sagen?« bellte er. »Dann können Sie mir bestimmt erzählen, wohin der Inhalt dieses Zelts verschwunden ist!«

Daniel Hunter Coltsfoot erbleichte. »Inhalt?«

»Als wir gestern abend die Leiche herausgeholt haben, waren hier noch lauter Totenschädel. Wo sind sie?«

»Da drüben! Sie haben gesagt, sie brauchen sie für ihre Forschungsarbeit. Sie haben gesagt, sie seien für den Fall ohne Bedeutung. Sie haben gesagt –«

Pilot schnitt ihm den Satz mit einem Nicken ab. »Ich mach das schon. Sie gehen jetzt nach Hause.« Einen Mann, der nicht auf der Lohnliste stand, konnte man auch nicht feuern, folgerte er durchaus logisch. Er gab Hamp einen Wink und forderte ihn auf, mit der üblichen Untersuchung zu beginnen.

Elizabeth und Milo, die die uniformierten Hilfssheriffs auf sich zukommen sahen, waren eifrig mit ihren Meßgeräten beschäftigt und taten, als hätten sie die Neuankömmlinge nicht bemerkt. Erst als Pilot Barnes drohend vor ihnen aufragte und ihnen im Licht stand, blickten sie in aller Unschuld auf. »Guten Morgen«, sagte Elizabeth höflich.

Pilot Barnes hatte die Lippen zu einer schmalen Linie zusammengepreßt. »Wer sich in einem Mordfall an Beweismaterial zu schaffen macht, macht sich zum Helfershelfer«, informierte er sie.

Milo seufzte. »Wissen Sie was, ich habe bei uns zu Hause auch schon mit Mordfällen zu tun gehabt. Warum rufen Sie unseren Leichenbeschauer nicht an? Sein Name ist Dr. David –«

»Das ist mir ganz egal«, sagte der Hilfssheriff und schüttelte dabei den Kopf. »Hier ist jeder ein Verdächtiger, solange ich meine Untersuchungen noch nicht abgeschlossen habe. Ich werde diese Schädel als Beweismaterial beschlagnahmen.«

»Beweismaterial für was?« wollte Milo wissen.

Pilot starrte ihn abschätzig an. »Ich möchte wetten, daß Sie mir das sagen könnten.«

»Der Hilfssheriff will uns heute nicht oben arbeiten lassen«, sagte Milo zu den versammelten Ausgräbern. »Es tut mir leid, daß wir euch keine Mitteilung zukommen lassen konnten, bevor ihr euch auf den weiten Weg hierherauf gemacht habt.«

»Macht nichts«, sagte der Präsident der Archäologischen Gesellschaft. »Wir haben von der Sache mit Dr. Lerche gehört und möchten Ihnen unsere Anteilnahme aussprechen. Wie soll es jetzt weitergehen?«

»Wir haben beschlossen weiterzumachen. Ich fahre heute nachmittag in die Stadt und rufe den für die Anthropologen zuständigen Dekan an. Ich bin ziemlich sicher, daß er mir erlaubt, das Projekt auf meine Verantwortung zu Ende zu führen. Es wird nur ein paar Wochen in Anspruch nehmen. Kommt morgen wieder. Dann nehmen wir die Arbeit wieder auf.«

Als die Ausgräber aus der Gegend zu ihren Autos zurückgegangen waren, wandte sich Milo an Jake. »Ich muß in die Stadt fahren, um ein paar Telefongespräche zu führen. Du bist hier verantwortlich, während ich weg bin. Laß nicht zu, daß der Sheriff unsere Ausrüstung oder so was in gerichtliche Verwahrung nimmt, aber leg ihm und seinen Leuten ansonsten keine Steine in den Weg.«

Jake nickte. »Sollen wir etwas Bestimmtes tun?«

»Nein. Seht nur zu, daß es keinen Ärger gibt.«

»Hat die Polizei schon einen Tatverdächtigen im Visier?« fragte Victor, der in den Ton der Fernseh-Cops verfiel.

Milo schenkte ihm ein grimmiges Lächeln. »Ihre Wahl scheint auf uns gefallen zu sein«, sagte er.

»Hast du Comfrey Stecoah schon Bescheid gesagt, Milo?« fragte Elizabeth.

»Ich nehme an, er weiß es. Aber du hast recht. Er sollte es von mir erfahren. Ich schaue heute nachmittag bei ihm vorbei.«

»Milo, möchtest du, daß ich mit dir komme?« fragte Elizabeth. Sie überlegte krampfhaft, ob ihr nicht eine Zutat zum Kochen einfiel, die nur sie selbst auswählen konnte. Aber es kam ihr keine Erleuchtung.

»Nein, danke«, sagte Milo. »Ich habe keine Zeit zu verlieren.«

Als er gegangen war, wandte sich Elizabeth an Jake. »Ich hoffe, sie klären den Fall bald auf, Jake. Milo sieht furchtbar schlecht aus!«

Jake nickte. »Irgendwann sollte er wieder etwas essen.«

Victor nickte. »Es ist entsetzlich. Ich mußte mich regelrecht zum Essen zwingen. Ich will einfach die Nerven behalten! Aber ich sehe wirklich nicht ein, warum sich dieser Fall so in die Länge zieht. Es ist doch ganz klar, wer der Mörder ist.«

»Mir ist es nicht klar«, sagte Elizabeth zu ihm.

Er lächelte selbstgefällig. »Ah! Vielleicht siehst du die Sache nicht so wie ich!«

10

Elizabeth, die mit ihren Gedanken bei dem Mord und seinen Auswirkungen war, hielt sich nicht damit auf, die Pflanzen am Weg anzuschauen. Sie mußte schon darüber stolpern, um eine eingerollte Schlange oder ein Büschel Eichenfarn zu bemerken, ansonsten hatte sie keinen Blick für ihre Umgebung. Nicht die richtige Verfassung, um die Weise Waldfrau zu besuchen, überlegte sie, aber sie ging trotzdem zu ihr hinauf. Als sie Milo daran erinnert hatte, daß jemand Comfrey benachrichtigen sollte, war ihr plötzlich in den Sinn gekommen, daß Amelanchier eine alte Frau war, die allein im Wald lebte. Man mußte sie über die Gefahr aufklären. Elizabeth beschloß, daß es sie beruhigen würde, wenn sie wüßte, daß Amelanchier wohlbehalten war; und vielleicht wußte die Weise Frau ja auch einen tröstlichen Rat.

Amelanchier stand vor ihrer Hütte und unterhielt sich mit irgendwelchen Besuchern. Da sie nicht stören wollte, verbarg sich Elizabeth in einem Gestrüpp von Lorbeerbüschen und hörte der Beratung zu.

»Vergessen Sie nicht, was ich Ihnen über den Sassafrastee gesagt habe«, sagte Amelanchier gerade zu einer großen Frau in einem Trägerkleid. »Rüben und Spargel tun Ihnen auch gut.«

Die Frau nickte und saugte die Belehrung förmlich in sich auf, während ihr Mann, ein rotgesichtiger Kerl in Jerseyhose und pinkfarbenem Poloshirt, die beiden mit seiner Kamera umkreiste. »Ann, die Schulter ein bißchen nach rechts«, befahl er. »Das Licht ist nicht richtig.«

Amelanchier betrachtete ihn von Kopf bis Fuß und wandte sich wieder an die Frau. »Vergessen Sie nicht, wie Sie die Bitteressenz aus den Kräutern, die ich Ihnen mitgebe, brauen müssen.«

»Ja. Ja. Ich habe es mir aufgeschrieben«, versicherte ihr die Frau.

»In Ordnung«, sagte Amelanchier voller Zweifel. »Aber benutzen Sie kein Stadtwasser und kochen Sie es auch nicht in einem Aluminiumtopf auf.«

»Ist Kupfer besser?« fragte die Frau begierig.

Amelanchier machte eine verächtliche Gebärde. »Kupfer ist zum Schnapsbrennen gut«, erklärte sie. »Sie müssen Emaille oder Edelstahl verwenden.«

»Mach ich. Ganz bestimmt!« versprach die Frau.

»Wieviel schulden wir Ihnen?« fragte der Mann und ließ seine Kamera sinken.

»Sie hatten vier Tüten Bitterkräuter und zwei Gallonen fertige Essenz. Das macht sieben Dollar.«

Der Mann lächelte. »Können Sie zwanzig wechseln?«

Amelanchier zögerte. »Behalten Sie das Geld«, sagte sie und machte eine abwehrende Handbewegung. »Sie können mich bezahlen, wenn Sie es passend haben.«

Die Frau fing an zu protestieren, aber ihr Mann führte sie den Weg hinunter und grinste, weil er etwas umsonst bekommen hatte.

Elizabeth warf ihnen aus dem Lorbeergebüsch einen bösen Blick nach. Sie verhalten sich, als sei Amelanchier so etwas wie ein Zootier, dachte sie ärgerlich. »Warum haben Sie diesem furchtbaren Mann das durchgehen lassen?« fragte sie, während sie aus ihrem Versteck herausmarschiert kam.

Amelanchier schüttelte den Kopf. »Ich wollte eigentlich sowieso kein Geld. Sie hat die Medizin für ihn gekauft, und man hat ihm angesehen, daß er sie nicht nehmen wird.«

»Was hatte er denn?« fragte Elizabeth. Er war ihr nur allzu gesund erschienen.

»Hast du seine Hände gesehen? Die verraten am meisten.« Sie schüttelte den Kopf, und damit war das Touristenpaar für sie erledigt. Mit einem glücklichen Lächeln wandte sie sich an Elizabeth. »Du siehst selbst ein bißchen spitz aus, Mädchen. Was ist da unten vorgefallen?«

Elizabeth erzählte es ihr, verzichtete dabei aber auf Details über Alex' private Probleme mit seiner Frau und Mary Clare. »Ich bin heraufgekommen, um mich zu vergewissern, daß es Ihnen gut geht«, fügte sie hinzu.

»Keine Angst«, schnaubte Amelanchier verächtlich und machte es sich auf einer Holzbank auf der Veranda bequem. »Ich lebe jetzt seit Urzeiten allein in diesen Wäldern. Mach dir um mich mal keine Sorgen. Aber das mit eurem Chef tut mir leid. Er schien doch ein ganz netter Kerl zu sein.«

»Ja. Milo – das ist sein Assistent – hat es ganz schön mitgenommen.« Elizabeth blickte hoffnungsvoll auf. »Ich weiß nicht, ob Sie vielleicht etwas gegen Trauer haben?«

Amelanchier zuckte mit den Achseln. »Nur eine Handvoll Steinchen.«

»Steinchen?«

»Ja. Man nimmt eine Handvoll Steine und legt sie in ein Gefäß. Dann holt man einmal in der Woche einen winzigen Kieselstein heraus und wirft ihn weg. Wenn das Gefäß leer ist, ist man über seinen Kummer hinweg.«

Elizabeth dachte über dieses Rezept nach. »Ich verstehe«, sagte sie schließlich. »Sie meinen, es braucht nur Zeit.«

»Das ist richtig. Die allein hilft auch, wenn du keine Steine hast.« Sie schloß eine Weile die Augen, und ihr entspanntes Gesicht war nun nicht mehr von dem gewohnten Lächeln, sondern von tiefen Altersfalten gezeichnet. »O Gott«, seufzte sie. »Ich habe den Eindruck, ich könnte einen Bittertrunk gebrauchen. Wie steht's mit dir?«

Elizabeth machte ein unsicheres Gesicht. Ein Getränk mit dem Namen »Bitter« konnte nicht sehr gut schmecken, dachte sie. »Was ist denn da drin?«

Amelanchier erhob sich mühsam von der Bank und

ging zu einem alten Eisschrank, der am Geländer stand. Sie nahm zwei Papierbecher und goß aus einem großen Milchkrug in jeden eine dunkelbraune Flüssigkeit. »Nimm einen Schluck davon.«

Im Interesse der Wissenschaft, dachte Elizabeth. Sie holte tief Atem, kostete und stellte zu ihrer Überraschung fest, daß das Getränk überhaupt nicht bitter schmeckte. »Es schmeckt ein wenig wie Rootbeer«, sagte sie erstaunt.

»Das ist die Sassafraswurzelrinde«, nickte Amelanchier. »Du schmeckst sie und den Honig, der die Süße gibt. Es sind noch andere Dinge darin, aber ich glaube nicht, daß dir deine Zunge das verraten hat.«

»Was noch?« fragte Elizabeth und hielt ihren Becher zum zweitenmal hin.

»Schwarzwurz und Gemeine Schafgarbe«, sagte Amelanchier. »Sie sind meine Lieblingskräuter. Außerdem ist Nardenöl, Weißwurz und die Große Blaue Lobelie darin, und ungefähr zehn andere Dinge.«

»Es ist wirklich sehr gut.«

»Besser für dich als dieses ganze Limozeugs.«

»Gegen was soll es helfen?«

»Gegen jedes Übel, das du hast«, erklärte Amelanchier. »Wenn du einmal die schlechte Nahrung aus deinem Organismus gebracht hast, reinigen dich die Bitter von Grund auf und halten dich gesund.«

Elizabeth war beeindruckt. Sie fragte sich, ob das Institut für Appalachen-Studien eine Magisterarbeit über Amelanchiers Pflanzenheilmethode annehmen würde. »Woher wissen Sie das alles?«

Amelanchier lächelte. »Na ja, es sind halt alte Indianerheilmittel. Alt wie die Berge, aber ich glaube nicht, daß sie viel für die Armen im Geiste bewirken, und so siehst du mir im Moment aus.«

Elizabeth seufzte. »Es war furchtbar«, gab sie zu. »Ich habe mich aber bemüht, mich nicht davon bedrücken zu lassen.«

»Ja, es ist das beste, die Dinge so zu nehmen, wie sie kommen«, gab ihr Amelanchier recht. »Wie es in dem alten Kirchenlied heißt: ›Einst werden wir es wissen.‹«

»Das glaube ich auch«, sagte Elizabeth, die den Vers wörtlich nahm. »Der Sheriff war da, um den Fall zu untersuchen. Oder vielmehr nicht der Sheriff selbst, sondern einer von seinen Männern. Natürlich behauptet Victor, jetzt schon alles zu wissen.«

»Victor?«

»Der, von dem ich Ihnen erzählt habe, daß er gegen alles allergisch ist. Er kommt sich heute ungeheuer wichtig vor, weil er gestern abend draußen im Wald war und offensichtlich etwas gesehen hat. Natürlich behält er es bei sich. Ach, übrigens, erinnern Sie sich an den Ginseng, den Sie mir für ihn mitgegeben haben? Er wollte ihn nicht probieren.«

Amelanchier nickte. »Manche wollen nicht. Sie haben Angst, daß man versucht, sie hereinzulegen. Mein Großvater pflegte zu sagen, daß es genauso dumm ist, nichts zu glauben, wie alles zu glauben.«

»Wenn ich nur wüßte, was ich von Milo halten soll«, seufzte Elizabeth, die immer noch mit ihren eigenen Sorgen beschäftigt war. »Seitdem wir hier sind, ist er so gereizt, und jetzt kann ich endgültig nicht mehr mit ihm sprechen. Ich weiß, daß er wegen Alex traurig ist, aber, Himmel noch mal, ich war's doch nicht!«

Amelanchier griff unter die Bank und zog eine Papiertüte hervor. »Eh' du hier sitzt und die Hände ringst, kannst du ebensogut Bohnen brechen.« Sie stellte die Tüte zwischen ihnen auf die Bank und reichte Elizabeth eine Holzschüssel. »Du weißt, wie es geht, oder?«

»Ja, klar«, sagte Elizabeth und lächelte bei der Erinnerung an ihre Großmutter MacPherson, bei der kein Tiefkühlgemüse ins Haus kam. »Wenn wir Großmutter besuchten, war das immer meine Aufgabe.« Mit ihren geschickten Händen zog sie den Faden ab, brach die Bohne und ließ die Stücke in die Schüssel auf ihrem Schoß fallen. Kurze Zeit darauf untermalte der gleichmäßige Rhythmus des knackenden Geräuschs ihren Redefluß.

»Ich habe ein schlechtes Gewissen, weil ich mir die ganze Zeit über Milo und mich Gedanken mache, wo doch Alex gerade gestorben ist.«

Amelanchier schüttelte den Kopf. »Das meint man damit, wenn man sagt, das Leben geht weiter. Ich nehme an, wenn ihr zwei in euer College zurückkommt, hat er sich wieder gefangen.«

»Wann immer das ist«, murmelte Elizabeth.

»Na, wo euer Chef jetzt ums Leben gekommen ist, geht ihr da denn nicht wieder nach Hause?«

»Nein. Milo ruft heute die Universität an, um sich eine Erlaubnis fürs Hierbleiben geben zu lassen.«

»Nun, dann wird er hart arbeiten, und das wird gut für ihn sein. Er wird seinen Kummer überwinden. Harte Arbeit ist der Bittertrank für die Seele.«

Elizabeth lächelte. »Ich hoffe es.«

Einen Augenblick später fügte sie hinzu: »Sie sind noch gar nicht unten bei der Grabung gewesen. Würden Sie gerne kommen und sich anschauen, was wir tun?«

»Nein, ich lege keinen Wert darauf«, sagte Amelanchier. »Ich schätze, ich bin alt genug, um noch einige von den Leuten da unten gekannt zu haben, und ich sehe sie in einer anderen Welt wieder. Ich kann warten.«

»Es ist nicht so schlimm«, murmelte Elizabeth, die das Gefühl hatte, sich entschuldigen zu müssen. »Für mich sind die Knochen irgendwie gar nicht menschlich.«

Amelanchier lächelte bitter. »Das ist ein Problem, das sie nicht erst seit kurzem haben. Für die Leute hier in der Gegend waren sie nicht einmal menschlich, als sie noch am Leben waren.« Ihre blaugeäderte Hand zitterte ein wenig, als sie die Bohnenstücke in die Schüssel fallen ließ. Sie blickte nicht auf Elizabeth, sondern auf das Band der grünen Berge, die von dem Verandageländer und dem weißlich-grauen Himmel eingerahmt waren. »Fast der ganze Bezirk war in alten Tagen Cullowhee-Land«, begann sie langsam, als erinnerte sie sich. »Flaches Land, das man gut bearbeiten konnte, unten an den Flußufern. Aber dann kamen die Weißen, und sie haben Land gebraucht und es sich einfach genommen.«

Der Haufen Bohnen fiel ihr vom Schoß. »Wenn wir richtige alte Indianer gewesen wären, dann hätten sie sich ihre Tricks ganz gespart. Sie hätten uns in die Wüste getrieben, wie sie es mit den Cherokees gemacht haben – aber wir waren anders. Wir sprachen englisch, lebten in richtigen Hütten und beteten zu Jesus, genau wie sie. Es gab nur einen Unterschied.«

Die alte Frau drückte ihren knorrigen braunen Arm an Elizabeths weißen. »Sie haben uns zu Farbigen erklärt und gesagt, daß wir keine Rechte hätten. Sie haben ein Gesetz im Kapitol durchgebracht, daß wir nicht wählen dürfen oder ein Amt bekleiden. Teufel noch mal, wir konnten nicht einmal vor Gericht als Zeugen aussagen.« Sie schloß die Augen. »Dann kamen sie mit ihren Anwälten und Richtern und haben unserem Volk das ganze Ackerland gestohlen – bis wir nur noch die Berghänge und die Höhlen hatten. Und jetzt wollen sie das auch noch!«

»Sie werden es nicht bekommen!« sagte Elizabeth mit Leidenschaft. »Ähm ... dieses Gesetz ist aber inzwischen abgeschafft worden, nicht wahr?« Sie drehte die Brechbohne zwischen ihren feuchten Fingern und empfand die Feuchtigkeit an ihren Händen wie Blut.

»Das Gesetz gibt es nicht mehr, aber die Einstellung ist die gleiche geblieben.« Amelanchiers Augen waren stumpfe Steine, wie ungeschliffene Granate in einem Bachbett.

Elizabeth schauderte. Selbst im August war es auf dem Berg nicht wirklich warm. Der Wind unter den Eichen brachte schon die Kühle des Herbstes mit sich. Amelanchier saß in ihrem verblichenen Sommerkleid still da und starrte auf die Berge hinüber. Nach einer Weile redete sie weiter.

»Nein, die Einstellung ist die gleiche geblieben. Als meine Kinder klein waren, sind wir manchmal in die Stadt gegangen, und ich habe ihnen im Grillrestaurant eine Limonade kaufen können, aber sie mußten draußen bleiben, um sie zu trinken.« Sie richtete einen gelassenen Blick auf Elizabeths gerötetes Gesicht. »Warum, glaubst du, bin ich eine Wurzelheilerin geworden?«

Elizabeth schluckte die einfachen Antworten hinunter, die sich um Amelanchier als indianische Legende und eine vage Vorstellung von ihr als rustikale Version einer Gartenclub-Lady gebildet hatten. »Sagen Sie es mir.«

»Die Cullowhees hatten immer einen Wurzelheiler, weil kein städtischer Arzt unsere Leute behandeln wollte. Das Wissen ging von meinem Großvater an mich über, weil ich das siebte Kind seines siebten Kindes war. Manche Dinge können wir nicht heilen, und die Leute sterben, aber wir taten, was wir konnten, was mehr ist, als die Weißen tun würden.«

»Aber sicher ...«

Amelanchiers Lächeln war verkniffen. »Ich habe nicht Dr. Putnam damit gemeint. Er behandelt uns wie normale Leute. Aber vor seiner Zeit, da sind die Leute gestorben, nur weil sie ... nur weil sie ...«

»Ich schätze, das ist die andere Seite des Schwarzbrenner-Massakers«, warf Elizabeth schnell ein. »Kein Wunder, daß ihr hier oben alle etwas gegen die Polizei hattet.«

Die alte Frau machte eine Handbewegung, als wolle sie den Gedanken verscheuchen. »Das hatte nicht viel damit zu tun. Die Schwarzbrenner-Geschichte, das waren die Speischlangen-Harkness', Bevels Verwandtschaft. Sie sind noch schlimmer als die Schwarzschlangen-Harkness'.«

Aus ihrem Volkskundekurs wußte Elizabeth, daß sich Bergfamilien mit demselben Nachnamen oft durch eine dem Namen vorangestellte Kennzeichnung unterschieden. »Warum Schwarzschlange?« fragte sie.

Amelanchier schnaubte wütend. »Wegen Varner Hark-

den Öllampen herumplagen muß. Und ich habe mir einen Mikrowellenherd gekauft, in dem sich die Kräuter wirklich gut trocknen lassen.« Als sie Elizabeths ungläubiges Gesicht sah, fügte sie hinzu: »Ich verstecke ihn, wenn Touristen kommen. Sie hängen an der Vorstellung, daß ich mich immer noch von wildem Salat und Maisbrot ernähre.«

Elizabeth kniff die Augen zusammen. »Aber das stimmt doch! Ich meine, was ist denn mit dem Waschbären?«

»Ich mag das altbewährte Essen sehr gern, wenn ich mich gut genug fühle, es zuzubereiten, und gewöhnlich koche ich, wenn Comfrey kommt. Aber ein andermal kann es genausogut eine Dose Spaghetti und abgepackten Napfkuchen bei mir geben.« Sie schüttelte den Kopf. »Nur dürfen es die Touristen nicht erfahren. Sie mögen die Vorstellung, daß die Zeit an uns hier oben auf dem Berg vorbeigegangen ist wie die vierspurige Straße. Sie brauchen den Glauben, daß es hier immer noch zugeht wie in alten Zeiten, genauso wie sie die Wurzelmedizin brauchen. Deshalb lagere ich meine Essensvorräte im Kartoffelkeller.«

»Aber – heute abend gibt es bei Ihnen Bohnen und Bärlauchzwiebeln?«

»Ja«, sagte Amelanchier augenzwinkernd. »Und Tiefkühlpizza!«

Lieber Bill,
ich weiß, daß du es sowieso in der Campus-Zeitung liest, aber ich finde, ich sollte dir lieber Genaueres darüber berichten. Alex Lerche ist ermordet worden. Ich bin ziemlich sicher, daß er von einem hier oben getötet wurde, der will, daß die Bergwerksgesellschaft das Land der Indianer bekommt; wahrscheinlich war es derselbe, der unseren Computer zertrümmert hat. Ich möchte das im Moment nicht alles ausführen. Ich will nur, daß du erfährst, daß es mir gut geht, daß wir die Grabung fortführen, und daß ich nicht nach Hause komme.

Nicht, daß ich teuflisch darauf versessen bin, hierzubleiben und zu erfahren, wer es getan hat – was für *dich* ein Grund wäre zu bleiben –, es ist wegen Milo. Er ist furchtbar traurig über all das, und ich glaube ehrlich, daß er das Projekt, wenn wir gehen würden, alleine zu Ende führen würde, ohne sich auch nur eine Pause zum Essen oder Schlafen zu gönnen. Abgesehen davon ist er brummig wie ein Bär! Es ist mir zwar klar, daß man von Männern erwartet, daß sie ihren Kummer für sich behalten, aber es ist durchaus nicht leicht, mit dem Fallout all dieser unterdrückten Gefühle zu leben. Wenn du einen Tip hast, wie ich ihn behandeln soll, ohne daß er mir den Kopf abreißt, dann laß es mich bitte wissen. Er tut so, als sei der Tod eigens erfunden worden, um ihn zu quälen. Er hat das Leid für sich gepachtet. Ich weiß, ich klinge wütend, aber es ist ein frustrierendes Gefühl, sich um jemanden Sorgen zu machen und ihm nicht helfen zu dürfen. Milo hat beim Sezieren keine »Gefühle« gefunden, deshalb will er nicht zugeben, daß es sie gibt!

Ich gebe dennoch nicht auf. Schreib mir auf alle Fälle, wenn du meinst, du könntest mir irgendwie behilflich sein, aber komm ja nicht hierher. Ich glaube nicht, daß Milo einen Amateurdetektiv, der sich spaßeshalber mit diesem Fall beschäftigt, ertragen könnte. Wir sind in einer Woche oder so wieder zu Hause. So lange kannst du Mutter und Vater doch mit unbestimmten Auskünften beruhigen und hinhalten, nicht wahr? Danke!

Liebe Grüße,
Elizabeth

Pilot Barnes war selten mit seinem Schwager einer Meinung, egal ob es sich um Dünger handelte oder um die Strategie der Basketball-Mannschaft von Carolina. Es machte ihn kribbelig, Warren dabei zu beobachten, wie er mit gespreizten Beinen rückwärts auf einem Stuhl ritt und sich mit feierlicher Würde über jedes aufkommende Thema verbreitete. Dieser Mordfall war keine Ausnahme; Warren fühlte sich wie viele Laien zwanghaft berufen, der Polizei im nachhinein weise Ratschläge zu erteilen, als hätten ihn die Stunden, die er vor Krimiserien wie ›Dragnet‹ und ›Barnaby Jones‹ verbrachte, der Würde eines Polizeikommissars nähergebracht. Er hatte von Marcia von dem Fall gehört, als Pilot eines Abends spät nach Hause kam, und hatte am nächsten Morgen angerufen und die Sache als Glücksfall für Pilot bezeichnet – karrieremäßig. Wenn man Warren glauben wollte, dann konnte Pilot aus der Aufklärung dieses einmaligen Mordfalls, die sich Duncan Johnson nicht als Verdienst anrechnen konnte, bei der Bewerbung um das Amt des Sheriffs Kapital schlagen. Pilot war da anderer Meinung. Er sah den Fall als einmalige Möglichkeit, in Abwesenheit von Duncan Johnson Mist zu machen.

»Morgen, Pilot«, sagte Hamp McKenna und ging langsam und vorsichtig über den knarrenden Bretterboden. »Ich will ein wenig Bürokram erledigen. Wenn du weg mußt, ich bin ungefähr eine Stunde hier. Ich würde auch länger bleiben, aber ich habe ein krankes Kalb daheim.« Er warf einen kritischen Blick auf Pilot. »Besser als du sieht es aber allemal aus.«

Pilot schielte mit saurem Lächeln zu ihm hoch. »Ich werd's überleben.«

»Das Kalb auch, hoffe ich. Es ist ein reinrassiges

Charolais-Kalb – hat mich mehr gekostet als zwei Autoraten. Hast du schon etwas von Duncan gehört?«

»Nein. Er ist noch immer auf dem Boot.«

»Na, ich hoffe, er fängt mehr als wir. Oder hast du den Fall inzwischen gelöst?«

Pilot studierte die geologische Übersichtskarte des Bezirks so aufmerksam, als würden sich ihre Linien in ein Profil des Mörders verwandeln. Er seufzte. »Ich würde mal sagen, wir stellen einfach weiter Fragen.«

Hamp ging zu der Karte hinüber. »Pilot«, sagte er langsam, »vielleicht hast du etwas noch nicht bedacht. Wo hat der Mord stattgefunden?«

Pilot Barnes sah ihn mißbilligend an. »Du warst doch dabei, als wir in das Zelt sind. Du hast selbst die Fotos gemacht! Was zur Hölle willst du mit dieser Frage –«

Hamp schüttelte ungeduldig den Kopf. »Das meine ich nicht. Ich weiß doch, wie der Tatort aussah. Ich wollte fragen: Auf wessen Land hat der Mord stattgefunden?«

Angesichts dieser neuen Perspektive sank Pilot die Kinnlade mitten in der Silbe herab. »Nun – auf Kirchenland.« Aber es klang nicht so, als sei er sich seiner Sache sicher.

»Der alte Friedhof ist ein ganz schönes Stück von der Kirche entfernt«, erinnerte ihn Hamp.

»Ich habe auch keinen Zaun darum gesehen«, brummte Pilot. »Du willst also sagen –«

»Ich will es nicht behaupten. Aber es ist immerhin eine Möglichkeit. Das Gebiet der Forstverwaltung reicht in diesen Teil des Bezirks hinein, aber wir wissen nicht, wo die Grenze genau verläuft. Kannst du es auf der Karte erkennen?«

»Nicht mit absoluter Sicherheit. Aber die brauche ich auch nicht. Eine annähernde Sicherheit sollte genügen!«

Hamp entspannte sich. »Ja, das dachte ich mir auch. Du machst es also?«

Pilot setzte eine entschlossene Miene auf. »Ohne Frage. Duncan Johnson kann mich mal. Ich ziehe das FBI hinzu.«

Von der Wendung »das FBI hinzuziehen« ging eine magische Kraft aus, die auf der Stelle ihre Stimmung hob. Sie beschwor Visionen von Fernsehstars in eleganten Anzügen herauf, die in dunkelgrünen LTDs angefahren kamen und den Fall in einundfünfzig Minuten lösten. Das Gerichtsverfahren wurde als nachträgliche Erklärung noch vor dem Abspann eingeschoben. Pilot glaubte nicht, daß es im wirklichen Leben genauso zuging, aber es war dennoch beruhigend zu wissen, daß ein Anruf unter der Nummer, die auf Duncan Johnsons Schreibtisch mit »FBI« bezeichnet war, die ganze Autorität der Bundesregierung auf ihren hinterwäldlerischen Mordfall lenken würde. Diese Autorität konnten sie zu Hilfe rufen, weil Hamp McKenna an das eine Hintertürchen gedacht hatte, das ihnen die Möglichkeit gab, sie zu beanspruchen: annähernde Sicherheit, daß sich das Verbrechen auf Bundesland ereignet hatte. Pilot wählte die Nummer mit einem Gefühl freudiger Erwartung.

Es klingelte achtmal.

Pilot sah das Bild eines mutmaßlichen Täters vor sich, der das gesamte Büro des FBI mit seiner Pistole in Schach hielt. Hohlwangige Agenten und ihre schöne blonde Sekretärin starrten mutig in den Lauf einer 44er Magnum, während das Telefonklingeln unbeantwortet verhallte. Pilot fragte sich, wen man wohl anrief, um das FBI zu retten. Da ihm keine Antwort darauf einfiel, blieb er sitzen und ließ das Telefon weiter klingeln. Endlich hob jemand ab.

»Hallo?« sagte ein dünnes, piepsendes Stimmchen.

Pilot nahm den Hörer vom Ohr und schaute ihn an. »Ist dort das FBI?« fragte er unsicher.

»Ja«, versicherte ihm das dünne Stimmchen. »Einen Moment.« Er hörte, wie der Hörer auf einen Tisch gelegt wurde und die Stimme gellend schrie: »Papa! Telefon!«

Pilot schloß die Augen. Er war fassungslos. Nachdem er einige Minuten gewartet hatte, wurde der Hörer aufgenommen, und eine Erwachsenenstimme sagte: »Hallo, FBI, Garrett.«

Pilot hatte sich nicht vorher überlegt, was er sagen wollte. Stockend brachte er seinen Mordfall und die Möglichkeit, daß er sich auf Bundesland ereignet hatte, vor. Agent Garrett hörte sich die Erklärung des Hilfssheriffs von Anfang bis Ende schweigend und ohne Eile an. Schließlich sagte er: »Ich fahre mal zu Ihnen hinüber und überprüfe die Sache. Sagen Sie mir, wie ich hinkomme.«

Im Hintergrund konnte Pilot Kinderstimmen hören, die Limonade verlangten. Er konnte nicht länger an sich halten. »Ist das die FBI-Zentrale?«

Garrett lachte. »Gewissermaßen, ja. Das Bezirksbüro ist in Asheville, aber da ich für diese ländliche Gegend zuständig bin, arbeite ich von zu Hause aus. Ich fahre zweimal im Monat hin, um meinen Schreibtischkram zu erledigen. Machen Sie sich keine Sorgen wegen der Formlosigkeit, Hilfssheriff. Ich hab schon alles im Griff.«

Pilot legte den Hörer auf. Wäre da nicht der unzweifelhaft tote Mann gewesen, hätte er seinen Kopf darauf verwettet, daß Duncan Johnson dies alles vor seiner Abreise inszeniert hatte, um ihn zu ärgern.

Ron Garrett verzog nachdenklich das Gesicht, als er auf Pilot Barnes' Bezirkskarte schaute. Er glitt mit dem Finger eine Grenzlinie entlang und hielt dann inne, mit dem Finger über einer kleineren Karte schwebend, die er mitgebracht hatte, aber er konnte offenbar die entsprechenden Linien nicht finden.

»Was meinen Sie?« fragte der Hilfssheriff gespannt. »Ist es Bundesland?«

Garrett zuckte mit den Achseln. »Ich kann es nicht entscheiden. Ich würde lieber mein Büro die endgültige Entscheidung treffen lassen, und selbst dann müßte man das Land vielleicht vermessen. Ich nehme an, wir könnten alte Verwaltungsakten zu Rat ziehen. Aber machen Sie sich mal deshalb keine Sorgen. Sie haben mich gebeten, mir die Sache anzuschauen; ich kann also zumindest den Tatort in Augenschein nehmen. Wollen Sie mir den Weg zeigen?«

»Ich kann Sie im Streifenwagen hinbringen«, bot Pilot an.

»Nein. Sie fahren mit mir. Ich habe meine Ausrüstung im Kofferraum. Man kann nie wissen, was wir davon brauchen können.« Er wandte sich an Hamp McKenna. »Sie können auch mitfahren. Achten Sie nur darauf, wo Sie sich auf dem Rücksitz hinsetzen.«

Hamp kniff die Augen zusammen. »Warum? Liegt dort Beweismaterial?«

»Nein, ein Modellflugzeug. Gehört meinem Kind.«

»Sie wollen die Sache also in jedem Fall untersuchen?« fragte Pilot.

»Klar. Warum nicht? Vielleicht kann ich Ihnen helfen, Ihre Verdächtigen abzuchecken. Sie haben gesagt, sie sind nicht von hier, nicht wahr?«

»Die meisten von ihnen.«

»Kein Problem. Wir lassen ihre Namen durch den Computer laufen und sehen, was dabei herauskommt. Auch ihre Fingerabdrücke, wenn Sie wollen.«

Pilot nickte dankbar. Er entschied, daß Agent Garrett wie ein richtiger FBI-Mann aussah – hochgewachsen, schlank, gepflegt und praktisch, aber modisch gekleidet ... Er war davon überzeugt, daß das Auto ebenfalls eine angemessen dunkle und teure Limousine sein würde. Sobald sich der Hilfssheriff von dem Schock des Telefongesprächs erholt hatte, hatte er ohne allzu große Probleme diese ländliche Version des FBI akzeptiert. Auf dem Land war alles nicht ganz so, wie es den üblichen Klischees entsprach. Die Postboten hatten keine blauen Uniformen an und fuhren keine weißen Postbusse, die Feuerwehrmänner fuhren mit ihren eigenen Autos zur Brandstelle, und die FBI-Zentrale war ein Ziegelhaus mit einem

Wagenunterstand. Das bewies nur, was Pilot schon immer gewußt hatte: Er lebte nicht in dem Amerika, das man im Fernsehen sah. Er setzte seinen Hut auf und folgte dem Beamten nach draußen.

Milo betrat das Motelzimmer wie einer, der eine heilige Stätte betritt. Alex' Kaffeetasse stand noch auf dem Schreibtisch neben dem Computer, und seine rasch hingekritzelten Notizen waren über das Bett verstreut. Es sah ungeordnet aus, war es aber nicht. Alex hätte von jedem Blatt gewußt, wo es lag. Mechanisch begann Milo, die Blätter zu einem Stapel zu schichten. Er ging davon aus, daß sie, zuständigkeitshalber, jetzt ihm gehörten. Tessa würde Alex' fachliche Aufzeichnungen nicht haben wollen. In diesem Augenblick bündelte sie wahrscheinlich seine Kleider und Bücher und packte die Erinnerung an Alex in kleine Kartons für irgendeine Wohlfahrtsorganisation.

»Du bist tot, Alex«, sagte er, als sei jemand da, dem man das sagen müßte.

Es war für Milo das erste Mal, daß er den Tod als persönlichen Verlust empfand; bisher hatte er immer sehr ichbezogen auf die Nachricht von einem Todesfall im Freundeskreis seiner Eltern reagiert, gekränkt, daß sich die Welt seiner Kindheit unwiederbringlich veränderte. Fern von zu Hause, an der Universität, mit seinem eigenen Leben beschäftigt, erwartete er unbewußt, daß sich in seiner Heimatstadt, bei den Leuten, die er als Kind gekannt hatte, nichts veränderte. Der Tod der Cousine seiner Mutter hatte ihn nicht deshalb verärgert, weil er sie vermissen würde – er hatte die nette Dame auf ihrer Farm nicht mehr gesehen, seit er zehn war –, sondern weil dieser Tod seine Kindheit noch weiter zurückversetzte, in eine für immer verlorene Vergangenheit. Einer nach dem anderen würden seine Lehrer und die Freunde seiner Eltern sterben, bis er eines Tages heimkommen und die kleine Stadt bevölkert von Fremden und nicht wiedererkennbar vorfinden würde. Das Gefühl der Vereinsamung, das ihm diese Erkenntnis eingebracht hatte, fiel ihm wieder ein; jetzt war es wieder da. Alex hatte eine Tür zu Milos Universitätsleben geschlossen, es war ein für allemal Vergangenheit, unwiderruflich. Die Gegenwart schien ihm eingeschränkter denn je zu sein.

Was würde er jetzt tun? An der Universität würde man eine Sitzung abhalten, die in gedämpfter Stimmung verlaufen würde. Man würde vorübergehende Maßnahmen ergreifen, um Alex' Herbstvorlesungen zu bestreiten, und der Dekan würde behaupten, daß »er sich die Angelegenheit durch den Kopf gehen lassen werde«. Milo hoffte, daß das nicht bedeutete, daß er an einer anderen Universität von vorne anfangen mußte. Er verbannte den unwürdigen Gedanken aus seinem Kopf und wunderte sich darüber, daß selbst echte Trauer nicht frei von eigensüchtigen Gefühlen war. Mit einem Seufzer setzte er sich an den Schreibtisch und schaltete den Computer an, um Alex' Projekt zu beenden. Das war auch eine Form von Trauer.

Auf dem Bildschirm erschien eine helleuchtende leere Fläche. Milo öffnete das Notizbuch, in das Elizabeth in ihrer steilen Handschrift die Zahlenreihe eingetragen hatte. Sie wollte, daß Milo sich ihr anvertraute. Das war ihrem Verhalten zu entnehmen; aber er wollte seinen Kummer nicht in den Dienst einer Romanze stellen. Was erwartete sie wohl von ihm im Namen der Intimität? Tränen? Eine wilde Entschlossenheit, den Mörder aufzuspüren? Würde Alex das wollen, wenn es jemand wäre, dem er nahestand? Würde er wollen, daß man seinen Tod rächte? In Gedanken versunken, gab Milo ein: »Sollen wir den Mörder fangen?«

Die Worte erschienen in leuchtenden Buchstaben auf dem Bildschirm. Der Rechner arbeitete und antwortete blitzschnell: »Ungültiger Befehl. Bitte versuchen Sie es noch einmal oder geben Sie HILFE ein.«

Ron Garrett zog angesichts des frischgeschrubbten Zelttisches, der von dem eingedrungenen Blut noch gemasert war, die Stirn in Falten. »Mit einem Tomahawk, sagen Sie? Ich möchte wissen, was das bedeutet?«

»Auf jeden Fall schon mal keine Fingerabdrücke auf dem Rindengriff«, sagte Pilot Barnes.

Garrett nickte. »Richtig. Das könnte auf überlegtes Handeln hindeuten. Ein Tomahawk ... Haben Sie nicht gesagt, daß in der Gegend Indianer leben?«

»Cullowhees«, erwiderte der Hilfssheriff. »Manche Leute sind nicht der Ansicht, daß das dasselbe ist.«

»Jedenfalls verwenden sie keine Tomahawks«, gab Hamp zu bedenken. »Sie verwenden überhaupt nicht viel von dem typischen Indianerkram.«

»Es war kein alter Tomahawk. Es war einer von denen, wie man sie bei den Cherokees bekommt, *Made in Taiwan,* mit Plastikschnüren und gefärbten Hühnerfedern. Aber der Stein war echt. Er hat einen ganz schönen Runken aus seinem Hinterkopf geschnitten.«

»Haben Sie den Besitzer schon herausfinden können?« fragte Garrett, ohne auf die farbige Schilderung des Hilfssheriffs einzugehen.

»Nein.«

»Ich schätze, diese Aufgabe können zwei Mann auch nicht bewältigen. Bestimmt sind es ein paar tausend Touristen, die tagtäglich durch das Gebiet der Cherokee-Indianer fahren, und jeder Laden an der Straße verkauft sie. Meine Kinder haben auch einen. Aber Sie könnten ihn mir auf alle Fälle ins Labor mitgeben. Vielleicht finden die dort etwas. Allerdings ist die Chance nicht groß. Ich würde sagen, der sicherste Tip ist, nach dem *cui bono* zu forschen.«

»Dem Motiv, meinen Sie«, sagte Pilot und versuchte, es nicht wie eine Vermutung klingen zu lassen.

»Klar. Hat es einen bestimmten Grund gegeben, diesen Menschen zu beseitigen?«

»Was das Motiv betrifft, da haben wir mehr, als wir

brauchen können. Der Mann hat an einem Projekt gearbeitet, um den Cullowhees zu diesem Land zu verhelfen und gewisse Leute daran zu hindern, aus dem Verkauf an eine Bergwerksgesellschaft einen Mordsgewinn zu schlagen.«

Der Mann vom FBI lächelte. »Den Mord haben sie schon mal vorweggenommen.«

»Ha? Oh, ich verstehe. Dazu kommt, daß der Kerl ein Verhältnis mit seiner Assistentin gehabt zu haben scheint.«

»Und wer ist das?«

»Ihr Name ist Mary Clare Gitlin. Sie war zur Tatzeit anwesend.«

»Hier, meinen Sie?«

Pilot zuckte mit den Achseln. »Behauptet, sie sei im Wald spazierengegangen. Die Ehefrau war auch da. Und der Verstorbene erschwert das Ganze noch dadurch, daß er sich mit einem der Studenten wegen irgendwelcher Knochen in einem Museum herumgestritten hat.«

»Vergiß die Cullowhees nicht«, erinnerte ihn Hamp.

»Die Indianer? Ich dachte, er wollte ihnen helfen. Warum sollten sie ihn umbringen?«

»Weil sie Cullowhees sind«, sagte Pilot und brachte ein mühsames Lächeln zustande. »Sie sind nicht von hier, was?«

Garrett seufzte. »Das sagen alle. Nein, ich bin nicht von hier. Es gehört zu den Gepflogenheiten des FBI, keinem seine Heimatregion zu übertragen.«

»Zu schade. Manchmal hilft es, wenn man den Hintergrund kennt«, sagte Pilot. »Nehmen Sie zum Beispiel die Cullowhees. Diese Leute sind so schlecht, daß sie mit Schlangengift aufgezogen worden sein müssen. Es gibt im ganzen Tal keinen Mann, der nicht schon zwei- oder dreimal bei uns im Gefängnis war. Im Sommer ist es am schlimmsten. Sie saufen sich derart voll, daß sie ihre eigene Mutter erstechen würden.«

»Erzähl ihm von der Prozession damals«, gab Hamp das Stichwort.

»Das ist schon ein paar Jahre her, aber ich glaube nicht, daß die Leute es je vergessen werden. Ein paar von den Brüdern haben sich beim Pokern die Hucke vollgesoffen und einen Kerl umgebracht, der sie angeblich betrogen hat. Es war obendrein ein Weißer. Gott weiß, wie er überhaupt in das Spiel geraten ist.«

»Wahrscheinlich wollten sie ihm sein Geld abnehmen«, sagte Hamp.

»Ja. Sie stießen ihm ihre Messer in den Bauch und spielten weiter, während er verblutete. Und dann banden sie ihn mit Ketten hinten an einen Lastwagen und schleiften ihn die Straße nach Laurel Cove hinunter.«

»Und die Hauptstraße entlang«, sagte Hamp. »Und ungefähr zehn von ihnen saßen hinten auf dem Lastwagen und winkten, als nähmen sie an der Osterprozession teil.«

»Nach dem, was ich gehört habe, waren es vier«, sagte Pilot finster.

»Wie dem auch sei«, sagte Garrett schnell. »Ich nehme an, die Leute befinden sich nach dieser Geschichte nicht mehr auf freiem Fuß.«

Hamp lachte. »Da täuschen Sie sich aber. Sie haben den Fahrer des Lastwagens aufgrund seiner Autonummer gefaßt, aber er hat behauptet, daß er sich nicht erinnern könne, wer die anderen waren. Es wurde nie jemand des Mordes angeklagt.«

Der FBI-Beamte schüttelte den Kopf. »Okay«, sagte er schließlich. »Wer, glauben Sie, war es?«

Pilot zögerte. »Hm ... wenn ich mir überlege, daß es im Sarvice Valley passiert ist, dann würde ich spontan sagen, die Cullowhees, aber dafür ist das Ganze ein bißchen zu glatt.«

Hamp nickte. »Die bringen jemanden eigentlich eher bei einer Rauferei um und schleichen sich nicht heimlich von hinten an wie hier. Und sie würden ihn wahrscheinlich auch schlimmer zurichten.«

»Was für Leute, haben Sie gesagt, sind das?«

Sie zuckten die Achseln. »Das weiß keiner«, sagte Pilot. »Man sagt, sie haben Portugiesen- oder Afrikaner- oder Inkablut. Letztens habe ich gehört, daß sie Nachkommen der Verlorenen Kolonie sind.«

»Keiner weiß, mit wem *sie* verwandt sind«, sagte Hamp. »Aber der Teufel selbst ist mit *ihnen* verwandt.«

Milo schob die Ersatzdiskette in den Computer und schickte sich an, die Daten der Cullowhees der bereits vorhandenen Datei von Indianerdaten hinzuzufügen. Da in der gegenwärtigen Stichprobe nur fünfundzwanzig Schädel waren, beschloß er jede einzelne Messung sowie das Endergebnis einzugeben. Das könnte später zum Vergleich von Nutzen sein. Elizabeth hatte es ihm leicht gemacht, indem sie jede Meßreihe gekennzeichnet hatte und diese dann anhand des Geräts, das sie zur Messung benutzt hatte, zu Gruppen zusammengefaßt hatte.

Er wollte alle seine Zahlen eingeben und dann die Standardabweichung und die Spannweite der Streuungen in Millimetern errechnen. Wenn er sämtliche Daten auf der Diskette hatte, wollte er den Universitätscomputer abrufen, um seine Daten mit den vorhandenen Daten der Diskriminantentabelle zu vergleichen. Etwa eine Stunde Arbeit, entschied Milo. Vielleicht mehr, wenn er ganz besonders sorgfältig auf seine Zahlen und Dezimalpunkte achtete. Er konnte sich die Zeit dafür nehmen, da sich die Totenschädel, als Beweisstücke gekennzeichnet, im Büro des Sheriffs befanden. Er hoffte, daß er sie am nächsten Tag zurückbekam. Wenn nicht, würden er und Elizabeth anfangen, andere Knochen zu vermessen, die vielleicht bei der Identifikation helfen könnten: Oberarm- und Oberschenkelknochen. Wenn sie den Verdacht hatten, daß eines der Skelette vom Neffen des Sheriffs oder einem anderen Nicht-Cullowhee stammte, konnten sie es einem Fluortest unterziehen lassen. Es hatte keinen Sinn, darüber nachzudenken, bevor er die Schädel zurückbekam.

Milo lehnte sich bequem in seinen Stuhl zurück und tippte die Zahlen mit beiden Zeigefingern ein. Da dieser Vorgang ein Minimum an Denken erforderte, erlaubte er es sich, die Ereignisse der letzten Tage zu ordnen und dabei nach irgendeinem Detail zu suchen, das er übersehen haben könnte. Was sollte er von Victor halten? Milo hatte ihn als schwammigen Dummkopf, der als Intellektueller dastehen wollte, abgeschrieben, aber dieser Auftritt mit Alex hatte ihn völlig in Rage gebracht. Natürlich liebte er es nicht, gedemütigt zu werden; er erzählte Lügengeschichten, um sich wichtig zu machen. Aber wegen einer so unbedeutenden Kränkung wurde doch niemand zum Mörder. Doch, das gibt es, dachte er, hoffte aber, daß das hier nicht der Fall gewesen war. Es würde ihm das Herz brechen, Alex wegen einer so banalen Sache verloren zu haben.

Nach fast zwei Stunden ununterbrochener Arbeit hatte Milo die Indianerdatei auf den neuesten Stand gebracht. Er dachte an den Einbruch und legte eine leere Diskette ein, um eine Sicherungskopie zu machen, die er mit zur Ausgrabung nehmen wollte. Wenn er es verhindern konnte, würde das Projekt keiner mehr gefährden. Als er die Kopie verstaut hatte, schaute Milo auf die Uhr und beschloß, daß er seine Listen noch mit den Universitätsdaten vergleichen konnte. Sie erwarteten ihn oben nicht vor dem Abendessen; vielleicht nicht einmal dann. Er hatte in den letzten Tagen nicht viel gegessen.

Milo legte den Telefonhörer in den Akustikkoppler aus Plastik und rief das Campus-System auf. »Eingabeaufforderung«, erschien in leuchtend grünen Buchstaben auf dem Bildschirm.

»Archäologische Datei #307 – Lerche«, tippte Milo.

»Geben Sie das Benutzerkennzeichen ein.«

Milo hackte auf die Tastatur »D-i-g-g-e-r«. Das Wort erschien in richtiger Schreibweise auf dem Bildschirm.

Der Rechner machte eine Pause, als verdaute er diesen Leckerbissen. Einen Augenblick später erwiderte er: »Geben Sie das Paßwort ein.«

»Carter«, sagte Milo laut und setzte es in die Tat um. Sie hatten sich das Paßwort zusammen überlegt. »Digger« als Symbol für die Archäologie und dann »Carter« in Gedenken an den Mann, der das Grab von Tut-ench-Amun entdeckt hatte. Das Paßwort erschien nicht auf dem Bildschirm; das war eine Standard-Vorsichtsmaßregel.

Einen Augenblick lang blieb der Bildschirm leer, vermutlich während der Universitätscomputer Howard Carter in Erwägung zog. Dann spuckte er aus: »Zugriff verwehrt. Paßwort ungültig.«

»Verdammt, ich habe mich vertippt«, murmelte Milo und tippte »Carter« übertrieben sorgfältig und langsam ein.

Dieses Mal war der Computer seiner Sache ganz sicher. Er antwortete blitzschnell: »Zugriff verwehrt. Paßwort ungültig.«

Milo begann sich zu fragen, ob der alte Pharaonenfluch immer noch wirksam war. Warum zum Teufel wurde er abgewimmelt? Er tippte »Howard Carter« ein, nur um sicher zu gehen. Der Rechner kannte keinen Howard Carter. »Zugriff verwehrt. Paßwort ungültig.«

Milo riß den Telefonhörer aus dem Akustikkoppler und rief die Universität an. Die Vorwahlnummern der Universität waren alle gleich, und er hatte oft genug mit dem Computerterminal telefoniert, um die vierstellige Durchwahl im Kopf zu haben. Er nahm an, daß das System nicht in Betrieb war, aber er hatte vor, jemanden zur Rechenschaft zu ziehen.

»Computer-Center«, sagte eine gelangweilte Stimme in einem lärmerfüllten Raum.

»Ja. Hier ist Milo Gordon, Dr. Lerches Assistent. Kann ich mit Jamie sprechen.«

»Jamie ist heute früher nach Hause gegangen. Er hat letzte Nacht durchgearbeitet, um die Fehler in einem Programm auszumerzen. Kann ich Ihnen helfen?«

»Ist der Computer nicht in Betrieb?«

»Doch. Er ist vollkommen in Ordnung. Was gibt's denn?«

»Ich muß ein paar Daten vom Großrechner abrufen, und euer verdammtes Mistding sagt mir immerzu: Zugriff verwehrt.«

»Das ist komisch«, überlegte die Stimme. »Sagt er, warum?«

»Er sagt, das Paßwort ist ungültig, aber ich habe dasselbe verwendet, das wir immer hatten.«

Es entstand eine kurze Pause. »Bleiben Sie eine Sekunde am Apparat.« Milo hörte, wie der Hörer neben das Telefon gelegt wurde. Müßig fragte er sich, ob irgendein Hacker in der Computerabteilung den Computer darauf getrimmt hatte, daß er *alle* Paßwörter ablehnte. Ob das wohl jemand fertigbrachte?

»Hallo, Milo. Sind Sie sicher, daß Sie das richtige Paßwort verwenden?«

»Selbstverständlich«, schnauzte Milo. »Ich habe es schon hundertmal verwendet. Und heute habe ich es mehr als einmal probiert; versuchen Sie also nicht, mir zu sagen, daß ich einen Tippfehler gemacht habe.«

»Nein, daran habe ich nicht gedacht. Sagen Sie, wann haben Sie dieses Paßwort das letzte Mal benutzt?«

»Hm, ich habe nicht mehr versucht, das Universitätssystem aufzurufen, seit dem Tag, als Alex zur Universität gefahren ist –« Eine furchtbare Möglichkeit kam ihm plötzlich in den Sinn. »War Alex vor kurzem bei euch?«

»Ja. Anfang der Woche. Er hat mit Jamie darüber gesprochen, daß ihr da oben Ärger hattet, weil euer Computer demoliert wurde. Das tut mir leid. Habt ihr die Sache wieder in Ordnung bringen können?«

»Mhm. Hören Sie zu, hat Alex das Paßwort geändert?«

»Keine Ahnung. Kann sein. Können Sie ihn nicht selbst fragen?«

Milo wollte sich diesem Typ am Telefon, an dessen Namen er sich nicht erinnern konnte, nicht anvertrauen. »Nein. Ich bin hier allein. Können Sie mir das neue Paßwort geben?« Er hätte sich denken können, daß Alex das Paßwort geändert hatte. Es war die logischste Sache der Welt nach dem Einbruch.

»Pech, tut mir leid, Milo. Ich habe darauf keinen Zugriff.« Die Stimme war höflich neutral, nichts ahnend von dem, was mit Alex passiert war. »Aber wenn Sie morgen wieder anrufen wollen, dann kann Jamie Ihnen weiterhelfen.«

»Ja, klar. Vielleicht probiere ich bis dahin ein bißchen herum.«

»Viel Glück.«

Milo legte auf, dem Drang widerstehend, den Hörer auf die Gabel zu knallen. Schon wieder ein Hindernis. Was für ein Paßwort könnte Alex gewählt haben? Er rief das System erneut auf.

»Eingabeaufforderung.«

»Archäologische Datei #307 – Lerche.«

»Geben Sie das Benutzerkennzeichen ein.«

»Digger.«

»Geben Sie das Paßwort ein.«

Es war nicht Howard Carter. Vielleicht ein anderer Archäologe. »Schliemann«, tippte Milo.

»Zugriff verwehrt. Paßwort ungültig.«

Er wiederholte den Vorgang mit Sir Arthur Evans, mehreren Abwandlungen von Teilhard de Chardin und schließlich, in äußerster Verzweiflung, mit Indiana Jones, aber der Computer wollte keines dieser Paßwörter. Der Zugriff wurde höflich, aber entschieden verwehrt.

Milo gab auf. Er konnte das immer noch morgen erledigen. Im schlimmsten Falle war das eine kleine Unannehmlichkeit, auf die er überreagierte, aber sein Ärger wollte sich nicht legen. Er tippte: »Du wirst mich nicht davon abhalten, dieses Projekt zu Ende zu führen, verdammt nochmal!« und schaltete den Rechner aus, bevor dieser eine weitere kalte und seelenlose Antwort aufleuchten lassen konnte.

12

Es versprach wieder ein sehr heißer Tag zu werden. Der Himmel war um acht Uhr bereits metallisch blau, und kein Lüftchen regte sich. Der ausgedörrte Lehm in der Lichtung war totes Land, wie eine Narbe, umgeben von lebendigem Wald. Elizabeth und Jake saßen auf einem umgestürzten Baumstamm am Rande der Lichtung, alles andere als begeistert über die Arbeit, die vor ihnen lag.

»Das wird hier heute wie im Backofen«, sagte Elizabeth und warf einen Kieselstein an ihrem beturnschuhten Fuß vorbei. »Können wir nicht wieder zusammenpacken?«

»He«, protestierte Jake. «Heute ist mein erster Tag als Grabungsleiter, und schon meutert meine halbe Mannschaft.«

»Sag lieber ›die ganze‹«, sagte Victor und ließ sich neben ihn plumpsen. »Ich habe die Wasserkanne gerade gefüllt, aber glaub nicht, daß das Wasser länger als bis neun Uhr reicht.«

»Es wird vermutlich in der Hitze verdunsten«, sagte Elizabeth. »Was ist, wenn wir an Hitzschlag sterben?«

»Ach, stell dich nicht so an! Wir sind in den Bergen! Ich wette, es sind nicht einmal 32 Grad. Du spürst die Feuchtigkeit, das ist alles. Wir haben uns entschlossen, dieses Projekt zu Ende zu führen, falls ihr euch noch erinnert.«

»Aber der Sheriff hat mir meine Schädel weggenommen!« sagte Elizabeth. »Ich weiß gar nicht, was ich tun soll.«

»Ich werde dir eine andere Aufgabe geben. Mach dir keine Sorgen, es gibt genug Arbeit – vor allem, wenn die hiesigen Helfer nicht auftauchen.«

Victor tat einen kräftigen Zug aus der Kanne. »Mary Clare ist weg, Milo ist in einem netten klimatisierten Motelzimmer, und wir sitzen hier draußen fest –«

»Wie Vögel in der Wildnis«, nickte Elizabeth.

»Hört zu«, sagte Jake, und es war ihm anzuhören, daß er seine ganze Geduld aufbot. »Wenn ihr zur Kirche hinuntergehen wollt, schön. Ich jedenfalls werde hier oben bleiben und arbeiten, zumal ich glaube, daß dieser Platz bewacht werden sollte. Wenn ihr das Risiko eingehen wollt, alleine da unten zu sein, dann macht euch auf den Weg.«

»Ich bleibe«, sagte Elizabeth mit schwacher Stimme.

»Es muß wohl jemand ein Auge auf die Dinge hier oben haben«, sagte Victor widerstrebend. »Aber wenn ich einen Sonnenstich bekomme ...«

»Dann fügen wir dich einfach unserer Sammlung bei«, lächelte Jake. »Du sagtest doch, du stammst teilweise von Indianern ab, oder?«

Sie arbeiteten die nächste Stunde fast wortlos, schaufelten, maßen und markierten verschiedene Punkte der Ausgrabungsstätte. Elizabeth machte von Zeit zu Zeit eine kurze Pause, um das Sonnenöl auf Armen und Gesicht zu erneuern; sie sagte, sie habe keine Lust, im Interesse der Wissenschaft wie eine Wurzelrübe auszusehen. Kurz nach neun, als die Sonnenstrahlen schon in einem steileren Winkel auf die Lichtung fielen, hörten sie Stimmen im Wald. Elizabeth blickte fragend auf Jake, aber er gab ihr durch Zeichen zu verstehen, daß sie weiterarbeiten solle. Einen Augenblick später hörte er es nahe beim Zelt im Unterholz rascheln, und Comfrey Stecoah erschien auf der Bildfläche, ein Jagdgewehr in der Hand.

»Laßt euch nicht bei der Arbeit stören«, sagte er leise und verschwand wieder im Gebüsch.

Elizabeth fuhr in einem Tempo, das ihr wie Zeitlupe erschien, fort, Schnüre an einen Holzpfosten zu binden, während das undeutliche Stimmengeplapper lauter wurde. Auf einmal konnte sie die Wörter verstehen und erkannte einen der Sprecher. »Jake!« rief sie so laut, daß es auch Comfrey hören konnte. »Es sind die hiesigen Ausgräber! Was sind wir *froh*, daß sie kommen, nicht?«

»Ja!« rief Jake zurück. »Sie – sind – unsere – Freunde.« Er warf einen Blick über die Schulter, um zu sehen, ob die Botschaft angekommen war.

Fünf Ausgräber von der örtlichen archäologischen Gruppe tauchten einer nach dem anderen in der Lichtung auf. Jake und Elizabeth begrüßten sie überschwenglich und warfen dabei ängstliche Blicke ins Unterholz. Victor schraubte die Wasserkanne auf und spähte stirnrunzelnd hinein.

Als die Ausgräber an ihre übliche Arbeit gegangen waren, entschuldigte sich Jake und steuerte auf das Gebüsch zu. »Was tun Sie hier?« zischte er.

Comfrey Stecoah tauchte hinter einem Baum zu seiner Rechten auf. »Ich bin hier«, sagte er.

»Ja – und haben ein Gewehr bei sich. Warum?«

»Nun, ich passe nur auf euch auf, Kleiner Biber«, sagte Comfrey mit unbefangenem Lächeln.

Jake war wütend. »Hören Sie zu, Mr. Stecoah, dieses Gewehr könnte mehr Probleme schaffen als lösen. Ich glaube, daß wir hier oben am hellichten Tage sicher sind.«

»Glauben Sie, hm?« Comfrey ließ seinen Finger grübelnd am Unterkiefer entlang fahren. »Wenn ich mich nicht irre, habe ich mich mit einem geladenen Gewehr an euch alle herangeschlichen. Wenn ich böse Absichten gehabt hätte, hätte ich euch sämtlich ins Himmelreich befördern können, und keiner hätte erfahren, wer es war.«

Jake mußte zugeben, daß daran etwas Wahres war. Der Mörder trieb sich vermutlich immer noch frei im Wald herum. Was konnte es schaden, einen freiwilligen Bewacher zu haben? Der Sheriff hatte jedenfalls keinen angeboten. »Einverstanden«, sagte er. »Ich glaube, es ist ganz in Ordnung, wenn Sie hier herumstreichen.« Er musterte das Gewehr nervös. »Aber fuchteln Sie bitte nicht mit dem Ding herum. Sonst fühlen wir uns wie in einer Strafkolonie.«

Comfrey nickte. »Ich will euch keine Angst einjagen,

aber jemand muß für das Recht meines Volkes auf dieses Land kämpfen. Es gibt da irgend jemand, der will, daß wir das Land verlieren, und der wird sich nicht damit zufriedengeben, daß er einen von euch umgebracht hat. Nicht für das Geld, das dieses Land wert ist.«

»Hm ... warum setzen Sie sich nicht zu uns?«

»Ich will keine Zielscheibe abgeben, Junge«, sagte Comfrey mitleidig. »Ich bin euer Bewacher.« Sein Gesichtsausdruck wurde ernst. »Ich wollte euch sagen, wie leid es mir tut, daß der Doktor umgebracht wurde. Er war ein guter Mensch, und er hat versucht, uns zu helfen.«

»Ja«, sagte Jake leise. »Er war in Ordnung.«

»Ich glaube nicht, daß er wollte, daß euch etwas zustößt, deshalb macht ihr da draußen nur weiter, und ich passe auf, daß euch nichts passiert.«

Jake kniff die Augen zusammen. »Okay. Seien Sie nur vorsichtig mit diesem Ding!«

Comfrey lächelte. »Ich habe noch nie etwas aus Versehen getötet.«

Victor schaufelte vor sich hin und achtete sorgfältig darauf, daß er sein nach oben gekehrtes Hinterteil nicht dem »geladenen Busch« aussetzte. Der Schweiß lief ihm nur so herunter. Wieviel Zeit war wohl seit seinem letzten Gang zur Wasserkanne vergangen? Das letzte Mal hatte er einige vielsagende Blicke aus den Gräben auf sich gezogen, und er war sicher, daß er eine sarkastische Bemerkung zu hören bekam, wenn er sich der Wasserkanne noch einmal näherte. Natürlich hatte kein Mensch Verständnis für seinen labilen Stoffwechsel oder seine empfindliche Haut. Eigentlich sollte er sich überhaupt nicht in der prallen Sonne aufhalten, sagte er sich. Victor war seit langem davon überzeugt, daß Unwohlsein eine regelrechte Krankheit sei. Unglücklicherweise pflichteten die meisten Leute dieser Theorie nicht bei. Um ihretwillen schrieb er deshalb seine Unpäßlichkeiten gewöhnlich akzeptableren Leiden zu, wie zum Beispiel Migräne. Es war annähernd heiß genug, um eine zu rechtfertigen, aber Victor war entschlossen durchzuhalten. Er sah sich jetzt als stellvertretender Grabungsleiter, und das Gefühl, daß er immer unentbehrlicher wurde, entschädigte ihn für die Strapazen der Arbeit. Vielleicht würde er nach dem nächsten Vorfall (er schwelgte in der Vorstellung, daß man Jake festnahm und in Fußeisen abführte) selbst Grabungsleiter werden.

Victor begann, sich einen Brief an seine Eltern auszudenken, in dem er sie über diese Beförderung informierte. Er betrachtete sich als die intellektuelle Hoffnung seiner hoffnungslos spießbürgerlichen Familie. Das Gefühlsleben seiner Mutter drehte sich um die Darsteller der Ein-Uhr-Seifenoper, und die Vorstellungskraft seines Vaters beschränkte sich auf die Überzeugung, daß seine Baseballmannschaft, die *Reds*, eines Tages die Meisterschaft gewinnen würden. Victor sah es als seine Pflicht an, sie mit exzentrischen Ansichten zu schockieren, egal ob er selbst daran glaubte oder nicht. Am Ende der siebten Klasse hatten seine Eltern beschlossen, daß er ein Genie sei. Sie warteten jetzt ein wenig nervös ab, was er wohl aus sich machte. Es war ganz typisch für Victor, daß er an der archäologischen Grabung teilnahm, statt nach Hause zu fahren und sich um einen Job zu kümmern, mit dem er seine Studiengebühren finanzieren konnte. Er hatte sein Vorhaben mit den Worten angekündigt, er wolle den Sommer unter Grabräubern verbringen. Victor lächelte, als er an die Reaktion seiner Eltern auf die Nachricht von seiner Beförderung dachte: Er bezweifelte, daß sie wußten, wovon er sprach.

»Wir haben kein Wasser mehr!« rief einer von der Tagmannschaft.

»Dann hol welches«, kam es zurück.

»Ich habe überhaupt noch keines gehabt!« protestierte der Ausgräber und drehte die leere Kanne um. »Ich würde wahrscheinlich auf dem Weg zusammenbrechen.«

»Ich gehe«, hörte sich Victor sagen. Sein Tagtraum, in dem er Grabungsleiter geworden war, hatte ihn in gute Laune versetzt, und außerdem konnte er, wenn er zurück zur Kirche ging, soviel Wasser trinken, wie er wollte, bevor er die Kanne wieder füllte. Der Spaziergang im Wald würde überdies kühler sein als die Grabungsarbeiten in der heißen Sonne in der Lichtung. »Geh du wieder an deine Arbeit, ich bringe dann das Wasser. Kein Problem.« Er brachte es fertig zu klingen, als opfere er sich ritterlich für das Wohlergehen seiner Truppe.

Die Truppe höhnte. »Das meiste hast sowieso du getrunken!«

Er verließ langsam schlendernd die Lichtung unter den schrillen Pfiffen und Aufforderungen, sich zu beeilen.

Im Wald war es etwas kühler, aber das war auch schon das Äußerste, was Victor der Natur an ästhetischem Reiz abgewinnen konnte. Für ihn sah alles Grüne wie Giftsumach aus, und alles Blühende war allergieverdächtig. Eine schlichte Waldwanderung nahm für Victor die Dimensionen einer Minenfelddurchquerung an. Victor klopfte seine Taschen ab. Vielleicht sollte er sein Antiallergikum einnehmen, wenn er zur Kirche kam. Wo war es? Er mußte es zusammen mit seinen grünen Pillen, der Sonnencreme, der Asthmamedizin und den anderen Gegengiften gegen seine unmittelbare Umgebung in seinem Toilettenbeutel gelassen haben. Er nieste und blickte mißtrauisch auf eine kleine gelbe Blume, die am Wegrand blühte. Er ging auf sie zu mit der Absicht, sie zu zertrampeln, aber dann fielen ihm die Pollen ein, die dabei in die Luft fliegen würden, und er wandte sich ab.

Jemand beobachtete ihn.

»Hallo«, begrüßte Victor den vage menschlichen Umriß, der im Gebüsch verborgen war, stammelnd. »Wollen Sie auch zur Kirche? Ich gehe zurück, um Wasser zu holen.« Er hielt die Wasserkanne hoch. »Sie ist leer. Ach, Sie haben auch eine«, sagte er, als er seinen Weggefährten deutlicher erkennen konnte. »Oh? Es ist kein Wasser?

Was ist da drin? Doch kein Alkohol, hoffe ich. Oh. Apfelwein. Ich habe gehört, daß Apfelwein gut gegen Allergien ist. O nein, wirklich nicht. Es ist sehr nett von Ihnen, mir welchen anzubieten, aber... gut, wenn Sie wollen. Vielleicht probiere ich einen Schluck. Da oben in der Lichtung ist der reinste Backofen.«

Er nahm den Krug aus Steingut, hakte den Daumen in den runden Henkel und hielt ihn hoch, um so daraus zu trinken, wie es seiner Meinung nach zünftige Bergsteigerart war. Aus dem entkorkten Krug rann ein großer Schluck Apfelwein Victors Kehle hinab, gleichzeitig spürte er etwas Gefiedertes, aber nicht rechtzeitig genug, um es auszuspucken. Er wollte seinen Mund öffnen, um zu fragen, was es war, da spürte er schon, wie seine Kehle von innen gestochen und das Gewebe um die schmerzende Stelle herum kalt und gefühllos wurde.

»Das war eine Biene«, krächzte er. »Ich bin allergisch.« Er öffnete die Augen und fand sich allein auf dem Pfad. Die Bäume um ihn fingen an, langsam zu schwanken, als wollten sie sich ebenfalls entfernen.

Victors Herz pochte gegen seine Rippen. Kalter Schweiß brach ihm aus. »... Ich brauche eine Injektion«, murmelte er vor sich hin. »Bienenserum...« War das der Weg zur Kirche? Er konnte es nicht sagen, weil sich der Pfad rasend schnell im Kreis drehte. Nichts war klar außer dem stechenden kleinen Schmerz in seiner Kehle. Er konzentrierte sich eine Weile ganz auf ihn.

Eine neue Empfindung, die scheinbar von weit weg zu kommen schien, drang in sein Bewußtsein ein. Er konnte nicht schlucken. Victor rang nach Atem und zog dabei am Kragen seines T-Shirts. Verschwommen wurde ihm bewußt, daß der Bienenstich in seiner Kehle das Gewebe anschwellen ließ und die Luftröhre verschloß. Es fühlte sich ein wenig wie ein Asthmaanfall an. Man mühte sich ab und mühte sich ab, aber in der Lunge kam nichts an. Victor sann auf eine Möglichkeit zu atmen, ohne die Kehle zu benutzen. Er dachte immer noch über dieses physiologische Rätsel nach, als der herumwirbelnde Pfad vor seinen Augen verschwamm und er mit dem Gesicht nach unten in die Kräuter fiel, an die er sich, einen Halt suchend, klammerte. Er schloß die Augen, bis die Dunkelheit seinen Kopf füllte, dann lag er ganz still.

»Wo ist Victor?« fragte Elizabeth und blickte dabei um sich. »Er läßt sich ganz schön Zeit mit dem Wasser.«

»Er wird zur Lunchzeit angeschlendert kommen und uns erzählen, daß er Kopfweh hatte«, grollte Jake. »Ich hätte wissen können, daß man ihn nicht zum Wasserholen schicken darf.«

»Ich frage mich, welcher Teufel ihn ritt, als er sich ausgerechnet für das Archäologiestudium entschieden hat.«

»Es klingt weitaus romantischer, als es ist«, sagte Jake. »Er stellt sich vermutlich vor, daß er durch einen gepflegten Dschungel streift und auf einen verlassenen Maya-Tempel trifft, der nur darauf wartet, entdeckt zu werden.«

Einer von der Tagmannschaft schüttelte den Kopf. »Nein. Er stellt sich vor, daß er Grabungsleiter ist und die anderen die Arbeit machen.«

Sie arbeiteten noch eine Stunde weiter, während die Sonne immer höher am Himmel stieg. Spielend nahm sie das Hindernis der Baumwipfel und brannte weißglühend auf sie herab. Elizabeth tupfte sich mit einem Tuch die Stirn. »Meine Güte, ist das heiß hier draußen«, bemerkte sie zu Jake. »Ich bin schon fast so braun wie du.«

Jake hatte sein Hemd ausgezogen und arbeitete mit seinem Spaten in dem Graben neben ihrem. Er hatte sein rotes Halstuch als Schweißband um den Kopf gebunden, aber ein paar Schweißtropfen sickerten daran vorbei und liefen ihm die Schläfen hinunter. Er streckte seinen Arm neben Elizabeths Arm hoch, um die Bräune zu vergleichen. »Ich habe einen beträchtlichen Vorsprung, Blauauge«, grinste er.

Elizabeth kicherte. »Mit dem Ding um deinen Kopf siehst du aus wie ein Apache.«

Er brummte. »Du meinst, ich sehe aus wie Jeff Chandler, habe ich recht?«

»Wie wer?«

»Jeff Chandler hat in dem Film ›Der gebrochene Pfeil‹ den Cochise gespielt. So stellen sich die meisten Leute einen Apachen vor.«

Elizabeth dachte darüber nach. »Hat Jimmy Stewart auch mitgespielt?«

»Ja. Er war derjenige, der die Regierung gegenüber den Indianern vertreten hat.«

»Dann wirst du schon recht haben. Es ist zu heiß zum Denken. Wo bleibt Victor bloß?«

»Wo bleibt das Wasser, meinst du.«

Sie seufzte. »Er ist ein Schwein, uns hier ohne Wasser zu lassen. Zumal er gleich zu Anfang das meiste getrunken hat.«

»Das ist eben Victor. Was sind unsere Probleme, verglichen mit den Millionen, die er hat?«

Elizabeth warf ihren Spaten hin. »Ich geb's auf! Ich gehe jetzt selbst Wasser holen!«

»Victor hat aber die Kanne«, gab einer der Ausgräber zu bedenken.

»Ich werde ihn schon finden und bringe sie zurück. Oder ich hole eine Milchkanne aus der Kirche. Ich werde schon für Wasser sorgen. Und wenn ich Victor zu Gesicht bekomme, dann sage ich ihm in aller Deutlichkeit, was ich von ihm halte.« Sie krabbelte die Grabenwand hinauf und bürstete den Staub von ihren Jeans mit den Händen ab.

»Elizabeth! Warte!« Jakes Gesichtsausdruck war besorgt. »Denk daran, was wir vereinbart haben: Wir wollten uns nicht trennen.«

»Oh, hör auf damit! Victor drückt sich von der Arbeit. Die Genugtuung, daß wir uns um ihn Sorgen machen, gönne ich ihm nicht! Wenn ich in zwanzig Minuten nicht zurück bin, kannst du mir die Kavallerie zu Hilfe schicken.«

»Warte! Warte!« rief er, während sie davonstolzierte. »Willst du nicht... äh...« Er deutete auf das Unterholz. »*ihn* mitnehmen?«

Elizabeth warf ihm einen überaus erbitterten Blick zu. »Zwanzig Minuten, einverstanden?« Und weg war sie.

Elizabeth achtete sorgfältig darauf, wohin sie trat, und versuchte, so wenig Geräusche wie möglich zu machen. Sie versuchte nicht, an einem im Wald lauernden Ungeheuer vorbeizuschleichen; sie dachte an das Rotwild, das sie am Morgen auf dem Weg zur Grabung flüchtig gesehen hatten. »Es gibt viele Tiere in diesen Wäldern«, hatte Jake zu ihr gesagt, »aber wenn du nicht leise bist, siehst du sie nicht.« Sie hatte seine Anweisungen befolgt und das Unterholz sorgfältig beobachtet, entzückt, wenn sich ein Ast als fettes Waldmurmeltier herausstellte, das gerade frühstückte. Jetzt versuchte sie sich darauf zu konzentrieren, ein Kaninchen oder ein Kitz zu sehen, um sich von niedrigeren Formen des Lebens abzulenken, wie zum Beispiel Insekten, Schlangen und Victor.

Er ist wirklich unmöglich, dachte sie. Er hatte nicht mehr Verantwortungsgefühl als ein Murmeltier. War das ein Murmeltier? Sie bückte sich, um ein Gestrüpp zu untersuchen, nein, diesmal war es wirklich ein Ast. Sie hörte ein paar Meter neben dem Pfad etwas rascheln und beschloß, daß es ein Kaninchen war, das Deckung suchte. Wenigstens verbargen sich die Pflanzen nicht. Sie verbrachte die nächsten hundert Meter damit, die Pflanzen am Wegrand zu benennen und im Geiste die Schmähungen einzuüben, die sie über Victor ausgießen wollte.

»... Egoistisch, infantil, neurotisch...« Elizabeth blieb abrupt stehen.

Vor sich im Gras sah sie einen hellblauen Fleck. Victors Hose? Was für ein komischer Platz zum Schlafen, dachte Elizabeth, während ihr die Wahrheit im Hinterkopf dämmerte. »O nein«, flüsterte sie.

Victor lag mit dem Gesicht nach unten in den Kräutern und hielt noch ein Büschel Riedgras umklammert. Seine Beine waren krampfhaft gespreizt, aber er lag ganz still. Elizabeth war froh, daß sie sein Gesicht nicht sehen konnte.

»Victor«, sagte sie leise und ging vorsichtig zu der Gestalt hin. Sie fragte sich, was wohl geschehen war; er schien nicht zu bluten. Ein Hitzschlag? Versuchsweise streckte sie die Hand aus. Vielleicht war er noch am Leben. Seine Wange fühlte sich jedoch kühl an. Elizabeth kniete nieder und spähte in Victors geschwollenes Gesicht, und da war sie sicher.

Elizabeth, die vom Anblick des Leichnams geschockt alles wie in Zeitlupe wahrnahm, hatte den Eindruck, daß sie seit Stunden in der Lichtung stand und über die Bartstoppeln an Victors Kinn, die Wasserkanne, die in einem Knöterichgebüsch lag, und die Laute der Vögel über ihr meditierte. In Wirklichkeit vergingen nur ein paar Minuten, bis die Angst sie aus ihrem Tagtraum schreckte und veranlaßte, zur Grabung zurückzulaufen.

Jake blickte auf, als sie krachend durch ein Distelgesträuch hereinbrach. »Willst du wohl leise sein? Möchtest du, daß Mr. Stecoah dich für einen Büffel hält?« Er sah ihr Gesicht, und sein Lächeln verschwand. »Was ist passiert?«

»Victor ist tot«, keuchte Elizabeth und sank auf einem Holzklotz nieder.

»Wie? Genauso wie Alex?«

Sie schüttelte den Kopf. »Ich kann es nicht sagen. Man sieht keine Wunde.«

Jake wandte sich ab. »Okay. Das war's dann wohl«, murmelte er. Er wandte sich an die Ausgräber, die aus den Gräben zu ihm heraufstarrten. »Hört zu!« sagte er unnötigerweise, denn er hatte ihre ungeteilte Aufmerksamkeit. »Es hat einen Unglücksfall gegeben, und ich beende damit die Grabung. Alle gehen zur Kirche zurück, aber keiner fährt weg. Vielleicht braucht euch die Polizei noch.«

»Du beendest die Grabung?« sagte jemand. »Was wird Milo dazu sagen?«

»Das ist mir ziemlich egal«, sagte Jake. »Solange noch jemand da ist, der es ihm sagen kann.«

Elizabeth blickte sich um. »Wo ist Comfrey Stecoah?«

»Ich habe ihn nicht mehr gesehen, seitdem du weggegangen bist. Komm, wir wollen ihn suchen.«

Sie liefen den Abhang auf der anderen Seite des Pfades hinunter, dorthin, wo sie Comfrey Stecoah zuletzt gesehen hatten. »Es ist besser, wenn wir nach ihm rufen«, sagte Elizabeth. »Er soll wissen, daß wir es sind.«

Nachdem er mehrmals mit heiseren Schreien geantwortet hatte, tauchte Comfrey Stecoah, das Gewehr in der Armbeuge, auf und machte sich an seiner Gürtelschließe zu schaffen.

»Wo waren Sie?« wollte Jake wissen.

»Der Ruf der Natur. Ich wollte nicht so nahe an den Friedhof herangehen. Was macht ihr denn für einen Radau?«

»Einem unserer Ausgräber ist etwas zugestoßen«, sagte Elizabeth.

»Dem dicken Jungen, der Wasser holen wollte?« Sie nickten. »Überfall aus dem Hinterhalt?«

»Das glaube ich nicht«, sagte Elizabeth. »Ich habe kein Blut oder so was gesehen. Er ist einfach ... tot.«

»Wir gehen jetzt alle zurück zur Kirche«, sagte Jake entschlossen. »Würden Sie bitte mit uns kommen?«

»Habt ihr es gemeldet?«

Sie schauten beide Elizabeth an. »Noch nicht«, sagte sie. »Als ich ihn gefunden hatte, bin ich sofort zurückgekommen. Sollte nicht jemand bei der Leiche bleiben?«

»Ich bleibe«, sagte Jake.

»Nicht alleine, auf keinen Fall!« entrüstete sich Elizabeth. »Warum machen wir es nicht so, daß ich mit der Tagmannschaft zurückgehe, während du mit Mr. Stecoah bei der Leiche Wache hältst. Wir sind so viele, daß uns bestimmt nichts passiert. Randall soll mich zu einem Telefon fahren, damit ich Meldung erstatten kann.«

Jake zögerte.

»Du weißt doch nicht einmal, ob er ermordet wurde«, erinnerte ihn Elizabeth. »Victor war nicht gerade gesund.«

»Also gut, meinetwegen. Geht, ich muß erst wieder zur Besinnung kommen. Wir bleiben bei der Leiche. Geht voraus.«

Elizabeth schaute sich um. »Jake, soll ich Milo anrufen?«

»Bitte Mr. Barnes, bei ihm vorbeizufahren und es ihm zu sagen. Ich will nicht, daß wir uns länger trennen, als es unbedingt sein muß. Ich denke, du bist mit den Ausgräbern in der Kirche sicher. Wir können das erste Stück ohnehin zusammen gehen bis zur...«

Bis zur Leiche, dachte Elizabeth. »Ich wünschte, es gäbe einen anderen Rückweg.«

Sie gingen einer hinter dem anderen schweigend an dem Leichnam vorbei; die meisten von den Ausgräbern wandten die Augen ab aus Respekt vor der persönlichen Sphäre des Toten. Elizabeth schaute Victor noch einmal an und versuchte, sich an eine liebenswerte Eigenschaft von ihm zu erinnern, an etwas, was sie vermissen würde. Als sich dieses Bemühen als vergeblich erwies, klammerte sie sich an die Hoffnung, daß er wenigstens nicht gelitten hatte.

Als sie den Sterbeort hinter sich hatten, begannen sie, sich leise darüber zu unterhalten, was sie tun wollten, wenn sie zur Kirche zurückkamen. Sie stellten auch über Milos Pläne für die Ausgrabung Vermutungen an. Schließlich verfielen sie in verzagtes Schweigen. Als sie aus dem Wald auf den unteren Friedhof traten, hielt einer der Ausgräber die Luft an und deutete auf einen Mann, der auf sie zukam.

»Kein Grund zur Sorge«, sagte Elizabeth nach einem prüfenden Blick. »Das ist ein Hilfssheriff.«

Was für ernste Leutchen diese Archäologen sind, dachte Daniel Hunter Coltsfoot, während er ihre grimmigen Gesichter musterte. Im Geiste verschrieb er ihnen schon ein pflanzliches Stärkungsmittel. » Hi!« sagte er mit berufsbedingter Freundlichkeit. »Ich habe gehofft, daß ich euch während der Mittagspause antreffe.«

»Wer hat Sie gerufen?« fragte Elizabeth und schaute sich nach dem Streifenwagen um.

»Niemand«, sagte Dummkraut. »Ich bin auf gut Glück gekommen, in der leisen Hoffnung, euch anzutreffen, und –« Es dämmerte ihm, was ihre Frage bedeutete. »Warum?« fragte er heiser.

»Es hat einen weiteren Todesfall gegeben.«

Der Hilfssheriff trat einen Schritt zurück. »Aber ich bin nur heraufgekommen, um euch zu unserem Handwerksmarkt einzuladen. Ich bin nicht ... ich meine –«

Elizabeth hörte ihm nicht zu. »Randall zeigt Ihnen, wo die Leiche ist, während wir anderen zu einem Telefon gehen, um Meldung zu machen. Ich werde Mr. Barnes sagen, daß Sie hier sind.«

»Aber ich mag keine Leichen!« protestierte Dummkraut, während Randall ihn wegführte.

»Also gut, welches Auto nehmen wir?« fragte Elizabeth energisch. »Ich denke, drei von uns sollten hier in der Kirche bleiben. Einer von euch kann mit mir zum Telefonieren fahren. Wo ist Robin?«

»Sie ist in die Kirche hineingegangen – oh, da ist sie.«

Ein schlankes Mädchen in olivfarbenen Khakihosen erschien am Portal. »Das habe ich auf dem Tisch gefunden«, sagte sie zu Elizabeth, während sie ihr ein Blatt aus einem Notizbuch übergab.

Elizabeth faltete das Blatt auseinander und las laut vor:

»Schade, daß ich euch verpaßt habe. Ich bin nochmal zurückgekommen, um meine Gitarre zu holen. Ich wäre zum Lunch geblieben, aber ich will zum MacDowell College zurück, weil die Handschriftensammlung um fünf Uhr zumacht. Außerdem habe ich probiert, was ihr gekocht habt. Gruß, Mary Clare.« Elizabeth ließ das Briefchen sinken. »Sie war also heute auch hier.«

»Wirst du es dem Sheriff sagen?« fragte Robin.

Elizabeth nickte. »Wenn Victor nicht ermordet wurde, spielt es keine Rolle. Und wenn er ermordet wurde – dann tue ich gut daran, es zu sagen!«

13

Das Motelzimmer war noch in demselben Zustand, wie er es verlassen hatte. Seit der Zerstörung des Computers sperrte Milo die Tür immer mit angehaltenem Atem auf und erwartete einen Trümmerhaufen dahinter. Er fühlte sich schuldig, weil er den Raum nicht bewacht hatte, wie es Alex vorgeschlagen hatte, aber die späteren Ereignisse hatten die Demolierung des Computers in den Hintergrund gedrängt. Milo hatte das Gefühl, daß seine Anwesenheit bei der Grabung wichtiger war. Sobald er die Geschichte mit dem Paßwort geregelt hatte, wollte er hinauffahren und die Grabung überwachen. Er blickte auf die Uhr. Mittlerweile müßte Jamie in der Universität sein, entschied er, während er den Hörer abnahm.

Nach ein paar Sekunden war Jamies Stimme am Telefon zu hören, ruhig und gemächlich wie immer. »Milo! Die Nachricht über Alex stand heute in der Zeitung. Es tut mir wirklich leid.«

»Ja«, sagte Milo unbeholfen. Er wußte nie, ob er die Beileidsbezeigungen als Trost auffassen oder mit einstimmen sollte, was für ein Jammer es sei. »Ich führe das Projekt zu Ende, Jamie. Zumindest versuche ich es.«

»Das ist recht. Er hat das Paßwort geändert, nicht? Er hat mir von dem Ärger erzählt, den ihr da oben hattet.«

»Es ist jetzt alles in Ordnung«, sagte Milo, der nicht in der Stimmung war zu plaudern. »Wie heißt das neue Paßwort?«

Jamie zögerte. »Milo, wir dürfen solche Dinge nicht am Telefon sagen.«

»Jamie, es ist okay. Ich bin's wirklich. Willst du mir eine Fangfrage stellen? Willst du, daß ich dir dein Büro beschreibe?«

»Ich weiß, daß du's bist, Milo«, sagte Jamie geduldig. «Aber die Telefonleitung könnte angezapft sein.«

»Überleg doch mal, wenn jemand das Paßwort wollte, dann könnte er es wahrscheinlich auch dem Computer entlocken! Das heißt, jeder außer mir! Es ist auch *mit* dem Paßwort schon schwer genug. Ich weiß, daß er den Namen eines Archäologen verwendet hat, weil er es immer getan hat. Welchen?«

Jamie seufzte. »Bleib am Apparat.«

Milo wartete und tappte dabei mit den Fingern auf dem Tisch herum. Er fragte sich, wer Jamies Chef war, falls er sich durch die ganze verdammte Bürokratie arbeiten mußte, um an das Paßwort zu kommen. In ein paar Minuten war Jamie wieder in der Leitung zu hören. »Ich kann dir das Paßwort nicht am Telefon sagen«, sagte er, »aber ich kann dir einen Tip geben.«

Milo schloß die Augen. »Einen Tip«, ächzte er. »Was für einen?«

»Ich glaube, er hatte einmal einen Hund dieses Namens.«

Milo erinnerte sich an einen alten schwarzen Neufundländer; sein Bild stand immer noch auf dem Holztisch in Alex' Arbeitszimmer. Alex hatte erzählt, wieviel Mühe es ihn als Student gekostet hatte, das Hundebaby in einem Zimmer im Studentenwohnheim stubenrein zu bekommen, und deshalb habe er es... Leakey genannt! Milo lächelte über das Wortspiel: das »lecke« Hundejunge hieß nach dem großen Paläoanthropologen Louis B. Leakey. »Ich hab's, Jamie«, sagte er schnell. »Danke!«

Er arbeitete sich wieder durch die gewohnten Formeln hindurch, gab zweimal das Paßwort ein und sah zu seiner Erleichterung, daß die Titelseite der Datei auf dem Bildschirm erschien. Er übersprang den Einleitungstext und rief die eigentliche Tabelle auf, die an die tausend Meßdaten von Knochen der Prärie-Indianer enthielt, mit deren Klassifizierung Alex sein Leben verbracht hatte. Die fünfundzwanzig Schädel der Cullowhees waren kaum mehr als eine Fußnote zu Alex' Forschungsarbeit; aber bei statistischen Auswertungen war jedes kleine bißchen von Nutzen. Milo tippte den Befehl ein, mit dessen Hilfe er die beiden Gruppen von Schädeln vergleichen konnte. Zeile auf Zeile erschienen sie in leuchtend grünen Ziffern. Milo starrte sie an, als hätte der Computer Belsazars Untergang auf die Mauer von Babylon geschrieben. Die Daten waren vollkommen verschieden.

Vollkommen verschieden.

Die Daten der Cullowhees waren nicht innerhalb der Spannweite, die für amerikanische Indianer festgelegt worden war. Milo langte nach dem Notizbuch und verglich die Zahlen auf dem Bildschirm mit den Zahlen, die Elizabeth aufgeschrieben hatte. Vielleicht hatte er sie falsch abgeschrieben. *Aber doch nicht alle?* höhnte sein Verstand. Er glitt mit dem Finger die Seite hinunter und verglich Ziffer mit Ziffer. Sie waren alle richtig. Beziehungsweise falsch, verbesserte er sich. Sämtliche Meßwerte lagen eindeutig außerhalb des Bereichs. Elizabeth hatte die Schädel falsch vermessen. Jeden einzelnen.

Milo schaltete den Computer mit einem schnellen Ruck aus und widerstand dem Drang, den Bildschirm mit der Faust einzuschlagen. Sie fängt doch gerade erst an, sagte er sich. Man kann nicht von ihr erwarten, daß sie perfekt ist. Sie hatte ihn immer wieder gebeten, ihre Arbeit zu überprüfen. Und ich war zu beschäftigt, dachte Milo verärgert. Immerhin erklärte das, warum ihn Alex an dem Abend, an dem er starb, hatte sprechen wollen. Alex hatte die Schädel nachgemessen und festgestellt, daß Elizabeth nicht mit ihrer Arbeit klarkam. Offensichtlich wollte er Milo auffordern, es ihr zu erklären.

Es würde sie nicht allzu viel Zeit kosten, sagte sich Milo. Dann fiel ihm ein, daß der Sheriff die Schädel beschlagnahmt hatte. Solange die Messungen nicht richtig waren, war das Projekt zum Stillstand verurteilt. Milo stieß einen Fluch aus. Er mußte sich bemühen, die Schädel zurückzubekommen.

Es war nicht weit vom Motel zum Büro des Sheriffs. Nichts in Laurel Cove war weit voneinander entfernt, sagte sich Milo ohne Belustigung. Er verbrachte den Weg damit, sich zu fragen, ob es nötig war, einen Anwalt zu nehmen, um die Schädel zurückzubekommen, und ob er mit Bill darüber reden sollte. Anwälte brauchten mehr Zeit, als er hatte, entschied er schließlich und fragte sich, ob Pilot Barnes für Einschüchterungen oder Bitten zugänglicher war. Während er die Tür zum Büro des Sheriffs aufstieß, war er noch am Überlegen, worin er besser war. Die Tatsache, daß ihn Pilot Barnes zu erwarten schien, nahm ihm den Wind aus den Segeln, bevor er sich für eine von beiden Strategien entschlossen hatte.

»Sie sind wohl auch angerufen worden«, bemerkte der Hilfssheriff.

»Von wem?« fragte Milo.

»Von Ihren Leuten in der Kirche. Ich wollte gerade hinauffahren. Wollen Sie gleich mitkommen?«

Milo spürte, wie ihm das Blut in den Adern gefror. »Was ist passiert?«

»Das wissen Sie nicht? Wieso sind Sie dann hergekommen?«

»Das spielt jetzt keine Rolle«, sagte Milo, erstaunt über seine eigenen Worte. »Was ist passiert?«

»Es hat einen weiteren Todesfall da oben gegeben. Die Ursache könnte allerdings eine natürliche sein.«

Milo sagte vorsichtig: »War es eine Frau?«

»Ein junger Mann. Victor Bassington heißt er. Wollen sie mich begleiten? Ich fahre, sobald der Leichenbeschauer hier ist.«

Milo schämte sich ob der Erleichterung, die er verspürt hatte, als er Victors Namen hörte. »Natürlich komme ich mit. Ich will nur mein Auto holen.«

Die Straße durch das Sarvice Valley war an einem Sommertag schön, aber Pilot Barnes war nicht in der Stimmung, Postkartenidyllen zu genießen. Diese verdammten

Fremden hatten innerhalb von zwei Wochen eine Welle der Kriminalität heraufbeschworen. Die Tatsache, daß Dr. Putnam das alles zu genießen schien, besserte seine Laune nicht im geringsten.

»Was es wohl diesmal war, Pilot?« Der Leichenbeschauer lachte gackernd. »Ob sie ihn skalpiert haben?«

Pilot lehnte es ab, sich auf dieses Niveau zu begeben. »Höchstwahrscheinlich ein Herzschlag«, grollte er.

»Sie sind nicht lustig«, maulte Dr. Putnam. »Haben Sie schon etwas von Duncan gehört?«

»Ja. Er ist auf dem Rückweg. Aber sie machen erst noch bei seiner Schwester in Winston-Salem Halt. Er sagt, wenn das FBI an der Sache arbeitet, muß er sich seine Ferien deswegen nicht verderben lassen.«

»Achtung Kurve«, murmelte der Doktor, der spürte, daß sich Pilot Barnes' Frustration in seinen rechten Fuß verlagert hatte. »Fahren Sie doch ein bißchen langsamer. Haben Sie den Mann vom FBI schon von der neuen Entwicklung unterrichtet?«

»Nein. Ich weiß doch noch gar nicht, ob es eine ist. Das müssen Sie herausfinden.«

»Den jungen Mann hinter uns scheint es ganz schön aufgeregt zu haben.«

»Ja, aber er glaubt nicht, daß es die Cullowhees waren. Und er war noch viel aufgeregter, bevor er erfuhr, wer der Tote ist.«

»Was hat er für ein Alibi?«

Pilot Barnes warf ihm einen gequälten Blick zu. »Dr. Putnam«, seufzte er. »Könnten Sie den Kerl zumindest erst einmal für tot erklären, bevor Sie nach Verdächtigen suchen?«

Milo holte sie ein, als sie an den Stufen zur Kirche angelangt waren. »Warum gehen Sie da hinein?« fragte er.

»Um herauszufinden, wo der Tote ist«, sagte der Hilfssheriff. »Und um mit dem Mädchen, das ihn gefunden hat, zu reden.«

»Darf ich mitkommen?« fragte Milo.

Pilot zuckte mit den Achseln. »Solang Sie mir nicht im Weg rumstehen.«

Alle blickten auf, als sie die Kirche betraten. Elizabeth, die etwas geschrieben hatte, legte das Blatt zur Seite. »Ich habe den Toten gefunden«, sagte sie zum Hilfssheriff. »Er liegt auf dem Weg, der von hier zur Ausgrabung führt. Soll ich Sie hinbringen?«

»Wo ist Jake?« unterbrach Milo und vergaß dabei ganz, daß er versprochen hatte, sich herauszuhalten.

»Er ist draußen«, sagte Elizabeth. »Er und Comfrey Stecoah wollten bei dem Toten bleiben. Und Ihr Hilfssheriff ist auch bei ihnen«, fügte sie an Pilot gewandt hinzu.

Pilot starrte sie ungläubig an. Er wußte, daß McKenna heute frei hatte. Mit einemmal wurde ihm klar, welchen Hilfssheriff sie meinte. »Was macht Dum – Coltsfoot hier?« wollte er wissen.

Elizabeth zog die Schultern hoch. »Er hat etwas von einem Handwerksmarkt erzählt. Auf jeden Fall ist er auch oben. Möchten Sie, daß ich Sie hinbringe?«

Pilot schüttelte den Kopf. »Da oben scheinen mir schon mehr als genug zu sein«, murrte er und wandte sich zum Gehen.

Milo machte Anstalten, mit ihm zu gehen.

»Ist es wahr, daß wir die Grabung abblasen?« fragte einer von der Tagmannschaft.

Milo erstarrte. »Wer hat das gesagt?« fragte er ruhiger, als ihm zumute war.

»Jake«, murmelte Elizabeth entschuldigend.

Milo warf ihr einen finsteren Blick zu. »Ich spreche später mit ihm. Und mit dir.« Er ging hinaus und schlug dabei die Tür hinter sich zu.

Elizabeth schaffte es noch zu sagen: »Das ist nicht mein Tag«, bevor sie in Tränen ausbrach.

Wenn er eine Leiche vor sich hatte, war Dr. Putnam nicht mehr der scherzende Witzbold, sondern ganz der erfahrene Fachmann. Er kniete sich neben Victor nieder und unterzog ihn einer gründlichen Untersuchung. Von den Gesprächen, die um ihn herum geführt wurden, bekam er nichts mit.

»Werde ich wenigstens dafür bezahlt?« fragte Dummkraut Pilot Barnes zischend. »Das ist jetzt schon das zweite Mal, daß ich bei einer Leiche babysitten muß, und ich stehe noch nicht mal auf der Lohnliste!«

»Ich dachte, Sie wollten auf uns aufpassen!« sagte Jake grollend zu Comfrey Stecoah.

»Und ich dachte, ich hätte euch gesagt, ihr sollt zusammenbleiben!« sagte Milo. »Und was soll ich davon halten, daß du die Grabung abgeblasen hast?«

Comfrey Stecoah blickte finster drein. »Sie haben es geschafft, euch zu verjagen, nicht?«

»Sie halten sich da raus!« schnauzte ihn Milo an.

Dr. Putnam blickte auf. »Würden Sie bitte alle mal still sein!« bat er milde.

Sie blickten auf die Leiche hinunter und erinnerten sich, daß da ein Toter lag. »Tut mir leid«, murmelte Milo. »Können Sie schon etwas sagen?«

»Wenn ich meinen eigenen Gedanken trauen darf, ja«, sagte der Leichenbeschauer gedehnt. »Ich werde das Staatslabor bitten müssen, mir Rückendeckung zu geben, aber ich bin immerhin sicher genug, um eine Vermutung zu äußern.«

»Ist er eines natürlichen Todes gestorben?« fragte der Hilfssheriff gespannt.

»An Altersschwäche ist er nicht gestorben, Pilot. Woher soll ich wissen, ob sein Tod natürlich war oder nicht? Ich will Ihnen sagen, was ihn umgebracht hat, und Ihre Aufgabe ist es dann herauszufinden, ob jemand dafür gesorgt hat.«

»Schön. Was hat ihn umgebracht?«

»Er ist erstickt. Achten Sie auf das blau angelaufene

Gesicht und die hervorstehende Zunge. Sehen Sie die kleinen Rötungen? Blutungen unter der Haut.«

»Sie meinen, jemand hat ihn erwürgt?«

»Nein, dafür gibt es keine Anzeichen. Schauen Sie sich die geschwollene Kehle an. Sie können es von innen besser erkennen.«

Pilot Barnes trat einen Schritt zurück. »Ich glaube es Ihnen aufs Wort.«

»Seine Kehle ist im Inneren so geschwollen, daß die Luftröhre vollständig blockiert ist.«

»Wie kann es dazu kommen?«

Dr. Putnam dachte darüber nach. »Durch einen Bienenstich«, sagte er nachdenklich. »Wenn man versehentlich eine verschluckt.«

»Da haben Sie Ihren Mörder«, triumphierte Comfrey Stecoah. »Haben Sie vor, die Biene gefangenzunehmen?«

»Ich nehme an, ich finde bei der Obduktion die tote Biene irgendwo«, sagte Dr. Putnam ernst. »Aber eine Frage habe ich noch. Haben Sie mir nicht erzählt, daß er, als er zuletzt gesehen wurde, Wasser holen wollte?«

»Das stimmt«, sagte Jake. »Warum?«

»Es befinden sich Spuren einer Flüssigkeit in seinem Mund. Aber nicht von Wasser. Ich lasse es im Labor überprüfen, aber für meine Begriffe riecht es nach Apfelwein.«

Milo wandte sich an Jake. »Haben wir Apfelwein in der Kirche? Hat die Tagmannschaft heute welchen mitgebracht?«

»Nein.«

Dr. Putnam seufzte. »Okay, Pilot. Machen Sie Ihre Messungen und Ihre Fotos. Wenn es sich herausstellt, daß in seinem Mund Apfelwein ist und sie keinen bei sich haben, dann, glaube ich, hat jemand einen höchst originellen Mord begangen.«

»Nicht das, was ich eine sichere Methode nennen würde«, sagte Comfrey. »Ich würde sagen, die Chance, daß es schief ging, war größer als die, daß es klappte.«

»Ich weiß es nicht«, sagte Jake. »Victor war auf Bienen allergisch.«

»Wer hat das gewußt?« fragte Pilot Barnes.

Milo warf ihm ein grimmiges Lächeln zu. »Wer nicht?«

Während Dr. Putnam seine vorläufigen Untersuchungen beendete, ging Milo hinter Pilot Barnes her, der den Tatort inspizierte, hielt gelegentlich den Fotoapparat oder das Maßband für ihn und sprach so leise mit dem Hilfssheriff, daß Jake nichts verstehen konnte. Nach ein paar Minuten sah Jake ihn lächeln, Pilots Hand schütteln – ohne auf das ärgerliche Stirnrunzeln zu achten, das er als Erwiderung darauf bekam – und zur Kirche zurückgehen. Jake beeilte sich, ihn einzuholen.

Er hatte vorgehabt, auf dem Rückweg das weitere Schicksal der Grabung mit Milo zu besprechen, aber Comfrey Stecoah bestand darauf, sie zu begleiten, so daß ein derartiges Gespräch unmöglich war. Auch gut, sagte sich Jake. Auch wenn er sich dem Hilfssheriff gegenüber so herzlich gezeigt hatte, schien Milo alles andere als in gesprächiger Stimmung zu sein. Selbst Victors Tod konnte nicht für eine derart schlechte Laune verantwortlich sein. Jake folgerte daraus, daß die Forschungsarbeiten nicht gut vorangingen.

»Wie stehen die Chancen, daß sie den Fall aufklären?« fragte Milo Comfrey, nachdem sie ein paar hundert Meter schweigend dahingegangen waren.

Comfrey zuckte mit den Achseln. »Ein wenig besser als in New York. Dieselbe Ausstattung mit Cops, weniger Verdächtige.«

»Glaubst du, jemand hat Victor ermordet?« fragte Jake.

»Vielleicht so ein Irrer«, sagte Milo, »der ihn umgebracht hat, weil er einer von uns war und zufällig derjenige, den er allein antraf.«

»Keine persönlichen Motive, was?« fragte Jake und versuchte, nicht daran zu denken, daß es auch Elizabeth hätte treffen können, als sie alleine durch den Wald ging.

»Jemand versucht euch daran zu hindern, uns zu helfen«, erklärte Comfrey. »Einschüchterungstaktik. Ich möchte wissen, wo Bevel Harkness heute vormittag war.«

»Wenn er es war, dann können wir morgen beruhigt hier draußen arbeiten«, antwortete Milo.

»Warum?«

»Weil morgen die amtliche Untersuchung des Falles Alex ist. Er muß als Zeuge aussagen.«

»Hast du deswegen so gegrinst?« fragte Jake.

»Da oben beim Hilfssheriff? Nein. Ich habe ihn dazu gebracht, daß er uns morgen die Schädel zurückgibt.«

Elizabeth tupfte sich die Augen trocken. Sie hatte bei einem Blick aus dem Fenster flüchtig die Leute aus dem Wald kommen und den Friedhof betreten sehen, und sie wollte nicht beim Weinen ertappt werden, schon gar nicht, falls sich einer von den Leuten als Milo herausstellte. Er war dabei, befand sie nach eingehenderer Inspektion. Sollte sie ihm aus dem Weg gehen oder bleiben, um herauszufinden, was los war? Wie komme ich eigentlich dazu, dachte sie. Beziehungen sollten erfreulich sein. Seit ich mich für Milo interessiere, hat sich mein Leben in das Wartezimmer einer Zahnarztpraxis verwandelt. Sie beobachtete, wie die drei Männer näherkamen. Comfrey Stecoah sagte etwas zu ihnen und schlenderte dann gemächlich den Abhang hinunter, auf die Häuser zu. Als Jake sie vor der Kirche stehen sah, nahm sein Gesicht einen verlegenen Ausdruck an. Sie nickte höflich. Mit einer gemurmelten Begrüßung schlich er eilends an ihr vorbei und verschwand im Kircheninneren. Milo stand da und blickte auf sie herab, den Mund zusammengepreßt. Elizabeth starrte zurück, ohne mit der Wimper zu zucken.

»Wie geht es dir?« fragte Milo, als koste ihn jedes Wort Mühe.

»Gut«, sagte Elizabeth, »wenn man bedenkt, daß ich heute mittag eine Leiche gefunden habe.«

»Hm, ich bin froh, daß dir nichts passiert ist.«

»Danke«, antwortete sie steif.

Milo holte tief Atem. Nachdem er die Einleitungsfloskeln hinter sich gebracht hatte, konnte er jetzt sagen, was ihm wirklich am Herzen lag. Keiner konnte ihm vorwerfen, daß er dabei nicht höflich zu Werke ging. »Du hast die ganze Statistik verpatzt!« brach es aus ihm heraus.

»Wie bitte?«

»Die Schädelmessungen. Ich habe sie heute nachgeprüft, und sie sind alle falsch.«

»Wie konntest du sie nachprüfen, wo du doch die Schädel gar nicht hast?«

»Ich habe sie mit den anderen Maßen in der Tabelle verglichen. Sie liegen meilenweit außerhalb des Bereichs. Bestimmt war es das, was Alex mir sagen wollte.«

»Das überrascht mich nicht, Milo. Ich habe dich immer wieder gebeten, meine Ergebnisse nachzuprüfen. Ich mache das zum erstenmal, das weißt du doch.«

Die unwiderlegliche Wahrheit dessen, was sie sagte, machte ihn nur noch wütender. »Warum hast du dich nicht bemüht, sorgfältiger zu arbeiten?« fragte er. »Du wußtest doch, wie wichtig es ist!«

Elizabeth schaute ihn böse an. »Wenn es so wichtig ist, dann hättest du mich eben besser überwachen müssen.«

»Vielleicht habe ich deine Intelligenz überschätzt!« schoß Milo zurück.

Elizabeth blickte zur Seite, weil ihr Tränen in die Augen schossen. Ich will verflucht sein, wenn ich ihn sehen lasse, daß ich weine, dachte sie. Er ist nur wegen Alex' Tod so außer sich. Ich sollte geduldiger mit ihm sein. Sie kratzte den letzten Rest südstaatlicher Höflichkeit zusammen und brachte ein mühsames Lächeln zustande. »Möchtest du mir noch einmal zeigen, wie man es macht?«

Milos finsteres Gesicht entspannte sich. »Wir bekommen morgen die Schädel zurück, und weil Mary Clare und Victor nicht mehr bei uns sind, muß ich mich um andere Dinge kümmern. Ich würde es also sehr zu schätzen wissen, wenn du die Messungen noch einmal machen würdest!«

Unter den gegenwärtigen Umständen mußte diese Rede wohl als Entschuldigung durchgehen, beschloß Elizabeth. »Gut«, sagte sie, und das arktische Licht glitzerte dabei noch in ihren Augen. »Ich mache sie noch einmal.«

Milo, der das Wort »Danke« offenbar unaussprechlich fand, nickte und wandte sich ab.

14

Dummkraut fühlte sich höchst unwohl und rutschte unruhig im Streifenwagen hin und her. Er wäre lieber Gefangener als Hilfssheriff gewesen. Gefangenen erlaubte man, ein Telefongespräch zu führen, und sie hatten Anwälte, die ihre Freilassung gegen Kaution bewirkten. Aber er, als zwangsverpflichteter Hilfssheriff, der es mit zwei Mordfällen zu tun hatte, sah weit und breit keine Hoffnung, dem langen Arm des Gesetzes zu entkommen. Womöglich schaffte er es nicht, rechtzeitig zum Handwerksmarkt zu kommen, und dann vergaß Patricia, wieviel Umsatzsteuer sie aufschlagen mußte, und bis er zurückkam, war das Chaos vollkommen. Er warf einen düsteren Blick aus dem Fenster und bemerkte zum erstenmal, daß sie nicht auf dem Rückweg nach Laurel Cove waren.

»Wo fahren wir hin?«

»Wir werden Bevel Harkness einen Besuch abstatten«, sagte Pilot und wandte den Blick dabei nicht von der Straße.

»Gut. Wenn er die Sache in die Hand genommen hat, können Sie mich ja in die Stadt zurückbringen.« Trotz seiner Proteste hatte Pilot Barnes die Schlüssel zu Coltsfoots Wagen Dr. Putnam in die Hand gedrückt und ihn angewiesen, die Leiche in die Stadt zu bringen. Daniel hoffte, daß es gelang, diese Tatsache vor Patricia geheimzuhalten; sich ein neues Auto anzuschaffen war so lästig. Er merkte, daß Pilot auf seine Bitte, ihn in die Stadt zu fahren, nicht eingegangen war. »Ich könnte natürlich auch per Anhalter fahren«, fügte er voller Hoffnung hinzu.

»Das können Sie sich abschminken«, sagte Pilot. »Es sei denn, Harkness hat ein hieb- und stichfestes Alibi, das ihm nicht seine Angehörigen verschafft haben. Sonst sind

Sie für unbestimmte Zeit mit von der Partie, Freundchen.«

Coltsfoot seufzte. Er hatte so etwas schon befürchtet. »Dieser Harkness ist also ein Verdächtiger?«

»Ich will es einmal so sagen: Ich gehe kein Risiko ein.«

Coltsfoot spielte seine letzte Karte aus. »Ich habe keinerlei Ausbildung als Polizist.«

»Ah-hah«, nickte Pilot Barnes. »Nun, Sie kennen doch bestimmt die Krimiserien im Fernsehen? ›Adam-12‹ und ›Hawaii Five-O‹ und solche Sachen?«

»Ja, klar.«

»Also, Sie vergessen alles, was Sie je darin gesehen haben, und tun nichts, was ich Ihnen nicht aufgetragen habe. Dann kommen Sie schon zurecht.«

Coltsfoot sank noch tiefer in seinen Sitz hinein und seufzte. Er fragte sich, ob man Hilfssheriffs erschoß, wenn sie einen Fluchtversuch unternahmen.

Bevel Harkness wohnte in einem altertümlichen Blockhaus, das aus grauen Stämmen, deren Zwischenräume mit Mörtel gefüllt waren, errichtet war und noch von der Jahrhundertwende stammte. Mit den weitverzweigten Eichen und dem wilden Berglorbeer, der es umgab, wäre es durchaus eindrucksvoll gewesen, hätte Harkness nicht die unglückselige Neigung gehabt, den Hof als Museum für altes Bauernhofgerümpel zu benutzen.

Dummkraut, der eine Abneigung gegen malerischen Trödelkram hatte, schnitt eine Grimasse. »Mann, was für ein Plunder!«

»Na ja«, meinte Pilot mild, »ich weiß nicht, ob das nur seine Schuld ist. Mir scheint, die Versandhäuser haben vergessen, uns mit einer modernen Müllabfuhr zu versorgen, als sie anfingen, die Zivilisation in die Berge zu schicken. Natürlich werden manche besser als andere damit fertig.«

Dem neuen Hilfssheriff kam ein Gedanke. »Sie haben doch nicht vor, den Typ festzunehmen?«

»Ich habe vor, ihn zu verhören. Aber wenn er gesteht, dann muß ich wohl. Kommen Sie.«

Pilot stieg langsam aus dem Streifenwagen und warf einen Blick in die Gegend. Er sah niemanden im Garten oder in der Nähe des Hauses. So ging er auf die vordere Veranda zu, gemächlich schlendernd, als habe er keine besondere Eile, dorthin zu gelangen. Er wartete, bis er sah, daß sich oben ein Vorhang bewegte; dann ging er die Stufen hinauf und gab Dummkraut ein Zeichen, ihm zu folgen. Zwei leichte Klopfer an die Tür brachten eine Frau mit unbewegtem Gesicht dazu, sie zu öffnen.

Pilot wischte sich den Schweiß von der Stirn und lächelte höflich. »Sie werden heute abend den Garten gießen müssen«, bemerkte er.

»Wenn keine Wolken aufziehen«, erwiderte die Frau.

»Ist Bevel da? Ich hab mir gedacht, wo ich schon einmal in der Nähe bin, schaue ich bei ihm vorbei.« Es klang ganz zwanglos. Pilot wußte, und die Frau wußte, daß der Besuch amtlicher Natur war, aber sie hielten sich an das Ritual, das dazu diente, daß niemand in Panik geriet oder verletzt wurde.

»Er ist auf der Weide«, erwiderte die Frau, und ihr Gesicht war so ausdruckslos wie zuvor. »Eine von unseren Kühen hat heute ihr Kalb verloren, und er wollte es suchen.«

»Gut, dann wollen wir mal zu ihm gehen«, sagte Pilot. »Vielleicht findet er es, während wir ihn suchen. Wie lang ist er schon weg?«

Die Frau zögerte. »Eine Stunde. Vorher war er auf Streife.«

»Wo?« fragte Pilot, eine Spur zu interessiert.

»Fragen Sie ihn selbst«, sagte sie achselzuckend und schloß die Tür.

»Was sollte das bedeuten?« fragte Dummkraut, als sie außer Hörweite waren.

»Nun, er ist den ganzen Tag nicht zu Hause gewesen;

das wollte ich nur wissen. Jetzt, wo ich das weiß, kann ich ihn verhören. Sie überlassen das aber mir. Ein falsches Wort könnte mehr Scherereien geben, als wir bewältigen können.«

Dummkraut wurde blaß. »Glauben Sie, er schießt auf uns?« zischte er leise.

»Coltsfoot, wenn er zwei Leute umgebracht hat, glaube ich nicht, daß er vor dem Gedanken, vier zu töten, zurückschreckt.«

Nach dieser unwillkommenen Erklärung verfiel Dummkraut in Schweigen und verbrachte den Rest des Weges damit, die Hügel nach Rauchsignalen und Maschinengewehrnestern abzusuchen. Sie fanden Bevel Harkness jenseits des Weihers an einem Hang, wo er das Gebüsch auf der Suche nach dem vermißten Kalb durchstreifte. Seine finsteren Blicke drückten aus, daß ihm durchaus klar war, daß das Problem, das sie hierherauf führte, größerer Natur sein mußte.

»Was ist los?« fragte er grollend.

»Haben Sie was dagegen, mir zu erzählen, was Sie heute gemacht haben?« fragte Pilot, sorgfältig auf Höflichkeit bedacht.

»Ich bin meine Runden gefahren. Warum?«

»Hat Sie jemand gesehen?«

»Der eine oder andere. Den meisten Leuten war es im Freien zu heiß. Wollen Sie mir nicht sagen, was das Ganze soll?«

»Auf der Stelle«, nickte Pilot. »Hätten Sie etwas dagegen, mit ins Büro hinunterzukommen und Ihre Fingerabdrücke abnehmen zu lassen?«

Harkness' Augen verengten sich zu schmalen Schlitzen. »Ich glaube schon.«

»Tut mir leid zu hören«, sagte Pilot in entschuldigendem Ton. »Dann bleibt mir keine andere Wahl, als Sie während dieser Untersuchung vom Dienst zu suspendieren. Vor zwei Morden im Sarvice Valley, die mit dieser Bergbau-Sache zu tun haben, kann ich nicht mehr die

Augen verschließen. Es sei denn, natürlich, Sie sind mit einem Polygraph einverstanden, oder –«

»Verlassen Sie meinen Grund und Boden«, sagte Harkness mit der sanftesten aller Stimmen.

»Wir gehen ja schon!« platzte Dummkraut heraus. »Schönen Tag noch!«

Als sie wieder beim Streifenwagen waren, fragte Dummkraut: »Was werden Sie jetzt tun, wo Sie seine Fingerabdrücke nicht bekommen haben?«

Pilot lächelte. »Ich nehme sie von seiner Kaffeetasse im Büro ab.«

»Warum sind Sie dann hier hoch gefahren und haben ihn darum gebeten?«

»Ich konnte ihn schließlich nicht ohne Begründung vom Dienst entheben, oder?« Er steuerte das Auto die Straße hinunter. »Sehen Sie, Coltsfoot, der Sheriff schätzt die Harkness' nicht sehr, zumal sein Neffe vor ungefähr zehn Jahren verschwunden ist, nachdem er den Hilfssheriff-Job im Sarvice Valley übernommen hatte. Der Job war vorher sozusagen in der Familie Harkness geblieben, und es hat höchst verdächtig ausgesehen, als Carver Johnson, zwei Wochen nachdem er einen Harkness ersetzt hatte, verschwunden ist.«

»Was haben sie mit ihm gemacht?« fragte Coltsfoot heiser, weil ihm dämmerte, wer im Moment im Sarvice Valley einen Harkness ersetzte.

»Man hat ihn nie gefunden«, grunzte Pilot. »Man konnte nie etwas beweisen. Aber jetzt, wo wir zwei neue Leichen in einem Fall haben, in den Harkness verwickelt ist, will ich doch einmal sehen, ob ich nicht einen Zusammenhang finde.«

»Er ist einfach verschwunden?« murmelte Coltsfoot, der immer noch an den letzten Nicht-Cullowhee-Hilfssheriff dachte.

»Spurlos«, sagte Pilot Barnes feierlich. Als er Dummkrauts grün angelaufenes, ängstliches Gesicht sah, mußte er sich das Lachen verbeißen.

»Meinst du, sie haben etwas dagegen, wenn ich die Schädel in der Kirche aufbewahre?« fragte Elizabeth, während sie in die Kiste schaute.

Jake zuckte mit den Achseln. »Sie waren wahrscheinlich alle Gemeindeglieder.«

»Das glaube ich auch. Es war nett von Mr. Barnes, sie heute früh zurückzubringen, findest du nicht? Meinst du, wir hätten zur gerichtlichen Untersuchung gehen sollen?«

»Nein. Es ist doch nur eine Formalität. Sie werden verkünden, daß Alex an einem Schlag auf den Kopf gestorben ist und daß der Täter unbekannt ist. Das wissen wir schon. Ich glaube, es reicht, daß Milo unsere Gruppe vertritt.«

»Du hast recht.« Elizabeth packte die Meßinstrumente aus.

»Außerdem wirst du zur Beweisaufnahme gehen müssen, wenn es um Victor geht, weil du die Leiche gefunden hast. Da ist es doch besser, du bleibst hier und kommst mit deiner Arbeit voran, solange du kannst.«

»Meinst du nicht, daß jemand bei Milo sein sollte?«

Jake seufzte. »Ich finde, wir sollten ihn eine Weile in Frieden lassen. Ich habe das Gefühl, er ist selbst dann allein, wenn er hier ist.«

»Er will das Projekt zu Ende führen. Für Alex. Ich wünschte, ich hätte nicht alles verpatzt.«

Jake schaute sie groß an. »Wirst du wohl damit aufhören! Du hast ihn vielleicht einen Tag in seiner Arbeit zurückgeworfen. Das ist doch nicht so tragisch. Auf meiner ersten Ausgrabung habe ich mit dem Spaten drei Bodenschichten umgegraben, zwei schwarze und eine rote Lehmschicht, ohne den Unterschied zu erkennen.«

Elizabeth lächelte. »Bleibst du hier, während ich arbeite?« Sie hatte beschlossen, die Messungen im Gemeinschaftsraum vorzunehmen, damit sie ungestört von Hitze oder Insekten arbeiten konnte.

»Ich gehe nicht allein zur Grabung hinauf«, erwiderte

er. »Wenn ich es mir recht überlege, so hätte ich die Tagmannschaft bitten sollen, heute wiederzukommen. Ich fühle mich nicht sehr sicher hier, wenn wir nur zu zweit sind.«

»Ja«, sagte Elizabeth geistesabwesend, weil sie auf ihre Messungen konzentriert war. »Vor allem, wenn ich den finde, nach dem ich hier suche.«

Jake nickte und blickte wieder in sein Buch. Wenige Sekunden später lösten ihre Worte in seinem Kopf ein Alarmsignal aus. »Was hast du gesagt?«

»Hmm? Nichts. Lenk mich nicht ab.« Elizabeth kritzelte eine Zahl in ihr Notizbuch.

»Nein, warte einen Moment. Was sollte das bedeuten ›wenn ich den finde, nach dem ich suche‹?«

»Ich darf es nicht sagen«, sagte Elizabeth mit leiser Stimme.

»Hör zu, wenn du etwas weißt, was uns beide das Leben kosten kann, dann kannst du mich doch zumindest ins Vertrauen ziehen!«

Elizabeth blickte ängstlich um sich, in der Erwartung, Gesichter zu sehen, die sie durch die Fenster höhnisch angrinsten. »Es kann uns nichts passieren«, sagte sie ängstlich. »Sie sind alle bei der Untersuchung.«

»Die in ungefähr fünf Minuten vertagt wird«, sagte Jake, der auf die Uhr schaute.

»Also gut«, seufzte sie. »Ich nehme an, ich kann dir vertrauen.«

Jake lachte. »Wenn man bedenkt, daß du mit mir allein in dieser Kirche mitten in der Pampa bist, dann tust du gut daran.«

»Still!« Elizabeth schauderte. »Ich will nicht darüber nachdenken.« Sie legte den Totenschädel zurück in die Kiste. »Milo glaubt, einer von diesen Schädeln ist ein Kuckucksei.«

»Einer von ihnen ist kein Cullowhee?«

»Genau das glauben wir. Erinnerst du dich an die Geschichte, die du mir über das Schwarzbrenner-Massaker erzählt hast, und daran, daß der Neffe des Sheriffs verschwunden ist?« Ihre Stimme senkte sich zu einem Flüstern. »Womöglich ist er es?«

»Natürlich! Ein besseres Versteck für ein Mordopfer kann es doch gar nicht geben als bei einem Haufen alter Knochen?«

Elizabeth nickte. »Das haben wir uns auch überlegt. Aber bis jetzt habe ich es noch nicht beweisen können.«

»Bis jetzt sind sie alle Cullowhees, was?«

»O Jake, ich weiß es nicht!« jammerte Elizabeth. »Ich habe beim ersten Mal alle Messungen verpatzt, und jetzt kommt wieder dasselbe heraus!«

»Ich störe dich«, sagte Jake schnell. »Kein Wunder, daß du dich nicht konzentrieren kannst. Jetzt weine nicht! Ich werde nur einfach hier sitzen und lesen, und du fängst noch einmal von vorne an. Einverstanden?«

»Einverstanden«, sagte Elizabeth und wischte sich die Augen trocken.

Die nächste Stunde verbrachten sie schweigend. Jake machte es sich mit seinem Buch bequem und spähte gelegentlich über den Rand zu Elizabeth hinüber. Sie war auf ihre Arbeit konzentriert: maß, schrieb das Ergebnis nieder, schüttelte den Kopf und nahm noch einmal Maß. Schließlich hielt er es nicht mehr aus. »Wie geht es voran? Du siehst bekümmert aus.«

Sie schüttelte den Kopf. »Es ist mir völlig unverständlich.«

»Hast du das Kuckucksei gefunden? Es ist doch nicht der winzige, oder?«

»Nein. Ich habe mich auf die Schädelmessungen konzentriert, und ich verstehe es nicht. Ich bin zu denselben Ergebnissen gekommen wie beim ersten Mal.«

»So?«

»Milo sagt, sie sind alle falsch. Sie stimmen nicht mit den Werten in der Tabelle überein.«

»Hast du deine Instrumente überprüft?« fragte Jake nachdenklich.

»Nein. Ich wüßte nicht, wie ich das anstellen sollte. Meinst du, daß mit ihnen etwas nicht stimmt?«

»Es wäre doch möglich, oder? Wenn jemand deine Instrumente falsch geeicht hat, dann bekommst du keine Ergebnisse, die dir weiterhelfen, oder was meinst du?«

»Nein. Ich werde Milo fragen, wenn – Hast du das Auto gehört?«

Jake blickte vorsichtig aus dem Fenster. »Es ist nicht Milo. Es ist der Wagen des Sheriffs.«

»Milo ist nicht da«, sagte Elizabeth zum Hilfssheriff.

»Ich weiß. Er ist in der Stadt geblieben«, sagte Pilot zu ihr. »Ich möchte sie mit Ron Garrett, FBI-Agent, bekannt machen. Er hilft uns bei dem Fall.« Er wandte sich an Jake. »Wir möchten uns gerne einmal mit Ihnen unterhalten.«

Elizabeths Magen geriet ins Schlingern. Doch nicht Jake, dachte sie, um unmittelbar darauf festzustellen, daß sie das nicht glauben würde. »Willst du, daß ich rausgehe?« fragte sie Jake. »Soll ich Milo anrufen?«

»Nein, es ist schon in Ordnung. Was möchten Sie gerne wissen, Gentlemen?«

»Ist Ihr Name Jake Adair?« fragte Pilot, der dabei eine Karteikarte zu Rate zog.

»Ja«, sagte Jake ruhig. Es schien ihn nicht zu überraschen, daß er verhört wurde.

»Und Sie kommen aus dem Swain County in North Carolina.«

»Richtig. Route 1, Box 109, Cherokee.«

Pilot faßte ihn streng ins Auge. »Das ist das Cherokee-Indianer-Reservat, nicht wahr?«

»Sicher«, stimmte ihm Jake freundlich zu.

»Das ist ja toll!« rief Elizabeth aus und vergaß, daß es sich hier um ein Verhör handelte. »Wie kommt es, daß du da lebst?«

»Weil ich ein Vollblut-Cherokee bin«, sagte Jake, freundlich lächelnd.

»Aber – du – aber ...« Elizabeth wurde bewußt, daß alles, was sie hatte sagen wollen, gleich dumm war, so hielt sie ihren Mund und grübelte über diese Wendung der Dinge nach, während die Polizisten ihre Befragung wieder aufnahmen.

»Wissen Sie, was für eine Waffe verwendet wurde, um Dr. Alex Lerche zu töten?« fragte der Hilfssheriff.

»Ein Tomahawk«, sagte Jake gelangweilt.

»Ein Souvenir-Tomahawk aus dem Cherokee-Reservat«, verbesserte ihn Garrett.

»Von denen werden ganze Wagenladungen aus Taiwan eingeführt. Wäre es nicht besser, Sie würden chinesische Verdächtige befragen, Sir?«

»Haben Sie je eine solche Waffe besessen?« bellte Pilot, der diese witzige Bemerkung überhörte.

»Nicht mehr, seit ich acht Jahre alt war.«

»Haben Sie etwas dagegen, wenn wir Ihre Fingerabdrücke nehmen?«

»Tun Sie sich keinen Zwang an.«

»So was Blödes!« rief Elizabeth. »Warum sollte er Alex umbringen? Die Cherokees haben mit all dem nichts zu tun!«

Jake lächelte. »Na ja, ich würde zwar sagen, daß das vor etwa sechshundert Jahren unser Land war, aber ich bin nicht hier, um einen Anspruch darauf geltend zu machen.«

Die Polizisten fanden das nicht lustig. »Könnte es sein, daß die Cherokees dieses Land zurückbekommen?« fragte Pilot den FBI-Agenten leise.

»Mit derselben Wahrscheinlichkeit, wie Sie im Lotto gewinnen«, sagte Jake fröhlich.

»Haben Sie ihn mit dem Tomahawk in Verbindung gebracht?« wollte Elizabeth wissen.

Pilot blickte gequält. »Ma'am, würden Sie sich bitte hier raushalten, wenn Sie nicht sein Prozeßbevollmächtigter sind?«

Elizabeth setzte eine beleidigte Miene auf. »Mein Bruder studiert Jura.«

»Es ist schon okay«, sagte Jake besänftigend. »Diese Herren wollen nur meine Fingerabdrücke, weil sie auf Nummer Sicher gehen wollen. Sie haben doch nicht vor, mich in Handschellen abzuführen, oder?«

Pilot Barnes und Ron Garrett tauschten erzürnte Blikke. Sie hatten erwartet, daß ihre überraschende Befragung verschreckte Kooperationsbereitschaft auslösen würde, aber es hatte nicht geklappt. Garrett zuckte mit den Achseln. »Wir nehmen Ihre Fingerabdrücke, lassen sie durch unseren Computer laufen und sehen, was dabei herauskommt. Und irgendwelche Reisepläne schminken Sie sich ab.«

Nachdem sie Jake noch ein paar Minuten lang befragt hatten, nahmen die Polizisten seine Fingerabdrücke und gingen. Als sich die Tür hinter ihnen geschlossen hatte, legte Elizabeth den letzten Schädel zurück in die Kiste und blickte lächelnd zu Jake auf. »Hey, kann ich deinen Kiefer ausmessen?«

Jake lachte. »Du hast es nicht gewußt, oder? Als du bei der Grabung oben zu mir gesagt hast, ich sehe aus wie ein Apache, habe ich gedacht, du hast es bestimmt erraten.«

Elizabeth schüttelte den Kopf. »Du siehst nicht ... äh ... du siehst nicht so aus, wie man erwarten würde.«

»Keine langen Haare und Federn, was? Tut mir leid, daß ich dich enttäuschen muß. Der Leichenbeschauer wußte es allerdings schon beim ersten Mal, als er mich sah.«

»Wieso?«

»Er hat mich gefragt, ob ich ein Cullowhee bin, und als ich es verneinte, wollte er meinen Nachnamen wissen. Ich sagte ihm, daß ich Adair heiße, und er sagte: ›Da haben wir's!‹ Adair ist ein ganz bekannter Cherokee-Name.«

»Warum hast du es uns nicht erzählt?«

Jake lächelte. »Dr. Lerche hat es gewußt. Milo ebenfalls. Aber ich trompete es gewöhnlich nicht aus. Die blöden Fragen gehn mir auf den Geist: ›Leben Sie in einem Wigwam?‹ Und die abgestandenen Witze: ›Was! Sie sehen, ich spreche Ihre Sprache.‹ Ich konnte es nicht mehr hören.«

Elizabeth nickte. »Wie Victor, der sagte, daß seine Urgroßmutter eine Cherokee-Prinzessin war.«

»O Gott«, stöhnte Jake. »Die Bemerkung ist die schlimmste. Ihr *Unakas* behauptet alle, eure Urgroßmutter war eine Cherokee. Warum sucht ihr euch nicht einmal die Shawnee-Indianer als Opfer aus? Und warum ist es immer eine Urgroßmutter?«

Elizabeth zog die Stirn kraus. »Was war das für ein Wort, das du verwendet hast?«

»*Unaka?* Das ist das Cherokee-Wort für Bleichgesicht. Versteh mich recht, ich bin stolz auf mein Erbe. Ich habe nur die Nase voll von Leuten, die darüber so in Aufregung geraten, daß sie nicht mehr in der Lage sind, *mich* zu sehen.«

»Was?« murmelte Elizabeth. Sie schien nicht zuzuhören.

»Was ist mit dir los?«

Elizabeth kniff die Augen zusammen. »Tut mir leid. Ich glaube, es ist die Hitze. Ich habe gerade überlegt, was wir zu Mittag essen könnten.«

»Und ich dachte schon, du bekommst Angst, daß du hier mit mir allein bist«, brummte Jake.

»Nein. Ich weiß, daß du es nicht warst«, erwiderte sie.

»Vielen Dank für das Vertrauensvotum.«

Aber es ist keine Frage des Vertrauens, dachte sie, ich weiß eben jetzt, wer es war. Wie kann ich dich jetzt loswerden, um herauszufinden, warum? Elizabeth setzte ihr einfältigstes Lächeln auf, das Lächeln, das gewöhnlich bei einem Platten auf der Autobahn herhalten mußte. »Jake, meinst du, du könntest zu Comfreys Haus gehen und ein paar Tomaten aus seinem Garten holen? Er hat gesagt, wir können uns bedienen, und ich möchte uns zum Lunch Tomaten-Sandwiches machen.«

»Warum gehen wir nicht beide?« fragte Jake, während er aufstand.

»Einverstanden«, sagte Elizabeth.

Als sie an der Tür waren, blieb sie stehen, als sei ihr gerade etwas eingefallen. »Wir haben fast keinen Eistee mehr. Was hältst du davon, wenn ich hierbleibe und ihn mache, während du die Tomaten holst. Du wirst doch nicht lange weg sein?« Sie fragte es ängstlich.

»Zehn bis fünfzehn Minuten«, sagte Jake. »Laß keinen herein, während ich fort bin, ja?«

»Ich verspreche es«, sagte Elizabeth feierlich. Sie stand in der Vorhalle und blickte ihm nach, bis er nicht mehr zu sehen war. Einen Augenblick später war sie weg.

15

Pilot Barnes trat auf die Bremse, um ein Murmeltier die Straße überqueren zu lassen. Wäre es in seinem Garten aufgetaucht, hätte er es ohne Gewissensbisse abgeschossen; dieses widersinnige Verhalten fiel ihm nie auf. »Wie ist Ihre Meinung zu diesem Verhör?« fragte er den FBI-Agenten.

»Dieser Adair?« Garrett schüttelte den Kopf. »Ich glaube es nicht. Denken Sie daran, daß er die Grabungsstätte nicht verlassen hat, als der zweite Mord stattfand. Auf die Weise hat er eine Menge Zeugen für ein Alibi; aber es kann natürlich sein, daß er etwas weiß. Unsere Überprüfung seiner Person hat nichts Ungewöhnliches zutage gebracht.«

»Er ist Indianer«, knurrte Pilot.

»Oh, das sagt nicht viel. Meine Urgroßmutter war eine Cherokee. Von ihr habe ich meine braunen Augen. Ich behaupte immer noch, daß er nicht zu den Verdächtigen gehört. Wenn ich es recht bedenke, könnten die zwei da oben sogar in Gefahr sein. Haben Sie daran gedacht, sie bewachen zu lassen?«

»Ich glaube nicht, daß sie eine Wache brauchen.«

»Gehen Sie lieber auf Nummer Sicher«, riet ihm Garrett.

Der Hilfssheriff lächelte. »Ich sag Ihnen was: Ich mache einen Kompromiß. Ich schicke Dummkraut hinauf, um sie zu bewachen.«

»Symbolische Abschreckung, was? Könnte klappen. Das befreit Sie und McKenna von der Aufgabe, die anderen Leute zu kontrollieren. Scheiden irgendwelche Verdächtige vom ersten Mord inzwischen aus? Zum Beispiel die Ehefrau?«

»Nein. Sie haben sie bei der Beweisaufnahme gesehen, nicht wahr? Sie ist gestern abend angekommen.«

»Sie könnte es gewesen sein. Könnte ihren Mann umgebracht haben und von diesem Bassington gesehen worden sein. Erpressung?«

Pilot dachte darüber nach. »Können wir eine Aufzeichnung der Ferngespräche in ihr Haus bekommen? Oder vielleicht die Polizei von Virginia veranlassen, ihr Haus nach Erpresserbriefen abzusuchen?«

»Ich will sehen, was ich tun kann«, sagte Garrett. »Sonst noch was?«

»Die Freundin. Sie machte einen Spaziergang, als der erste Mord stattfand, und unmittelbar danach fuhr sie weg, um in der MacDowell-Bibliothek zu recherchieren.«

»So?«

»Gestern ist sie zurückgekommen, um ihre Gitarre zu holen. Ich frage mich, warum sie sie überhaupt dagelassen hat.«

»Wir überprüfen sie ebenfalls«, seufzte der Agent. »Ihr habt Glück, daß wir euch keine Computerzeit berechnen.«

Pilot hatte das unangenehme Gefühl, zu Dank verpflichtet zu sein. »Ich bin Ihnen wahnsinnig dankbar dafür, daß Sie mir so helfen«, sagte er unbeholfen.

»Keine Ursache. Sie investieren sicherlich eine Menge Überstunden in den Fall. Persönliches Interesse?«

Pilot schüttelte den Kopf. »Ich möchte ihn nur aufklären, bevor der Sheriff zurückkommt.« Um ihm zu zeigen, zu was ich ohne Beaufsichtigung in der Lage bin, vollendete er seinen Satz im stillen. Er kann nicht ewig Sheriff bleiben; vielleicht ist wirklich eine Chance auf Beförderung drin. Er glaubte allerdings nicht daran. Pilot Barnes konnte sich des Gefühls nicht erwehren, daß er bei seiner Untersuchung etwas Entscheidendes übersah, etwas, was er vielleicht nicht einmal erkennen würde, wenn er es vor Augen hätte. Duncan Johnson, so sagte er sich, hätte es in einer Minute erfaßt. Pilot Barnes starrte verdrießlich auf den Wegweiser zur »Weisen Waldfrau«;

er wußte auch ohne Weissagung, daß er nicht die geringste Hoffnung hatte, Sheriff zu werden.

Tessa Lerche, die vorgewarnt war, daß die Beweisaufnahme in einem Gerichtssaal ohne Klimaanlage stattfinden würde, kam nicht in Schwarz. In ihrem beigen Leinenkostüm, den farblich dazu abgestimmten Schuhen und dem dezenten Goldschmuck an Ohren und Hals, schien sie eine kühle und neutrale Beobachterin des Verfahrens, das der Aufklärung des Todes ihres Mannes dienen sollte, zu sein. Ja, sie würde überhaupt nicht in Schwarz gehen, abgesehen von der Beerdigung; es schien ihr bei einer Frau, die vor kurzem noch Artikel über Gütergemeinschaft im Scheidungsfall gelesen hatte, heuchlerisch, und Tessa verabscheute jeden Anschein von Heuchelei. Sie sagte aus, daß sie Milo am Abend, an dem der Mord stattgefunden hatte, zur Grabungsstelle begleitet habe, und sprach dabei mit klarer, ruhiger, von Trauer gedämpfter Stimme. Sie hatte einmal bei einer Aufführung von ›Riders to the Sea‹ am College mit einer solchen Stimme gesprochen, als sie die alte Frau spielte: »Sie sind jetzt alle tot, und es gibt nichts, was die See mir noch antun kann ...« In ihre Zeugenaussage schlichen sich kaum erkennbare Spuren eines Dialekts, die die gewitzteren Zuhörer bewogen, sie für eine geborene Irin zu halten.

Nachdem sie den Zeugenstand verlassen hatte, nahm sie neben Milo Platz und hörte dem medizinischen Sachverständigengutachten mit dem leeren Gesicht eines Menschen zu, der mit den Gedanken woanders ist. Einmal, als der Leichenbeschauer etwas besonders anschaulich formulierte, warf Milo ihr einen Blick zu, aber sie schaute nur mit einem angedeuteten Lächeln zu ihm auf und fuhr fort, auf ihre gepflegten kleinen Hände hinunterzuschauen, die die Kalbsledertasche in ihrem Schoß umklammert hielten.

Als das Urteil »Mord durch einen oder mehrere Unbekannte« erfolgt war, begleitete er sie nach draußen und hielt vorsorglich nach Reportern mit Kameras Ausschau, aber keiner erschien. (Stuart Morton, der Herausgeber des ›Recorder‹, war unterwegs, um einen Bericht über das Ferienlager der Landjugend zu schreiben. Er würde dem Beweisaufnahmeverfahren die üblichen sechs Zeilen auf Seite drei widmen.)

»Vielen Dank dafür, daß Sie mir zur Seite gestanden sind«, sagte Tessa leise. »Es hat mir viel bedeutet.«

Milo trat nervös von einem Bein aufs andere. »Fahren Sie jetzt zurück?«

Sie blickte mit feuchten Augen zu ihm auf. »Finden Sie es schrecklich von mir, wenn ich Ihnen sage, daß ich vorher noch gerne essen würde? Ich nehme an, ich sollte mich daran gewöhnen, allein zu essen, aber ...« Ihre zitternde Stimme versagte ihr den Dienst.

»Selbstverständlich«, sagte Milo und fragte sich, wie sie es geschafft hatte, ihm Schuldgefühle einzuflößen. »Wohin würden Sie gerne gehen?«

Tessa seufzte. »Es spielt keine Rolle. Ich merke gar nicht, was ich esse. Ich könnte es nur nicht ertragen, in einem Café hier in der Gegend der Schaulust der Leute ausgeliefert zu sein.« Sie erschauerte zartfühlend.

Nach einigem Hin und Her beschloß man, daß Tessa das Rhododendron Inn, ein Herrenhaus im Stil der Jahrhundertwende, das wie eine Taverne eingerichtet war, als passend empfinden könnte. Milo, der unwillkürlich in seiner hinteren Hosentasche nach seiner Kreditkarte tastete, stimmte ihr ohne merkliche Begeisterung zu. Das Rhododendron Inn, ein Fachwerkgebäude mit bäuerlichem Schnickschnack an den Wänden, hielt sich etwas darauf zugute, zu der Sorte Gasthäuser zu gehören, in denen George Washington gespeist hätte, wäre er willens gewesen, für das Essen eine Hypothek auf Mount Vernon aufzunehmen.

Als man ihnen einen kleinen Holztisch mit einem Topf wildwachsender Blumen zugewiesen hatte, flüsterte Tessa: »Ich hoffe, sie servieren nicht dieses fette Landessen!«

Milo, der gerade darauf hoffte, sagte: »Warum bestellen Sie sich nicht einfach einen Salat?«

Milo entschied sich für das ländliche Büffet, während Tessa die *Quiche du jour* und Kürbis-Muffins wählte. Er hielt sich länger am Büffet auf, als er es vielleicht getan hätte, wenn er darauf bedacht gewesen wäre, zu seiner Tischpartnerin zurückzukommen. Er fragte sich, ob Tessa nur die Beweisaufnahme noch einmal rekapitulieren wollte oder ob sie etwas anderes im Sinn hatte.

»Wie, finden Sie, lief es?« fragte sie ihn und versuchte, nicht auf seinen dampfenden Teller mit den gefleckten Feldbohnen und gebratenen Äpfeln zu schauen.

»Die Beweisaufnahme? Alles Routine, schätze ich.«

»Ich kann mir nicht helfen, ich glaube, die Polizei hat einen bestimmten Verdacht, doch sie will ihre Karten noch nicht aufdecken.«

»Das bezweifle ich«, sagte Milo, nachdem er hinuntergeschluckt hatte. »Da inzwischen noch ein Mord geschehen ist, gehe ich davon aus, daß sie einen Verdächtigen festnehmen würden, wenn sie könnten.«

»Der arme ... Victor«, antwortete Tessa und versuchte sich zu erinnern, ob sie ihn kennengelernt hatte. »Ich nehme an, er hat etwas gesehen?«

»Ich weiß es nicht. Selbst wenn, kann ich mir kaum vorstellen, daß ihm einer geglaubt hätte. Victor war solch ein Lügner, daß er alles mögliche daherquatschte. Wir haben ihn alle links liegen lassen.«

Sie schüttelte tadelnd den Kopf, als wolle sie ihn daran erinnern, daß man von Toten nicht schlecht spricht. »Man wird ihn trotzdem vermissen. Haben Sie es seiner Familie schon gesagt?«

»Ich habe sie heute morgen angerufen«, sagte Milo schnell; er war nicht willens, darauf einzugehen. Victors Mutter hatte wie auf Knopfdruck mit einem hysterischen Anfall reagiert, sein Vater war jedoch ernst und gefaßt gewesen. Er schien die Episode als Victors ehrgeizigste Bemühung zu betrachten, im Mittelpunkt der Aufmerksamkeit zu stehen.

»Selbst die rücksichtslosesten, egozentrischsten Leute werden von denen, die sie liebten, betrauert«, seufzte Tessa. Sie brachte es fertig, durchblicken zu lassen, daß das bei Alex auch so war.

Als Milo, ihrer Meinung nach überwältigt von Mitleid für ihr vergangenes und gegenwärtiges Leid, nicht darauf einging, versuchte es Tessa von neuem: »Ich nehme an, Sie werden bald in die Stadt zurückkommen?«

»Wahrscheinlich morgen. Es hängt davon ab, was mit Victor geschehen soll.«

Tessa stellte sich plötzlich lebhaft vor, wie Milo Victors Leichnam in einem Kombi heim nach Maryland schaffte; sie war sicher, daß er etwas anderes meinte, aber da sie ohnehin nicht an den Details interessiert war, ließ sie es dabei bewenden. »Sie besuchen mich doch, wenn Sie wieder zurück sind, nicht?«

»Natürlich. Ich habe mir gedacht, Sie wollen vielleicht, daß ich mich um Alex' Aufzeichnungen kümmere.«

»Das auch«, murmelte Tessa.

Milo hob den Kopf wie einer, der es gerade aus dem Gepäcknetz über sich ticken gehört hat. »Auch?«

»O Milo, es gibt einfach so viele Dinge, mit denen ich zu Rande kommen muß, jetzt wo Alex nicht mehr ist! Steuern und das Testament ...«

»Hat er denn keinen Anwalt gehabt?«

»Ja, aber ... Und ich muß mich von seiner Kleidung trennen.«

»Kleidercontainer, Ecke Elm-/Sycamore.«

»Sie verstehen mich nicht«, sagte Tessa erbittert. »Ich komme einfach nicht mit dieser ... dieser ...«

»Ich glaube, das Familienberatungscenter bietet eine Gruppe für trauernde Hinterbliebene an«, sagte Milo gelassen. »Ich bin sicher, daß die Ihnen viel besser als ich helfen können.«

Sie schürzte die Lippen. »Und ich bin sicher, daß ich mich viel besser fühle, wenn sie dieses falsche Luder, Ihre kleine Kollegin, verhaftet haben. Sie wollte Alex kriegen, wenn nicht so, dann so, und das weiß auch die Polizei!«

Eine schüchterne Gestalt in Khaki näherte sich ihrem Tisch. Milo war in seinem ganzen Leben noch nie so froh gewesen, jemanden zu sehen. Verblüfft über die überschwenglich herzliche Begrüßung, schaute Dummkraut sie scheel an, erstaunt, daß der Kerl, der immer so kurz angebunden mit ihm gewesen war, ihn auf einmal so ins Herz geschlossen hatte. Vielleicht lag es an der neuen Uniform; eigentlich gehörte sie Pilot, aber sie paßte ihm ganz leidlich.

»Ich habe Ihr Auto draußen gesehen«, sagte er zu ihnen. »Mr. Barnes möchte, daß ich wieder ins Sarvice Valley hinaufgehe und Wache schiebe.«

Unter allen anderen Umständen hätte ihm Milo empfohlen, sich zu verkrümeln, aber jetzt, wo er eine Alternative zu einer noch längeren Unterhaltung mit Tessa darstellte, war Milo die Kooperationsbereitschaft in Person. »Natürlich!« sagte er, während er aufstand. »Muß ich mit Ihnen kommen? Braucht mich Barnes?«

»Nein. Ich brauche einen, der mich mit hinaufnimmt.« Als er ihre verdutzten Gesichter sah, beeilte sich Coltsfoot, die Sache zu erklären. »Wir haben nur zwei Streifenwagen. Mr. McKenna braucht einen, um zu patrouillieren, und Pilot benutzt den anderen beim Handwerksmarkt der Nunwati-Naturfreunde, der heute abend stattfindet.« Es lag ein sehnsüchtiger Ton in seiner Stimme, aber es schlug ihm keine Welle des Mitgefühls entgegen.

»Und was ist mit dem Wagen von Harkness?«

»Oh, der hat immer seinen eigenen benutzt, und sie haben ihm Kilometergeld gezahlt. Der Bezirk hat ausgerechnet, daß das billiger kommt.«

»Könnten Sie nicht Ihr eigenes Auto nehmen?«

»Patricia gibt es mir nicht«, murmelte Coltsfoot und lief dabei rot an. »Ich wollte Sie fragen, ob ich mit Ihnen hinauffahren darf. Ich weiß nicht, warum mich Pilot nicht gleich mitgenommen hat, als er hinauffuhr. Vielleicht hatte er da noch nicht beschlossen, daß er mich braucht. Ich wollte gerade zum Handwerksmarkt aufbrechen, als sie kamen und mich schnappten.«

Milo schnitt ihm das Wort ab. »Barnes ist nach dem Beweisaufnahmeverfahren noch einmal ins Sarvice Valley gefahren? Warum?«

»Ich weiß es nicht. Ich glaube, er hat jemanden verhört. Er hatte den Typ vom FBI dabei.«

Milo wandte sich an Tessa. »Möchten Sie, daß ich Sie vor dem Gerichtsgebäude absetze? Ich habe das Gefühl, ich sollte jetzt zurückfahren.«

Tessa, die sich eben daran erinnert hatte, was es hieß, mit einem Wissenschaftler aus Leidenschaft zusammenzuleben, brachte ein tapferes Lächeln zustande. »Nein danke, Milo. Ich schaffe das schon.«

Daniel Hunter Coltsfoot verbrachte den größten Teil der Fahrt ins Sarvice Valley damit, sich über die Umstände zu beklagen, die dazu geführt hatten, daß er jetzt Hilfssheriff war. Patricia Elf brauchte sich nicht zu beschweren, daß sie die Buden für den Handwerksmarkt allein aufstellen mußte. Sie war schuld daran, daß er jetzt in dieser Patsche saß.

»Und ich würde sagen, daß der Mörder vom Sarvice Valley weitaus wahrscheinlicher *mich* kriegt als diese Tennessee-Sträflinge *sie*, als sie darauf bestand, daß ich diese Pistole kaufe!« beendete er seine Klage verbittert.

»Warum weigern Sie sich nicht einfach?« fragte Milo. »Pflichtbewußtsein?«

»Natürlich. Ich *bin* schließlich Hilfssheriff«, sagte Coltsfoot und machte eine noble Kinnbewegung. »Und außerdem hat Pilot ganz nebenbei erwähnt, daß er sich sehr viel mehr für kleinere Drogenvergehen im Bezirk interessieren wird, wenn ich nicht bei der Stange bleibe, bis die Ermittlungen abgeschlossen sind.«

»Ich verstehe«, sagte Milo und unterdrückte ein Lächeln.

»Verflucht! Die Naturfreunde werden mich umbringen.«

»Ich sehe, daß Sie eine Pistole dabei haben«, bemerkte Milo mit einem Blick auf den Pistolenhalfter an Dummkrauts Gürtel. »Wissen Sie, wie man damit umgeht?«

»Ich habe es noch nie probiert, aber es sieht im Fernsehen recht einfach aus. Peng, peng, du bist tot. Habe ich recht?«

»Mann, o Mann«, sagte Milo zu sich.

»Ich selbst bin strikt gegen jede Form von Gewaltanwendung. Friedensmärsche; Hungerstreiks; Demos gegen Atomkraftwerke.« Er klopfte auf die Pistole an seinem Schenkel. »Aber wenn da oben ein Mörder herumläuft und wenn man bei der Polizei ist – dann muß man seine Pflicht tun.«

»Richtig«, sagte Milo und fuhr auf eine Gruppe von Häusern zu. »Ich glaube, ich mache kurz bei Comfrey Stecoah halt und nehme ihn mit. Sie warten hier.«

Er eilte die Betonstufen hinauf und klopfte an die Tür. Comfrey Stecoah selbst erschien und bat Milo in ein kleines, spärlich möbliertes Wohnzimmer. Comfrey, der noch den Anzug trug, den er bei der Beweisaufnahme angehabt hatte, war offenbar gerade dabei gewesen, an seinem Couchtisch aus Chrom und Glas zu Mittag zu essen.

»Was ist los?« fragte er Milo.

»Pilot Barnes hat uns für den Rest unseres Aufenthalts eine Wache zugewiesen.«

»Wurde auch Zeit«, brummte Comfrey.

»Es ist dieser Coltsfoot. Mit einer Pistole.« Milo unterstrich die Bedeutung seiner Worte durch sorgfältige Betonung.

»Verstanden. Lassen Sie mich zu Ende essen. Ich komme zur Kirche nach.«

Er ist ein guter Kerl, dachte Milo, während er zum

Auto zurückging. Wenn sie Bevel Harkness feuern, sollten sie ihm das Amt des Hilfssheriffs für das Tal übertragen. Vielleicht mache ich Pilot Barnes den Vorschlag.

»Wie lange wollt ihr denn noch hierbleiben?« fragte Coltsfoot, als sie wieder im Auto saßen.

»Ich hoffe, daß wir uns morgen schon auf den Weg machen können«, sagte Milo. »Wir messen die Schädel heute noch einmal nach, und dann begraben wir die Überreste wieder. Die Computerarbeit kann ich in der Universität machen. Höchstens noch zwei Tage.«

»Den Handwerksmarkt versäume ich trotzdem«, seufzte Coltsfoot.

Milo lenkte den Wagen in den Parkplatz unterhalb der Kirche. Er hatte den Hang noch nicht halb überquert, als ihm Jake schon entgegengelaufen kam.

»Hast du Elizabeth gesehen?« fragte er.

Milos Augen verengten sich zu schmalen Schlitzen. »Ich habe sie hier bei dir gelassen!«

»Sie hat mich nach Tomaten geschickt«, sagte Jake hilflos. »Als ich zurückkam, war sie weg!«

Elizabeth hatte es nicht eilig, ans Ziel zu kommen. Sie brauchte die Zeit, um nachzudenken. Als sie an dem Pfad, der den Berg hinaufführte, angekommen war, war sie sicher, daß sie nicht verfolgt wurde. Sie hatte mindestens zehn Minuten Vorsprung, ehe Jake zurückkam und nach ihr zu suchen begann. Wenn er sie fand, hatte sie hoffentlich schon alles geregelt. Sie ging langsamer und zwang sich dabei, auf die Pflanzen am Wegrand zu achten, während sie über das Problem nachdachte. Blutkraut und Schafgarbe ... ob sie Milo wohl je die Wahrheit sagen konnte? Wasserdost ... Fuchsschwanz ... vielleicht hätte sie Jake mitnehmen können. Er hätte möglicherweise Verständnis gehabt. Ob er im Wald wohl Fährte aufnehmen konnte? Sie verzog ärgerlich das Gesicht. Natürlich konnte er es nicht! Schon wieder versuchte sie, die Indianer in eine Schablone zu zwängen.

Sie bückte sich, um an einem sonnigen Fleckchen neben

dem Weg eine gelb-orange Kletterpflanze in Augenschein zu nehmen – die Liebesrebe. Sie hatte sie in ihrem Pflanzenbuch unter »Teufelszwirn – auch als Teufelsseide bekannt« gefunden. Sie fragte sich, ob sie jemand gepflanzt hatte, und wenn ja, wessen Namen sie trug. Ein Mückenschwarm flog ihr ins Gesicht, und sie verscheuchte ihn mit der Hand. Es bewegte sich kein Lüftchen in der Hitze.

»Du mußt die Sache durchdenken«, sagte Elizabeth laut und wünschte einen Augenblick lang, sie könnte umkehren und zur Kirche zurückgehen. Wer trug denn überhaupt die Verantwortung? Sie war fast am Ende des Weges angekommen – es war jetzt nicht mehr weit. Bald würde Milo herausbekommen, was sie schon wußte, und in der darauf folgenden Verwirrung wäre es zu spät, um noch irgend etwas zu retten. Elizabeth ging weiter. Sie mußte mit der Weisen Waldfrau sprechen.

Amelanchiers Hütte stand grün und schweigend in der Lichtung. Elizabeth stellte zu ihrer Erleichterung fest, daß keine Touristen den Berg heraufgewandert waren. Sie stand im Schatten eines Essigbaums und beobachtete einen rotschwänzigen Habicht auf Erkundungsflug. Er flog einen rückwärtigen Looping auf ein paar Kiefernwipfel zu, bis sie ihn nicht mehr sehen konnte. Sie fragte sich, ob sie nach Amelanchier suchen sollte, vielleicht am Bach, dessen Plätschern schwach an ihr Ohr drang. Sie blickte noch einmal auf die stille Hütte, die in tiefem Schatten lag; ihre Türen und Fenster starrten sie mit glasigen Blicken an. *Sie weiß, daß ich hier bin*, dachte Elizabeth. *Sie sieht mich.* Sie fragte sich, woher sie es wußte.

Als Elizabeth über ihre Gefühle nachdachte, stellte sie zu ihrer Überraschung fest, daß ihre Abneigung weiterzugehen, eher einer gewissen Scheu als Furcht entsprang. Elizabeth ging nie direkt auf die Leute zu. »Gehst du zufällig gerade in die Küche?« sagte sie zu Bill – *nicht* »Bring mir ein Glas Wasser«. Sie überlegte, ob es eine diplomatische Möglichkeit gab, über mehrfachen Mord zu sprechen, aber sie hatte keine Angst. Nicht ein einziges Mal dachte sie: Ich könnte die nächste sein.

Langsam ging sie durch das Schwingelgras. Sie wußte, daß sie nicht im Visier eines gezogenen Gewehrlaufs war, weshalb sie sich keine Mühe gab, sich unbemerkt heranzupirschen. Sie würde keinen großen Wirbel machen; und sie durfte in der nächsten halben Stunde nicht an Victor oder Alex denken.

Elizabeth klopfte an die Tür.

»Es ist offen!« ertönte Amelanchiers Stimme fest und melodisch.

Elizabeth schob die Tür langsam auf und spähte hinein. Die alte Frau saß an ihrem hölzernen Arbeitstisch und löffelte getrocknete Kräuter in kleine Plastiktüten. »Ich mache eine neue Ladung Bitter«, sagte sie zu Elizabeth. »Die Touristen haben mich leergekauft.«

Sie bot ihrem Gast mit einer Handbewegung einen Stuhl an, der an der Wand stand. »Willst du mir helfen, die Tütchen oben zuzubinden?« fragte sie und schob ihr eine Handvoll Verschlußklipse über den Tisch zu. Elizabeth nahm die Klipse aus Draht und Plastik und fing an, sie um die Bitterpäckchen zu schlingen. »Wir müssen miteinander reden«, sagte sie leise.

»Ist ein angenehmer Zeitvertreib, wenn du redest«, pflichtete ihr Amelanchier bei.

»Das glaube ich diesmal nicht, Amelanchier, aber es muß sein. Vergessen Sie nur nicht, daß ich hier bin, um Ihnen zu helfen.«

»Ich bin dir dankbar dafür«, sagte die Weise Frau heiter. »Es sind ja auch eine Menge Tüten zu verschließen.«

»Nein, ich meine bei der Rettung des Tales. Ich möchte nicht, daß es die Cullowhees an die Bergwerksgesellschaft verlieren. Zumal ich gehört habe, was Ihre Leute bereits alles durchgemacht haben. Es wäre nicht fair!«

Amelanchier nickte und fuhr fort, die Plastiktüten zu füllen.

»Sie müssen die Morde gestehen, Amelanchier«, sagte

Elizabeth ruhig. »Und wir müssen uns ein Motiv dafür ausdenken, weil ihr das Tal verliert, wenn die Wahrheit herauskommt!«

»Was ist denn die Wahrheit?«

»Die Cullowhees sind keine Indianer.«

Amelanchier lächelte. »Aber freilich, Mädchen. Es ist so, wie ich es dir gesagt habe: Wir stammen von den Unakas ab –«

»Ja! Und *Unaka* ist das Cherokee-Wort für Bleichgesicht! Wer seid ihr wirklich?«

Amelanchier wischte sich die Hände an ihrer Schürze ab. »Hm«, seufzte sie. »Wenn ich mich nicht irre, hast du etwas über die Rettung des Tales gesagt. Was hältst du davon, wenn ich uns einen Tee aufbrühe und wir darüber nachdenken?«

Sie holte Steingutbecher und Plastiklöffel heraus. »Wie kannst du sagen, was für Leute wir sind?« fragte sie, während sie arbeitete. »Das Wort beweist gar nichts.«

»Sie wissen genau, wie ich es sagen kann. Ich habe es Ihnen beim ersten Mal, als ich hierherauf kam, erklärt. Ich habe Ihnen alles über die Schädelmessungen erzählt und darüber, daß jede Rasse in der Tabelle andere Zahlen aufweist.«

»Ich habe gedacht, der Doktor war der einzige, der es ganz sicher sagen konnte.«

»Dr. Lerche konnte es sagen, wenn er einen Schädel bloß sah. Uns anderen fehlt seine Erfahrung, deshalb müssen wir uns mit Tabellen herumplagen, aber wir kommen zum selben Ergebnis. Ich habe die Messungen zweimal gemacht, und sie stimmen nicht mit dem Rest der Tabelle überein. Wenn Milo meine Arbeit überprüft und sieht, daß ich sie richtig gemacht habe, dann weiß er es auch. Dann ist das Geheimnis heraus, und das wollen wir nicht.«

»Und wie sollen wir das Tal retten?«

»Wenn die Untersuchung fortgesetzt wird, kommt das Geheimnis heraus. Aber wenn Sie gestehen und ich den

Bericht fälsche, dann bekommt jeder die Antwort, die er haben will, und das ist dann das Ende der Geschichte.«

»Wir wollen also beide Lügen erzählen?« lächelte Amelanchier.

»Ja. Außer was die Tatsache angeht, daß Sie Dr. Lerche und Victor getötet haben.«

Die alte Frau sah aus, als wolle sie leugnen, aber unvermittelt seufzte sie resigniert und fragte: »Woher weißt du es?«

»Weil es meine Schuld ist!« sagte Elizabeth den Tränen nahe. »Es war mir klar, daß es nicht Comfrey gewesen sein konnte, weil er uns nicht um den wissenschaftlichen Nachweis gebeten hätte, wenn er gewußt hätte, daß die Cullowhees keine Indianer sind. Und Sie haben alles über das Projekt von mir gewußt. Sie haben sogar gewußt, daß Victor allergisch auf Bienen war, weil ich es Ihnen erzählt habe! Ich habe Ihnen auch erzählt, daß er Sprüche machte, er wisse, wer Alex getötet hat, aber ich habe vergessen, Ihnen zu erzählen, was für ein Lügner er war! Ich glaube nicht, daß er etwas gewußt hat, ehrlich.«

»Ich konnte kein Risiko eingehen. Mein Volk hat zuviel mitgemacht, um alles wegen eines unbedeutenden Studenten zu verlieren. Ich nehme an, du magst deinen Tee süß, nicht? Du mußt mit Honig vorliebnehmen. Ich habe keinen weißen Zucker im Haus. Er richtet einen zugrunde.«

Elizabeth nahm ihren dampfend heißen Becher in die Hand und nippte daran. Er schmeckte immer noch bitter, selbst mit Honig. »Wer seid ihr wirklich? Weiß es jemand?«

»Nur ich. Ich bin die Älteste, die noch am Leben ist; deshalb erinnere ich mich an die Zeit, als die Familien es noch wußten. Mein Großvater hatte noch die Narben von den Peitschenhieben auf dem Rücken.«

»Ihr wart also Sklaven? Von den Plantagen geflohen?«

»Von den Plantagenbesitzern verkauft«, sagte Amelanchier mit unbewegter Stimme. »Vor den Cherokees geflohen.«

Elizabeths Augen wurden ganz groß. »Vor den Cherokees? Das ist unmöglich! Sie waren ein Indianerstamm.«

»Ich nehme an, du denkst, Indianer sind Leute, die in Wigwams leben und mit Kriegsbemalung und Federn herumlaufen«, schnaubte Amelanchier verächtlich. »Ich kann nicht für die im Westen sprechen, aber so wahr ich hier stehe, die Cherokees sind schneller weiß geworden als Holzkohle in einem Lagerfeuer.«

»Sie haben Sklaven besessen?«

»Ja, Ma'am, und große Felder und Weiden, auf denen sie sie arbeiten ließen. Haben sich weiße Nachnamen zugelegt und sind um 1800 herum Christen geworden. Haben auch angefangen, sich mit Weißen zu verheiraten. Ich nehme an, sie haben sich ausgerechnet, daß die Weißen sie in Frieden lassen, wenn sie sich zivilisieren.«

»Hat es geholfen?« Elizabeth wußte nur verschwommen über die appalachische Geschichte Bescheid, die erst im Herbstsemester gelesen wurde.

»Nein. Das Land der Cherokees war gutes Land, Holz und Gold und gutes Ackerland. Um 1830 herum, als den Siedlern das Land an der Küste nicht mehr ausreichte, fingen sie an, der Regierung keine Ruhe zu lassen: Sie solle die Indianer von dem guten Land vertreiben, sie weiter nach Westen umsiedeln.«

»Der Pfad der Tränen«, flüsterte Elizabeth, die sich plötzlich erinnerte.

»Ja. Sie haben sie regelrecht verjagt, so wie sie es jetzt mit uns tun wollen. Alle außer fünfhundert, die sich in den Hügeln verbargen. Es sind ihre Nachkommen, die heute das Cherokee-Reservat bewohnen.«

»Und wurden die Sklaven befreit, als die Indianer zum Gehen gezwungen wurden?«

»Nein, sie wurden mit dem Vieh weggetrieben. Aber meine Leute sind nicht gegangen. Sie sind fortgelaufen und in die Berge zurückgekommen. Seitdem sind sie hier. Die meisten von ihnen waren Mischlinge von schwarzen und weißen Eltern.«

»Und indianischen?«

»Das glaube ich nicht. Sie erzählten immer, daß die Indianer jedem der ihren fünfzig Peitschenhiebe gaben, der sich mit einem Sklaven verheiratete.«

»Aber warum habt ihr behauptet, Indianer zu sein?« fragte Elizabeth, der ein Schauer über den Rücken lief, während sie an ihrem Tee nippte.

»Weil es von 1830 an und bis vor kurzem hier in der Gegend nicht ratsam war, etwas anderes zu sein. Wenn sie vor dem Bürgerkrieg gesagt hätten, daß sie Schwarze sind, hätte man sie womöglich wieder in die Sklaverei verschleppt, und auch danach waren sie noch schlechter daran als die Indianer. Immerhin mußten wir uns als Indianer nicht vor der Feme fürchten.«

»Aber alle wußten, daß ihr in Wirklichkeit keine Indianer wart?«

Amelanchier nickte. »Erst mein Großvater, der Weise Mann, änderte das. Als ich ein winzigkleines Mädchen war, sagte er den Leuten, daß man ein Geheimnis am besten bewahrt, indem man es nicht ausplaudert; also hat man den Kindern von da an gesagt, daß sie wirkliche Indianer seien. Wenn ich gehe, geht die Wahrheit mit mir; ich habe niemals einem meiner Kinder etwas anderes erzählt. Ich habe nicht gewußt, daß ihr es aus den Gebeinen der Toten lesen könnt.«

»Bis ich es Ihnen gesagt habe«, warf Elizabeth ein. Sie durfte jetzt nicht darüber nachdenken; sie durfte einfach nicht! »Ich will nicht, daß Ihre Leute das Land verlieren. Es ist nicht fair.«

»Wenn es mir Comfrey nur gesagt hätte, bevor er euch hierhergebeten hat! Aber er denkt, ich bin eine alte Frau, die nichts anderes kennt als ihre Pflanzen.«

»Es hilft nichts«, sagte Elizabeth energisch. Sie fragte sich, wieviel Zeit ihnen blieb, bis Jake sie fand. »Sie dürfen die Wahrheit nicht sagen. Wir müssen uns einen anderen Grund dafür, daß Sie sie getötet haben, ausdenken! Wie wäre es damit: Sie haben sie getötet, weil Sie nicht wollten, daß die Gebeine Ihrer Verwandten von unehrerbietigen weißen Wissenschaftlern in ihrer Totenruhe gestört werden?«

»Das habe ich mir auch schon überlegt«, sagte Amelanchier. »Noch einen Tee?«

»Was heißt das, sie war weg?« fragte Milo. »Hat sie eine Nachricht hinterlassen?«

»Nein. Ich dachte zuerst, sie wäre an den Bach hinunter gegangen oder so, aber ich habe gerufen und keine Antwort bekommen.«

»Hast du schon oben beim Grabungsgelände nachgesehen?« fragte Milo. Er hatte zwar keine Idee, warum sie dorthin gegangen sein sollte, aber es war die einzige Möglichkeit, die ihm einfiel.

»Nein. Sollen wir mal eben hinaufgehen?«

»In einer Minute. Comfrey Stecoah kommt gleich. Welchen Grund könnte Elizabeth gehabt haben, die Kirche zu verlassen? Was war hier los? Was wollte der Hilfssheriff?«

»Er hat herausgefunden, daß ich ein Cherokee bin, und hat versucht, mich ins Bockshorn zu jagen, damit ich gestehe. Wegen des Tomahawks.«

Milo dachte über diese Mitteilung nach. »Hatte Elizabeth Angst?« fragte er schließlich.

»Falls du damit sagen willst, sie hatte das Gefühl, ich könnte sie skalpieren, dann glaube ich das nicht.«

»Hm, womit hat sie sich beschäftigt?«

»Sie hat den Vormittag hauptsächlich damit verbracht, die Schädel noch einmal nachzumessen. Damit und mit trübseligen Bemerkungen darüber, wie eklig du in letzter Zeit gewesen bist.«

Milo preßte die Lippen aufeinander. »Ich bin nicht eklig gewesen! Ich habe nur meinen Job ernst genommen. Die Messungen mußten korrekt ausgeführt werden, egal ob das ihre Gefühle verletzte.«

Jake erwiderte seinen finsteren Blick. »Ach ja? Nimm einmal an, sie hat sie gleich beim ersten Mal richtig vermessen?«

»Ich wünschte, das wäre so«, sagte Milo leise.

»Vielleicht ist es so«, sagte Dummkraut strahlend. Er hatte keine Ahnung, worüber sie sprachen, aber er hatte das Gefühl, daß es für ihn als Vertreter des Gesetzes Zeit war, etwas zu sagen, und das schien ihm eine passende Bemerkung zu sein.

Jake leuchtete sie durchaus ein. »Ja«, sagte er gelassen. »Vielleicht ist es so.«

Milo, der diese Möglichkeit nie erwogen hatte, war aus der Fassung gebracht. »Wie meinst du das?«

»Ich habe hier gesessen und beobachtet, wie sie stundenlang diese Messungen noch einmal gemacht hat, Mann«, klärte ihn Jake auf. »Und sie bekam genau die gleichen Ergebnisse wie beim ersten Mal heraus.«

»Das ist unmöglich!«

»Warum?« fragte Dummkraut, der jetzt echt interessiert war.

Sie beachteten ihn nicht.

»Die Zahlen stimmen nicht mit denen in der Tabelle überein«, sagte Milo, als sei der Fall damit erledigt.

»Gut«, nickte Jake. »Und nun nimm einmal einen Moment lang an, daß Elizabeths Zahlen richtig sind. Dann bleiben uns zwei Möglichkeiten. Erstens: Alex' zehnjährige Forschung über die Prärie-Indianer ist vollkommen unzulänglich, oder zweitens …«

»Die Cullowhees sind keine Indianer«, sagte Milo schwach.

»Such es dir aus«, zuckte Jake mit den Schultern.

»Laß mich die Schädel anschauen!«

Als Comfrey Stecoah sie etwa zehn Minuten später in dem Gemeinschaftsraum antraf, hatte Milo zwei von den Schädeln vermessen, und sein Gesicht sah einem Totenkopf ebenso ähnlich wie einer von ihnen. Jake und der Hilfssheriff knieten mit genauso düsteren Gesichtern neben der Kiste.

»Wo ist die junge Dame?« fragte Comfrey und schaute sich suchend um.

»Das würden wir gern von Ihnen wissen!« schnauzte ihn Jake an.

»Elizabeth ist nicht da«, sagte Milo, so ruhig er konnte. »Wir wollen sehen, ob sie oben am Ausgrabungsplatz ist. Würden Sie bitte mitkommen?«

Comfrey schüttelte den Kopf, vermutlich über die sonderbaren Launen des weiblichen Geschlechts. »Was hat sie bewogen, sich davonzumachen?« wunderte er sich laut.

»Vermutlich eine Entdeckung, die sie heute morgen gemacht hat, Mr. Stecoah. Den Untersuchungen zufolge« – er machte eine Pause, um seinen Worten Nachdruck zu verleihen – »sind die Cullowhees keine Indianer!«

»Ach, ist das alles?« sagte Comfrey. »Das hätte ich euch auch sagen können.«

Milo, für den lebende Leute schon immer ein Buch mit sieben Siegeln – voller Hieroglyphen – waren, hatte das Gefühl, er sei verrückt geworden. Er hatte bestimmt nicht recht gehört ... »Was haben Sie gesagt?«

»Ich habe es selbst herausgefunden, als ich mich näher mit den Geschichten über unsere Herkunft beschäftigt habe. Auf die Weise bin ich dir auf die Schliche gekommen, Kleiner Biber«, sagte er und nickte Jake zu.

»Nennen Sie mich nicht –«

»Ich schätze, wir haben vor langer Zeit zu eurer Gang gehört. Und all die anderen hier glauben noch, daß sie Indianer sind, und ich habe ihnen nie etwas anderes erzählt.«

»Aber warum haben Sie uns gebeten, die Untersuchung zu machen, wenn Sie es schon wußten?« In Milos Kopf drehte sich alles.

»Oh, für die Regierung, Sohn. Damit es gut aussieht. Wir haben bei der Abteilung für Indianerangelegenheiten einen formellen Antrag auf Anerkennung eingereicht. Um unseren Anspruch zu begründen, mußten wir alles mögliche mitschicken. Alte Landkarten, Geburtsurkunden, die zeigen, daß wir in diesem Bezirk unseren Wohnsitz haben. Und da habe ich mir gedacht, daß eine wissenschaftliche Studie dem Ganzen einen amtlichen Charakter verleihen würde.«

»Aber sie würde Ihren Anspruch ja gerade als falsch erweisen«, sagte Milo geduldig.

»Ach was, darüber habe ich mir keine Sorgen gemacht! Ihr kennt die Regierung nicht. Ich weiß, daß ihr Kerle immer Wörter wie ›wahrscheinlich‹ und ›gewöhnlich‹ in eure Berichte einsetzt. Ihr behauptet nie etwas ganz entschieden. Die meisten lesen diese wissenschaftlichen Berichte sowieso nicht, und die, die sie lesen, glauben ihnen vielleicht nicht. Aber der Bericht würde in unserer Akte gut aussehen.«

»Aber wir werden sagen müssen, daß ihr keine Indianer seid, und dann werden sie euch das Land nicht geben.« Ein anderer Gedanke kam ihm. »Wer seid ihr überhaupt?«

»Aus dem zu schließen, was ich herausgefunden habe, würde ich sagen, daß wir Sklaven waren, die den Cherokees davongelaufen sind. Wir haben oben auf dem Berg eine Familie Ross, das ist ein Cherokee-Name.«

»Stecoah ebenfalls«, murmelte Jake.

»Ist das möglich?« fragte Milo, an Jake gewandt.

»Klar. Die Cherokees waren die größten Sklavenhalter unter den fünf Indianervölkern. Sie haben sie den Siedlern abgekauft.«

»Aber nicht geheiratet«, sagte Comfrey.

»Gewöhnlich nicht«, räumte Jake ein.

Milo schüttelte ungläubig den Kopf. »Ihr seid also eine Mischung aus Schwarzen und Angelsachsen. Kein Wunder, daß ihr nicht in die Tabelle gepaßt habt! Und all die Arbeit war für die Katz, weil ihr das Land nicht bekommen werdet.«

Comfrey lächelte milde. »Oh, ich glaube doch. Meinst du nicht, Kleiner Biber?« Jake grollte: »Wahrscheinlich.«

»Wie können sie euch ein Reservat geben, wenn ihr keine Indianer seid?« fragte Milo.

»Ich denke, die anderen Stämme werden darauf bestehen, daß wir anerkannt werden«, sagte Comfrey zu ihm. »Sonst könnte es auf die Dauer auch für sie schlecht aussehen.«

»Das ist mir absolut unverständlich!«

»Doch, das macht Sinn«, versicherte ihm Jake.

»Strategie«, erklärte ihm der Führer der Cullowhees. »Überlegen Sie einmal, wenn sie uns nicht als Stamm anerkennen, womit würden sie es begründen?«

»Damit, daß ihr keine Indianer seid.«

»Mit rassischer Unreinheit«, verbesserte ihn Comfrey. »Damit, daß wir nicht reinrassig sind. Aber wir *haben* eine Gruppenidentität und wir *behaupten*, Indianer zu sein, und haben es jahrelang behauptet.«

»Und?«

»Wenn wir daher aufgrund von unklarer Rassenzugehörigkeit disqualifiziert werden, werden die ganzen anderen Indianerstämme verdammt nervös.«

»Warum?« fragte Milo gefesselt.

»Weil – wer *ist* denn heutzutage schon reinrassig? Die Navajos haben sich mit den Hispanoamerikanern vermischt, ebenso wie die meisten von den anderen Brüdern im Westen –«

»Und die Cherokees haben 1809 angefangen, sich mit weißen Siedlern zu verheiraten«, murmelte Jake.

»Adair klingt nicht sehr indianisch«, räumte Milo ein.

»Ja. Wenn sie erst einmal den Anfang damit machen würden, Indianer, die nicht reinrassig sind, auszuschließen, dann müßten sie sich Sorgen darüber machen, wer der nächste ist. Vielleicht würde man eines Tages im Cherokee-Reservat Uran entdecken. Und schnipp, schnapp würde Onkel Sam beschließen, daß euer Stamm das Land nicht verdient, weil er nicht reinrassig genug ist. Deshalb würde es ihnen gar nicht gefallen, daß ein derartiger Präzedenzfall geschaffen wird. Nicht wegen irgend so eines kleinen Tales in den Appalachen. Wir haben genug Lärm darum gemacht, daß wir Indianer sind, um jeden Stamm im Land auf die Barrikaden zu bringen, wenn sie uns jetzt nicht anerkennen würden.«

»Ganz schön clever«, sagte Dummkraut.

»Nur Politik«, sagte Comfrey bescheiden.

»Warum wurde Alex umgebracht?« fragte Milo ruhig. Er war sicher, daß es mit der ganzen Sache zu tun hatte.

»Ich weiß es nicht«, sagte Comfrey. »Außer es war die Bergwerksgesellschaft, die Angst davor hatte, daß er unsere Forderung als berechtigt erweisen hätte können.«

»Sie haben ihn nicht getötet, in der Hoffnung, daß wir dann das Projekt abschließen und zu einem falschen Ergebnis kommen?« Milo zuckte zusammen, als er daran dachte, daß genau dies fast eingetroffen wäre.

»Quatsch, das Ergebnis war mir ganz egal. Ich wollte nur den Namen des großen Mannes auf dem Bericht, gleichgültig, was er zu dem Thema zu sagen hatte.«

»Und niemand sonst weiß, daß ihr keine Indianer seid?«

»Keine Menschenseele.«

»Aber stellen Sie sich einmal vor, jemand fände es heraus!« sagte Milo langsam. »Wenn jemand die Wahrheit kennen würde und nichts von der Strategie wüßte, die dahintersteht, dann könnte derjenige doch denken, es sei ein Geheimnis, das bewahrt werden muß.«

»Wer sollte es wissen?« fragte Jake.

»Irgendwelche alten Leute vielleicht, die sich an die Wahrheit aus ihrer Kindheit erinnern.«

Comfrey schüttelte den Kopf. »Nein. Meine Mutter ist die Älteste, und sie hat immer geschworen, daß wir vom Stamm der Unakas abstammen.«

Jake war wie vom Blitz getroffen. »Unaka! Kein Wunder, daß Elizabeth so merkwürdig aussah! Ich habe ihr heute erzählt, daß Unaka das Cherokee-Wort für Bleichgesicht ist.«

»Und wenn sie es von Amelanchier gehört hat, wird sie sich gefragt haben, was da für ein Zusammenhang besteht. Und womöglich ist sie hinaufgestiegen, um sie zu fragen! Weiß Ihre Mutter Bescheid über Ihre Strategie?«

»Nein«, stammelte Comfrey. »Sie ist jetzt eine alte Dame, ich wollte sie nicht beunruhigen –«

»Ich denke, sie ist es schon«, sagte Milo grimmig. »Wir wollen hinaufgehen!«

Als sie aus der Kirche eilten, zupfte Dummkraut Comfrey am Ärmel. »Mr. Stecoah, da ihr Burschen sowieso keine Indianer seid, meinen Sie, ich könnte ein Stammesmitglied werden?« Er dachte, das würde sich sehr gut für das Touristengeschäft machen.

17

Milo war schon hundert Meter den Weg hinaufgerannt, ehe ihm klar wurde, daß er alles auf eine Karte setzte. Angenommen, Elizabeth war nicht zu Amelanchiers Hütte gegangen? Er konnte es sich nicht leisten, einen Fehler zu machen. Es wurde ihm auch klar, daß es eine peinliche Übertreibung war, einer Frau in den Achtzigern mit vier Männern gegenüberzutreten. Er gab den anderen zu verstehen, daß sie nicht weiter mitkommen sollten.

»Was ist los?« fragte Jake laut; hinter ihm keuchte Dummkraut.

»Ich glaube, wir sollten uns aufteilen, falls sie doch woanders hin gegangen ist. Warum suchst du sie nicht mit Coltsfoot zusammen auf dem Grabungsgelände?«

»Warum sollte sie dahin gehen?«

»Ich weiß es nicht. Um bei den Gräbern nach weiteren Beweisen zu suchen, vielleicht. Egal, wir sollten es überprüfen.«

»Was ist mit dir?« fragte Jake und gab Milo mit seinem Blick zu verstehen, daß er Comfrey nicht mehr traute.

»Ich gehe das Risiko ein«, sagte Milo, der verstand, was Jake sagen wollte. »Wenn ihr sie nicht findet, kommt ihr zur Hütte nach.«

Als sie sich der Lichtung auf dem Berg näherten, holte Comfrey Milo ein und gab ihm durch ein Zeichen zu verstehen, er solle leise gehen. Die nächsten hundert Meter bewegten sie sich schweigend von einer Deckung zur nächsten weiter. Milo merkte, daß Comfrey sein Gewehr nicht dabei hatte.

»Warum verstecken wir uns?« flüsterte er. »Glauben Sie, sie würde auf uns schießen?«

Comfrey zuckte mit den Achseln. »Sie ist eine alte Frau. Wenn sie meint, sie muß unser Volk beschützen, ist keiner von uns hier oben sicher.«

Milo war schockiert. »Aber Sie sind ihr Sohn!« wandte er ein. »Könnten Sie nicht so tun, als machten Sie ihr einen harmlosen Besuch?«

»Ich weiß nicht, wie gut sie dieser Tage auf diese Entfernung sieht, und ich bin nicht bereit, mein Leben aufs Spiel zu setzen, weil sie mich womöglich nicht erkennt. Besonders, wenn sie schon fuchtig ist. Ich will lieber auf Nummer Sicher gehen, wenn es Ihnen nichts ausmacht.«

Als sie beim Essigbaum am Rande der Lichtung angekommen waren, blieb Comfrey stehen und musterte die Hütte. »Sie warten hier und behalten mich im Auge. Wenn ich wohlbehalten bei der Veranda angelangt bin, gebe ich Ihnen ein Zeichen, und Sie kommen, so schnell Sie können, nach.«

Milo versuchte es noch einmal. »Sie ist eine kleine alte Dame«, sagte er und kam sich dabei albern vor. »Übertreiben wir nicht ein wenig?«

Comfrey schaute ihn mit einem ärgerlichen Ausdruck an, der besagte, daß er drauf und dran war, etwas geradeheraus zu sagen, was für ihn als Bergbewohner nicht leicht zu umschreiben war. Er entschied sich jedoch dagegen, grinste und antwortete: »Junge, Sie erinnern mich an den Kerl, der eine Korallenotter für eine Prunkotter gehalten hat und als weiserer Mann gestorben ist. Bleiben Sie jetzt hier und lassen Sie Ihren Kopf nicht sehen!«

Während er zusah, wie sich Comfrey durch das Schwingelgras anschlich, versuchte Milo das Ganze wie eine Szene in einem Kriegsfilm zu betrachten. Er wußte, daß er ausrasten würde, wenn er mit seinen Gedanken bei Elizabeth verweilte oder bei der Möglichkeit, daß sie zu spät kamen. Dann hätten sie womöglich endgültig keine Chance mehr, sie zu retten. Wie in Zeitlupe kroch Comfrey an dem Holzstoß und den Hartriegelgewächsen vorbei, bis er schließlich die Veranda erreichte, die er nicht über die Eingangsstufen betrat, sondern indem er eine geschickte Rolle um einen der Stützpfosten machte. Milo, der erwartet hatte, daß er sich vorsichtig auf ein Fenster zubewegen würde, sah ihn zu seiner Überraschung auf die Holztür zuschleichen.

Der Kerl ist wirklich ein Profi, dachte er, als ihm klar wurde, wieviel sicherer es war, an der Tür zu lauschen, als durchs Fenster zu lugen. Einen Augenblick später gab ihm Comfrey zu verstehen, daß alles in Ordnung sei, und winkte ihn herbei.

»Sie lebt«, dachte Milo und schoß aus seiner Deckung hervor.

Das nächste, was ihm bewußt war, war der gewaltige Anlauf, mit dem er auf die Veranda sprang, während Comfrey die Tür zur Hütte aufstieß.

Milo sah den vollgestopften Raum und seine mit der Hand behauenen Möbelstücke, die zwischen Kartons mit Briefen von Touristen und Bergen von Kräuterpackungen eingekeilt waren. Mittendrin saß Elizabeth an einem Holztisch und trank aus einem Steingutbecher in kleinen Schlucken Tee. Als sie Milo keuchend in der Tür stehen sah, hob sie die Augenbrauen und fragte zuckersüß: »Aha, das Monster ist wieder da?«

»Ist alles in Ordnung?« platzte Milo heraus, ehe ihm klar wurde, daß dies offensichtlich der Fall war.

»Aber sicher«, teilte ihm Elizabeth mit. »Amelanchier und ich haben gerade über ... Kräuter gesprochen.«

Milo blickte auf die alte Frau, die argwöhnisch aussah, nachdem ihre anfängliche Überraschung abgeklungen war. »Tag, Comfrey«, sagte sie rasch.

»Wir müssen miteinander reden, Mom«, murmelte er.

»Ich meine, das hättest du schon vor einiger Zeit tun sollen«, bemerkte seine Mutter. »Jetzt ist es ein bißchen spät dafür.«

Elizabeth stellte ihren Becher ab und verschüttete dabei ein wenig Tee. »Übrigens, Milo, du hast recht gehabt. Meine Messungen waren falsch.«

Milo warf einen unsicheren Blick auf Amelanchier. Er sah keine Waffe, aber in dem unordentlichen, vollgestopften Raum konnte alles mögliche verborgen sein.

»Wir sprechen später darüber. Du mußt dich jetzt verabschieden.«

»Warum denn so eilig?« fragte Amelanchier herzlich. »Willst du nicht zum Tee bleiben?«

»Was?« fragte Elizabeth. Sie schüttelte immerzu den Kopf, als sei sie schläfrig. »Warum muß ich jetzt gehen, Bill?«

Comfrey warf einen Blick auf sie, dann auf seine Mutter. »Ich glaube, ich nehme einen Schluck von dem Tee«, bemerkte er.

»Ich mach dir eine Tasse, Sohn.«

Comfrey nahm Elizabeths Becher. »Der genügt mir schon«, sagte er und nippte daran.

Milo erstarrte. »Ist das Gift?«

»Die Frage ist, welches?« brummte Comfrey. »Ich würde tippen, Fingerhut.«

Elizabeth lachte, ein Lachen, das von weit her zu kommen schien und in ihren Ohren hallte. »Seien Sie nicht albern! Die Weise Frau ist meine Freundin ... warum sollte sie mich vergiften?«

Falls es eine Antwort auf diese Frage gab, hörte Elizabeth sie nicht mehr. Sie war bewußtlos zu Boden gesunken.

Comfrey Stecoah schaute seine Mutter müde und resigniert an. »*Mutter!*«

Die folgenden Stunden waren für Elizabeth, die fest schlief, viel leichter als für Milo, der nicht schlief. Sie hatten kostbare Zeit damit vertan, Amelanchier die Strategie, die Comfrey verfolgte, in allen Einzelheiten zu erläutern, um sie so weit zufriedenzustellen, daß sie ihnen sagte, welches Gift sie in Elizabeths Getränk getan hatte. Als kostenlose Dreingabe hatte sie sie wissen lassen, daß ihnen ungefähr eine halbe Stunde blieb, um Elizabeth in ein Krankenhaus zu bringen, wenn sie sie retten wollten. Sie hatten achtunddreißig Minuten gebraucht, obwohl Comfrey die kurvenreichen Straßen in einem Tempo nahm, das Milo selbst auf geraden Strecken nur selten einschlug. War die Zeit die ersten achtunddreißig Minuten in halsbrecherischem Tempo dahingeeilt, so schlich sie jetzt nur so dahin, und die Sekunden wirkten wie Nachmittage, und die Minuten reichten aus, um unzählige alte Hefte ›National Geographic‹ zu lesen. Er wartete; füllte Formulare für den Drachen an der Aufnahme aus; rief Bill an; wartete; trank sieben Tassen Kaffee; wartete; sprach mit Pilot Barnes; wartete. Endlich erschien eine Gestalt in Krankenhausgrün und umgeben vom Nimbus ärztlicher Autorität im Wartezimmer und sagte, daß Elizabeth schlafe, daß ihr Zustand stabil sei und daß sie die Behandlung ihrem Alter gemäß überstanden habe. Milo wartete darauf, daß er rundheraus sagte, sie werde leben, aber so weit ging er offensichtlich nicht. »Wir werden es morgen sicher sagen können«, war das einzige Zugeständnis, das er bekommen konnte. Milo wollte nicht weggehen. Jake erschien mit ein paar Hamburgern, von denen Milo später nicht mehr wußte, ob er sie gegessen hatte oder nicht. Er war froh, die ganze Nacht dort sitzen zu können, wach, als ob er damit ihre Genesung herbeiführen könnte. Und wenn das Schlimmste eintreten sollte und sie nicht wieder zu sich kam, dann würde ihm immerhin das Schuldgefühl erspart bleiben, das er bei Alex empfunden hatte, das Gefühl, nicht wenigstens *versucht* zu haben, ihn lebendig zu machen. Natürlich wußte er, wie töricht ihm all das später vorkommen würde.

Zwei Tage später blickte Elizabeth, fast so weiß wie das Kissen, das sie stützte, nachdenklich auf das Blatt aus ihrem Notizbuch, das sie vor sich hatte.

Lieber Bill,
ich bin zur Zeit im Krankenhaus, weil ich von einer Massenmörderin vergiftet worden bin. Wenn du das vor Mama und Papa geheimhalten könntest, wäre ich dir dankbar.

In ein oder zwei Tagen werden sie mich sicher entlassen, und dann komme ich zu dir. Ich glaube nicht, daß ich *krank* genug bin, um nach Hause zu Mutter zu fahren, die wahrscheinlich gleich einen Krankenpflegekurs machen würde. Ich verspreche dir, daß ich dir nicht zuviel Mühe machen werde; die Ärzte sagen aber, daß ich auf keinen Fall abspülen, waschen oder irgendwelche Hausarbeit machen darf ...

Über diesen genialen Einfall lächelnd, machte sie eine Pause, um auf weitere Eingebungen zu warten.

Vor der Tür hörte sie eine Stimme sagen: »Ja, sie ist wach. Sie wird bestimmt froh sein, Sie zu sehen.«

Elizabeth stopfte den unfertigen Brief unter ihr Kissen und ließ sich in die einer Rekonvaleszentin angemessene Haltung gleiten. Durch die halbgeöffneten Augenlider sah sie Milo ins Zimmer schleichen.

»Wie geht es dir?« fragte er und setzte sich auf den Stuhl neben ihrem Bett.

»Ich werde schnell müde«, sagte sie schwach. Sie wandte sich ihm mit nunmehr wachem Blick zu, und ihre Augen wurden ganz groß. »Oh, meine Güte«, sagte sie und setzte sich wieder auf. »Du siehst ja schlechter aus als ich.«

»Du hast mehr Schlaf gehabt«, sagte er und versuchte ein Lächeln. »Geht es dir wirklich wieder gut?«

»Ich bin am Verhungern.« Sie wies mit dem Kopf auf den leeren Teller auf ihrem Frühstückstablett. »Ansonsten geht es mir gut. Aber versprich mir, daß du Bill nichts davon erzählst.«

»Er ist auf dem Weg hierher.«

Mit einem Seufzer zog Elizabeth den Brief unter ihrem Kopfkissen hervor und warf ihn in den Papierkorb. »Aber er kommt zu spät«, erklärte sie. »Ich habe diesen Fall selbst aufgeklärt!«

»Ja, allerdings. Aber es wäre mir lieber gewesen, du hättest mit mir darüber geredet, statt alles allein in die Hand zu nehmen.«

Elizabeth zog eine Augenbraue hoch. »Wirklich? Ich dachte, du wolltest mit den Problemen anderer Leute nichts zu schaffen haben.«

Milo errötete. »Ich verstehe *lebende* Leute nicht.«

»Ja, und bist du nicht sogar stolz darauf? Wenn du nur halb so viel Zeit darauf verwenden würdest, dich zu bemühen, sie zu verstehen, wie darauf, dich zu rühmen, daß du dazu nicht in der Lage bist, dann wärst du besser dran!«

»Ja ... ähm ... ich will es versuchen.«

»Gut! Du könntest dich als erstes darauf besinnen, daß lebende Leute Gefühle haben. Wenn du nicht so sicher gewesen wärst, daß ich mit deinen kostbaren Daten Mist gebaut habe, hätte ich vielleicht mit dir reden können.«

»Ja. Das hat Jake auch gesagt. Er läßt dir ausrichten, daß er dich später besuchen will. Er und Mary Clare räumen in der Kirche auf.«

»Mary Clare ist zurück?«

»Ja. Sie ist gestern zurückgekommen, und wenn du gewartet hättest –« Er beschloß, nicht wieder damit anzufangen. »Egal, die Manuskripte, die sie ausgegraben hat, bestätigen unsere Befunde über die Cullowhees. Offenbar hat die Tochter eines Richters, die sich für Volkstum interessierte, in den 70er Jahren des vorigen Jahrhunderts einen Cullowhee interviewt und dabei alles erfahren.«

»Sie werden also das Land nicht bekommen«, sagte Elizabeth traurig.

»Doch, es hat durchaus den Anschein, als würden sie es bekommen.« Er erläuterte ihr Comfrey Stecoahs Strategie. »Er hat gerade einen Brief von der Abteilung für Indianerangelegenheiten bekommen, daß sie eine Verhandlung anberaumt haben, um über den Stammesstatus zu beraten.«

»Weiß die Abteilung die Wahrheit über sie?«

»Noch nicht. Aber ich glaube, Comfrey hat recht: Sie müssen sie anerkennen. Heute morgen habe ich im ›Asheville Citizen‹ gelesen, daß gegen Amelanchier Anklage wegen Mordes erhoben ist, und irgendwo in dem Bericht steht dann auch, daß die Cullowhees keine Indianer sind.« Er machte eine Pause, um seiner Erzählung Nachdruck zu verleihen. »Die Schlagzeile lautet: ›Indianerheilerin des Mordes angeklagt‹. Natürlich werden sich die meisten Leute an die Schlagzeile erinnern und die Wahrheit, die im fünften Absatz versteckt ist, vergessen.«

Elizabeth seufzte. »Sie hätten das Land also ohnehin bekommen. Amelanchier mußte das Geheimnis nicht bewahren. Sie geht umsonst ins Gefängnis!«

»Da glaube ich noch nicht dran!« sagte Milo bitter. Er würde der alten Frau nie verzeihen, daß sie Alex ermordet hatte. »Sie hat ungefähr zwölf Stunden im Gefängnis verbracht, und ich würde mich sehr wundern, wenn sie je wieder eines von innen sehen würde. Gestern früh um acht Uhr war bereits ein Staranwalt aus Atlanta da, der ihren Fall übernehmen will, ohne ein Honorar zu verlangen. Er ist auf Minderheitenrechte spezialisiert. Auch auf Verfilmungsrechte, wenn ich richtig informiert bin.«

»Sie ist eine alte Frau«, gab Elizabeth zu bedenken. »Man kann sie nicht in Untersuchungshaft stecken. Wird es eine Gerichtsverhandlung geben?«

»Aber sicher! Alle freuen sich schon darauf. Das halbe Cherokee-Wigwam-Motel ist schon für die Presseleute ausgebucht. Sie vergleichen das Ganze mit der Verhandlung von Geronimo.« Er schüttelte traurig den Kopf. »Ich will dir sagen, wer dagegen wirklich ins Gefängnis geht. Bevel Harkness.«

»Echt? Hat er deinen Computer zertrümmert?«

»Ja – und er schwört, daß es ebenfalls Amelanchier war, die ihn dazu angestiftet hat. Sie muß es erst auf diesem Weg versucht haben, bevor sie sich aufs Morden geworfen hat. Aber das ist das kleinste von Harkness' Problemen. Ich bezweifle, ob die Sache überhaupt verhandelt wird.«

»Warum nicht?«

»Weil die Bergwerksgesellschaft gerade bei Harkness war, als Pilot Barnes hinauffuhr, um ihn wegen Einbruchs und Sachbeschädigung festzunehmen. Sie hatten vor, auf seinem Land eine Versuchsgrabung zu machen.«

»Das ist doch nicht verboten, oder?«

Milo zuckte mit den Schultern. »Deswegen haben sie ihn auch nicht verhaftet. Aber während er mit Pilot über seine Festnahme herumgestritten hat, hat der Bulldozer ein Skelett zutage gefördert.«

Elizabeth riß die Augen auf. »Das Kuckucksei?«

»Pilot sagt, neben dem Skelett hat man das Abzeichen eines Hilfssheriffs gefunden. Er ist gestern ins Krankenhaus gekommen und hat mich gebeten, Dr. Putnam bei der Identifizierung zu helfen. Wir müssen noch die Zahnarztberichte überprüfen, aber wir sind bereits sicher, daß es der Neffe des Sheriffs ist.«

»Mir scheint, ich habe die aufregendsten Dinge versäumt, während ich an der Schwelle des Todes campiert habe«, sagte Elizabeth trocken.

»Du hast auch für einige Aufregungen gesorgt«, sagte Milo zu ihr. »Wir haben uns ganz schön Sorgen um dich gemacht.«

»Gut!«

»Wie hat dir die Grabungsarbeit gefallen?« fragte Milo zögernd. »Ich meine, abgesehen von den ... ähm ... ungewöhnlichen Umständen?«

»Ich glaube, ich würde es gerne noch einmal versuchen«, sagte Elizabeth leise.

Milo verstand, daß sie damit mehr meinte als Archäologie, aber er beschloß, sein Glück noch nicht auf die Probe zu stellen. Bevor er eine andere Frage zu diesem Thema formulieren konnte, erschien die Schwester mit einem großen Blumenarrangement in der Tür.

Elizabeth blickte fragend auf Milo, der verlegen hüstelte und sagte: »Jake bringt meinen Strauß mit.«

»Von Bill ist der auch nicht«, sagte sie nachdenklich,

während sie den Umschlag herauszog. »Dazu kenne ich ihn zu gut.«

Elizabeth nahm die Karte aus dem Umschlag, las sie und schaute mit bestürztem Stirnrunzeln zu Milo auf. »Milo, wer ist Duncan Johnson?«